人生若只如初见

纳兰容若词传

申圣云 编著

国际文化出版公司

人生若只如初见

目录 CONTENTS

目 CONTENTS 录

旧梦断　琵琶谁别抱
魂不寿　早谢春风迟
金风老　念知为谁

一往情深深几许 却道不寿纳兰心

喜欢纳兰性德的人，通常都会有一个共同的感受：一笔写不尽纳兰情，半生书不完痴心梦。

一生最爱纳兰词，爱他清新脱俗、缠绵雅致，真真个公子心怀；

一生最恨纳兰词，恨他痴迷多情、轻愁刻骨，倒好似风流墨客。

纳兰的情词一向为世人所钟爱。少年时候的纳兰便伤春悲秋，总是徘徊在爱情里似的。可纳兰彼时或许根本还不明白什么是爱情，如同每一座深宅大院中的少爷、小姐，纳兰所知的爱情是惆怅寂寞的盼想，而这盼想亦不会是为了自己而发出，仅仅是因为盼想而盼想罢了。

寂寞的人通常都追求遗世独立的清冷，孤芳自赏却又恨无知己。他们近乎神经质一般，或许自怜或许自卑，或者是这时自怜，下一刻又会陷入自怨自艾。

这样的人，总是压抑了太多的东西，常常只能与自己为伴，这样的人常常想撕裂自己，看看人们眼中映出的似乎无懈可击的面孔，到底是什么样子？

纳兰写着相思，写着爱恋，写着多情，其实纳兰爱上的，或许并非某人；纳兰感伤的，或许并非某事。

他只是惯看秋月春风。

舞一段《霓裳羽衣曲》，想一个凝脂粉黛佳人，吟一曲今宵酒醒处，恨不了的绵绵无绝期；

聆一支《玉树后庭花》，梦一场小楼昨夜东风，唱一首深院锁清秋，忘不掉的回首月明中。

纳兰的情事，看了繁杂，却恁地干净，干净到碧海青天映照蜡炬成灰；

纳兰的情事，读了朦胧，却恁地温柔，温柔得望帝春心托付庄生晓梦。

浅浅相思淡淡愁，烟花易碎年华休。当他真的懂了情爱，真的有了这情爱，却未及珍惜便已失去。

纳兰恨，恨得优雅，恨得无奈。恨红尘万丈，容不下半寸真心；恨俗世矫情，落得个残生飘零。

纳兰似乎从未发觉，所谓多愁多病身，所谓感时伤怀意，已经将他的生命透支。

他依然抚着春花盼想秋月，赏玩着冬雪回忆夏阳。

纳兰是寂寞的，而且这种寂寞是别人所无法干扰的。

这种寂寞是与生俱来，因为存在而存在，因为孤单而孤单。

这种寂寞，一旦习惯，便容易沉溺其中，容易乐在其中，容易变成这寂寞的一部分，不寂寞的时候，反而会心痛了。

纳兰是出淤泥而不染的莲花，亭亭然降世，无论怎样的凡尘，都只能让他被感染而不被污浊。

这样的一个玉人儿，本就不应该属于红尘，所以他过早地参悟了红尘。但他又太过慈悲，总是对这浊世怀有希望，他常觉得会有那样一个人，能懂他，所以，他等。

纳兰总在等，可他等的是痴心人，还是负心人？

念伊人，春情知为谁伤？孤灯老，残风横吹秋夜雨。残的，到底是夜雨还是相思？

一言道不尽的纳兰心思，一生品不完的容若才情。公子已去，千古愁殇仍在。

而这一切，不过亦是“如鱼饮水，冷暖自知。”

第一章

生而富贵玲珑心

寂寂落叶锁朱门，别样幽芬亦照人。
高阁玉兰闹画眉，枇杷花下埋风魂。
——少年未解红尘事·广厦豪门殊芬华

京城的隆冬天气，最是清冷。
一个青年身着棉袍，站在落叶凄惶的院落，
在一片萧索中等待着什么。

一个仪态雍容的妇人怀抱着一个酣睡的小娃儿走过来，
轻启朱唇，柔声问道："想好了？"
青年半回身，微微点头："想好了，"
注视着妇人怀抱中粉雕玉琢的小娃儿，
"就叫成德吧！"
轻轻拨弄孩童头顶的胎发，眼神深邃。

熟睡的孩童纯真的面容依旧安娴，
却不知，他的命运，从一降生开始，
就与这个庞大帝国的显赫捍卫者和先朝遗民紧紧联系在一起。

没落的皇亲国戚

纳兰是大族。金代女真“白号之姓”中，纳兰是封在广平郡的第二大支系的三十个姓氏之一（又称“纳喇”、“那拉”）。发源于满洲叶赫地区的纳兰氏，始祖原本是姓土默特的蒙古人。后来，他们占领了女真的领地，从此改姓纳兰。几经辗转，举族迁至叶赫河岸边繁衍，号“叶赫国”，也就是今天的吉林省梨树县叶赫满族镇附近，后人于是称此支纳兰支系为“叶赫那拉氏”。

明初时满族的前身女真族，分为三大部：建州、海西、野人。叶赫部是海西女真的一部分。纳兰部族的首领金台什继兄之后成为贝勒，明朝万历十六年，他的妹妹孟古嫁给了努尔哈赤，生了皇子，取名为皇太极，也就是后来的清朝太宗皇帝。从这里，我们可以看到纳兰氏族与清朝皇室有姻亲关系。但是，当努尔哈赤为统一女真各部而进行兼并战争的时候，所谓“血浓于水”的情分，所谓盘根错节的牵系，统统不是障碍。

明万历四十七年，努尔哈赤率兵攻打叶赫部，他的舅兄金台什战败后自焚不成，被其绞杀，金台什的儿子请降，后被授予三等副将，世袭佐领。他的次子尼雅哈（满语音译）以姑母为太宗皇帝皇太极生母的名义，跟随顺治皇帝一行入主关内。之后为后金及满清王朝屡立战功，因这赫赫军功，被天子尊为功劳显著的皇亲国戚，赏赐其与部下之正黄旗将士及旗民三千余顷封地，位置在今北京海淀区上庄乡上庄村附近，正黄旗的将士和旗民在这片土地上建起了庞大的庄户宅院。

纳兰的父辈从此成为“八旗”（正黄旗、正白旗、正红旗、正蓝旗、镶黄旗、镶白旗、镶红旗、镶蓝旗，分别统帅满蒙汉民族的八支军队，合称八旗）之一，是为满洲八大贵族之一。纳兰本身因家世背景而出身尤为显赫。父亲明珠是金台什的孙子，母亲爱新觉罗氏是努尔哈赤的孙女、英亲王阿济格之女，这两位名门之后的长子就是纳兰性德。纳兰性德的父亲明珠，在他出生后官至大学士、太傅，是康熙初期的四权相之一，地位显赫一时。

北京西郊有一块石碑，上书："明珠及妻觉罗氏诰封碑"，考证为康熙二十三年(公元1684年)九月二十四日所立（纳兰是年三十岁），上面记载：明珠"初任云麾使，二任郎中，三任内务府总管，四任弘文院学士，五任加一级，六任刑部尚书，七任都察院左都御史，八任都察院左都御史、经筵讲官，九任经筵讲官、兵部尚书，十任经筵讲官、兵部尚书、佐领，十一任经筵讲官、吏部尚书、佐领，十二任加一级，十三任武英殿大学士兼礼部尚书、佐领、加一级，十四任今职。"所谓"今职"，指的是"太子太傅、武英殿大学士兼礼部尚书、佐领、加一级"。从石碑的记载中可以看出，明珠真可谓是青云直上。难道这一切都是祖荫庇佑？不。明珠远远没有自己的儿子那样幸运，有自己这样地位显赫的父亲，他半生风光是自己苦心经营的结果。

虽然明珠的家族是满族非常有名的叶赫部，不过，从王子贝勒到明珠出生时，这个部落早已声势衰弱，风光不再。他的父亲、金台什的次子尼雅哈入关后只得了骑都尉的职务，即便是世职，也不能给他带来多大的好处。只是由于叶赫家族与皇室的姻亲关系，使得明珠从小就有机会接近皇室，行走内宫，这也是他后来能够担任内务大臣的前提，更是纳兰之后跟随康熙巡南征北的基础。

而纳兰的母亲不是亲王的女儿吗？不，这反而是明珠政治生涯中的阻碍。明珠的岳父是多尔衮的亲哥哥英亲王阿济格，他一生战功赫赫，但有勇无谋，缺少政治手腕。摄政王多尔衮死后，他一心权势，想继任摄政王，做出很多"不轨"的举动，亲政的顺治皇帝因此将阿济格及其已获亲王爵位的第三子劳亲赐死，将其次子镇国公傅勒赫削除宗籍，其余八子均贬为庶人。很显然，阿济格之女觉罗氏已经不可能成为明珠政途上的助理，反而使其承担了极大的风险。

满汉融合的影响

纳兰性德出生在顺治十一年十二月十二日，公历1655年1月19日，甫一出生取名成德，但是这个名字后来改成了“性德”，因为要避太子之讳。

纳兰表字容若，号楞伽山人，满洲正黄旗人，康熙十五年进士。这位满清第一词人虽然生于富贵人家，却生性淡泊名利，虽善骑射，却好读书，尤其对汉文化非常热爱，擅长写词。工笔之间颇有李后主、易安居士的婉约凄美，又多添了几分豪情洒脱。有人说，他的词以一个“真”字取胜，实则用一个“情”字传神。

而这“容若”何来？

曾有传言，明珠未发迹之前，得遇高僧，算出他有三子三女的命运。可见，明珠是有佛缘之人，故而，也有人认为，“容若”二字源出自佛典。

红学大师周汝昌在《献芹集》中，曾使用颙若称呼纳兰，亦有曰容若，盖因清人每记“颙若”，故今人亦偶有称其为“纳兰颙若”者。容、颙古音本同，颙也通容。例如清初大儒李颙，又称李容。

颙若出于《易·观》，中有：“盥而不荐，有孚颙若。”颙，马融认为意思是“敬”，孔颖达认为是“严正”之意。而若乃虚辞，犹“然”也。

孔氏有《正义》阐释此节，曰：“观者，王者道德之事。”又曰：“下观而化，皆孚信，容貌俨然也”。颙若或作“颙然”，取义“苍生颙然，莫不欣戴”。

可见，成德取字，可能正与此合。

1655年，纳兰性德出生时，其父明珠21岁，只是皇帝侍卫队中的一名普通军官，母亲虽是皇族，却已家世没落。或许纳兰八字是“旺”其父的，就在他出生后的几年，明珠开始不断升迁，直至后来成为一人之下、万人之上的大清国第二大掌权人物。

作为首辅重臣，明珠自然没有继续住在远离内城的封地，他的相爷府是今位于什刹海岸边的宋庆龄故居。院落里树木郁郁葱葱，小径幽然，府邸肃穆。这里亦是纳兰性德童年、少年、青年时生活的地方。

明珠深受儒家文化影响，曾带头研读孔孟著作和《史记》、《资治通鉴》等巨制，文人气息十足的他将自己的府邸营造出极为书卷文墨味道浓郁的雅致环境。

在纳兰成长的日子里，纨绔子弟的气息不曾在他身上显露，而贵族子弟特有的优越感也很少出现在他的诗作中。那么，纳兰眼中的贵族生活又是怎样的呢？

相思醒·花月不曾闲

生查子

散帙坐凝尘，吹气幽兰并。茶名龙凤团，香字鸳鸯饼。

玉局类弹棋，颠倒双栖影。花月不曾闲，莫放相思醒。

这首《生查子》，生动地描绘了贵族家庭中少年读书时闲散浪漫的场景。

书本摊开着放在手边，随意地坐在美人身边，品着龙团凤饼的香茗，燃着鸳鸯形状的香饼，时而博弈，时而漫步花园，即便是吟诗作对，也不曾失却风流。

如果这首小词是纳兰读书时候有感，对古人读书情态的一种怀想，那还当真是浪漫而单纯。若是纳兰自己的写照，便要问问这位陪坐读书的美人是哪一个了。

或许是家中的丫鬟，或许是那位不知道是否真实存在的表妹，或许是他的妻子、小妾、红颜知己……美景、美人、美味环绕，少年的风流恣意，若再不挥洒便是负了这花月良辰。

自幼生长在贵族家庭，总会不可避免地沾染骄矜习气，而纳兰公子没有，因为他的家庭即便是有权、富贵，他的父亲、地位显赫一时的那拉氏明珠即使身为八旗子弟，并非是纨绔不肖之辈。

他是着着实实艰难过、奋斗过的，虽然之后贪污卖官，却无法磨灭他对清廷的杰出贡献。明珠，字端范，姓那拉氏（一作纳喇氏，满语音译），生于后金天聪八年（公元1634年）。顺治时才被授予骑都尉，允许世袭。

做为尼雅哈的次子，顺治时明珠初任侍卫，后担任銮仪卫治仪正，类似仪仗队的仪态监督，又调任为内务府郎中。

康熙三年，升为内务府总管大臣，“掌内务政令，供御诸职，靡所不综”，成为管理宫廷事务的最高长官，能在内宫掌权，显然得益于他的出身。这年，纳兰十岁。据说已经可以出口成章，文采斐然。康熙五年（公元1666年），明珠任内弘文院学士，开始参与国政。

明珠是对康熙朝有过很大贡献的，在统一与分裂的激烈的斗争中，以及满汉政治、经济、社会文化交融与变革的大形势下，无论是协助康熙皇帝清除鳌拜、平定“三藩”，还是出谋划策抗击沙俄、收复台湾、平定噶尔丹、治理黄河、融合汉族文化建立清朝政治经济制度，明珠都可以称得上是功臣了。而他位居高官之后，结党营私，贪污受贿等行为，一方面是封建专制的必然产物，另一方面也有些尾大不掉的意味。

纳兰曾编纂图书，这一点与他的父亲曾经奉皇帝之命，以总裁之职参与重修《清太祖实录》《清太宗实录》，编纂太祖、太宗、世祖的言录《三朝圣训》，以及《政治典训》《平定三逆方略》《大清会典》《大清一统志》《明史》《大清会典》等宝贵的图书资料不无关系。

不过，值得玩味的是，纳兰死后数年，康熙二十六年，他的老师徐乾学联合高士奇起草参劾明珠疏稿，就纳兰父亲的种种罪行一一历数。

难道徐乾学这个人的人品如此之差？

非也。有人评价，徐乾学的人品在姜西溟之上。韩菼曾撰徐氏行状，评论徐乾学的功过可以说是最为得当的。徐乾学曾经是明珠党的成员，在纳兰在世时，徐乾学曾为明珠所信任，只是千古帝王事，任何一个团队的权利如果已经于整个组织的平衡有害，统治者必然会采取措施分化或分离它。

当时的徐乾学也曾成为康熙的棋子，命他与他的门生们远离明珠，甚至暗示他反对明珠。一朝为臣，徐乾学也想尽忠为主，却不得不舍下一个“义”字。想到自己的形状，徐乾学也曾自我解嘲：“做官时少，做人时多；做人时少，做鬼时多。”可见他当时心情的忧愤和苦涩。

而政治一事，正如纳兰所厌弃的一样肮脏污秽。不过这些乃纳兰身后之事，我们在这里就不予赘述。

纳兰优渥的生活和儒雅的性格除了后天的修习之外，更受到那位满汉双语才子明珠的影响，明珠为人聪明，处事干练，加之善解人意、善于谋略，又精通满、汉两种语言，能言善辩，知情知礼，极其善结人心。这是他官场得意的重要原因。

而觉罗氏，纳兰的母亲，应该是温婉大方，而又知书达理的大家闺秀，或许她出身的门第为她的家庭带来的并不是政治利益，却因为她的修养促成了夫君的事业顺遂、儿子的才华横溢。

正是因为从小浸淫在这样的家庭环境里，纳兰不仅可以被动地接受到较好的教育，更能够有很大自由地选择自己感兴趣的文化学习。

情窦初开为谁人

1661年，纳兰七岁的时候，长他一岁的爱新觉罗·玄烨即位，是为康熙皇帝。这一年。吴三桂攻入昆明，大明朝正式亡国了。

接下来，明珠青云直上，在康熙皇帝亲政前升为内务府总管，而纳兰未来的岳父卢兴祖也在纳兰十一岁的这一年擢升广东总督。或许这些对于年幼的纳兰来说，并不算是什么大事，唯一对他有所影响的，或许是父母的管教更为严格，从小小的房子搬进大大的府邸，有更多仆从，享受更奢侈的生活。

人说写情、写景贵在写“心”。或者对于纳兰来说，情伤是让他不寿的根本原因。纵观纳兰词，有人说纳兰在妻妾之外还有一位情人，而且这位情人还是他的红颜知己，从其诗词中大量使用的“梨花”意象（如“铲地梨花”、“春情只到梨花薄”、“却又照梨花落”）到“一双一对梦里人”的盼望，总会有那么一位佳人，是他向往而未曾拥有的。无论是影视作品中的表妹还是传闻中的哪位大家闺秀，在纳兰年少时候，曾经有伊人倩影伴随他度过那段寂寞的岁月。

没有情深一往、多情善感是写不出婉约派雅致而不乏柔媚的句子的。无论这位佳人是谁，从纳兰的相思可以看到，纳兰一生，为这份情痴狂、折磨，早已心字成灰。

青梅老·心字已成灰

梦江南

昏鸦尽，小立恨因谁？

急雪乍翻香阁絮，轻风吹到胆瓶梅，心字己成灰。

明代杨慎曾有《词品·心字香》提到：“‘番禺人作心字香用素馨茉莉半开者着净器中，以沉香薄劈层层相间，密封之，日一易，不待花蔫，花过香成。’所谓心字香者，以香末萦篆成心字也。”

说的是古人常用“心字香”的制作，是为花香熏染的心字形状的熏香，取风流雅致的意味。

早春黄昏，暧昧不明的光线里，乌鸦群一片已飞尽，周遭更显得宁静。一直站在那里的人，削弱的背影寂寥，表情在昏暗的傍晚中隐匿，却从孤独的身形中，透出一点落寞、一点幽怨、一点凄楚。

是在等人吗？等的是谁？盼的是谁？是要送别吗？别的是谁？恨的是谁？纳兰写的是闺中少女的期盼心情，也是自己独守寂寞的等候。

那位他向往的意中人，或许许了他今日来见，弹琴作画，丝竹文墨中解一时相思。

是表妹吗？还是哪位世交的女儿？那个聪慧温柔的女孩，白衣胜雪，肤若凝脂，曾经是少年心中最为端庄秀丽的一朵梨花，虽然谈不上多么富贵的出身，却干净得让人忍不住亲近。可是，她没有来，她再不会来了。

纳兰借女子春阁中哀怨，写自己不甘与消沉，兀自慨叹可怜可爱又可惜，一阵阵的微风吹进珠帘，门槛边的朵朵柳絮犹如轻薄的雪片，被翻动起来，安静得让人难过。

挑弄过柳絮，春风还要再拨弄花瓶里的梅花，撩弄得人落寞。“郎骑竹马来，绕床弄青梅”，伊人不复来，心字香早已燃尽，只剩一片尘灰。

在纳兰少年时代，一位宛如梨花的佳人就这样成为他梦中所想。他们曾经在一起游戏，吟诗作对，两小无猜。而且能够出入明珠府邸的女孩，若不是八旗之内的亲戚，定是名门、官宦之后。依照纳兰父亲明珠升官的速度，应该没有哪位大臣会早早拆散这对金童玉女吧？！

而在后面写给妻子卢氏悼词中，纳兰也曾用梨花为喻，由此，我们姑且大胆猜测他心中念的那位佳人，正是少年时见过面的卢氏。或许是因为明珠对汉文化略有研究，且身为处理皇族内务的官员，所以，汉族的官员多数与之交好、巴结。

许是互相走动、官场应酬之时，卢兴祖无意中得见瘦弱的少年纳兰有文人清骨，许是明珠想要攀附、结交仕途顺利的卢兴祖。毕竟此时的明珠还只是行走在宫廷的总管，虽然伺候宫廷中人更容易邀功，却要使些手段才能顺利得到依靠。

封建社会女子出嫁比较早，而在清朝又有选秀女的传统。由户部主持，八旗中的少女每三年挑选一次，可备皇后妃嫔之选，或者赐婚近支（即三代以内、血缘关系比较密切的）宗室，或者承担后宫杂役的。若是早早定亲，便免去了三挑四捡的选秀。而且卢氏无论是哪一方面，都足够成为纳兰的妻子。

加之古人成亲前一般有定亲的习俗，尤其是官宦之家更为看重婚姻大事，所以，这位“青梅”非常有可能是才貌上乘的卢氏。

他们在家人的安排下，曾经匆匆见过几面，甫一定下亲事，卢氏便随父亲前往南方赴任，一对小鸳鸯天各一方。刚刚萌生了相互爱慕的情愫，便分隔两地，可谓一种相思，两处闲愁，难以名状的少年心事，从此只能咀嚼少之又少的回忆。可是他们终究能够结为连理，而那不能厮守的女子，又是何人呢？

或许，你始终相信纳兰是有一位表妹，或是一位妻妾之外的红颜知己的。不管那人是谁，在少年纳兰的心中，她是纯洁温婉又带着淡淡清香的，仿若高洁清冷的梨花，此时，我们姑且从他的词，读她的美，品他和她的相思。

临江仙　其一

长记碧纱窗外语，秋风吹送归鸦。

片帆从此寄尺涯。一灯新睡觉，思梦月初斜。
便是欲归归未得，不如燕子还家。
春云春水带轻霞。画船人似月，细雨落杨花。

春天到了，草长莺飞，最是相思时候。

还记得分别的时候，窗边隔着绿罗纱的絮语，道不完的离别愁绪，秋风瑟瑟，一阵寒似一阵，伴着远飞的鸦群，离别了曾经的相亲。挥手自兹去，孤帆寄天涯。公子多情，从此多愁绪。

无眠的灯火星星点点，半圆的初月凄凄切切。

与佳人长别已久，而今见燕子还家，相思顿起，也知晓她想要归来，却归不得。

想起那时并肩而行，春日里温柔的云、温柔的水、温柔的晚霞清风，精美的画船上，起伏的波纹里，映月的倩影双双对对，偶尔飘过的一阵小雨，如同轻盈纯洁的杨花儿一般，飘散在一双璧人的身侧。

那时候，你眼中只有我，我眼中只有你。

可是谁能左右人生的别离？谁能阻止命运的铁蹄？

纳兰想象着那位远在天边的美人，红酥手微翘着指尖，轻轻卷起珠帘，却见伊人深坐蹙蛾眉。但见斑斑点点泪痕湿了衣袂，也知，也不知，她心中是否恨着谁？这恨的人，又是不是舍不得、放不下、无奈不在身边的他？

心欲碎·还道有情无

临江仙　其二

点滴芭蕉心欲碎，声声催忆当初。
欲眠还展旧时书。鸳鸯小字，犹记手生疏。
倦眼乍低缃帙乱，重看一半模糊。
幽窗冷雨一灯孤。料应情尽，还道有情无。

少年纳兰的白天是要学武的。骑射是满洲人一定要精通的，而对于聪慧而细心的纳兰来说，似乎并非难事。从四五岁开始，满洲子弟就开始接触骑术和武艺，粗俗的莽汉总不能成为好士兵，只有聪慧的人才够资格称得上是将帅之才。因为勇敢如果没有谋略的配合，总归是不堪重用。

一身尘埃，裹着一怀高才。纳兰拂去身上的尘土，拭干额头上的汗水，虽然微笑却忐忑着激动着接过一封小小的信笺，隽秀的小楷笔画优美，正是他曾经指点她的痕迹。

“有劳，多谢！”纳兰如是说着，踟蹰着不知该先换下一身污浊再看那人的软语还是先打开信笺，以慰藉自己多日的痴想。还是看看吧！先看看，看一眼！就看一眼，剩下的，在下一封想念来到前，总有千百个时时刻刻来回味咀嚼。

少年用力在衣襟干净的地方擦了擦手，带点急切地展开信笺。

“望君珍重。”

或许在她托人辗转传来的锦书中，只有这么简单四个字，浓浓的墨痕、淡淡的记挂，已经足够填满相思，又重重地刻下更深的相思。她还能说什么！

她是怎样羞涩着对传书人叙说其中的缘故？

“那人，这信，托付先生，不胜感激。”

低垂着头，微微颤抖着手，紧攥着书信又若轻还重地交给“鸿雁”，托付的是薄薄的等待、厚厚的挂念；深深的情、浅浅的怨。

不久后的一天，纳兰吃罢了晚饭，回到书房，秉着一盏昏黄的灯，听窗外细雨点滴，轻轻地敲在芭蕉叶上。不徐不疾的声音，让他不觉想起她的天涯，是否也在落雨？

一时间离愁涌上心头，展开夹在书页中的那封带着花香的信笺，抚摸着秀气的墨痕，回忆那时教她习字的场景。小小的女孩儿，粉雕玉琢的面孔，柔软细致的手指，握着笔沉思的可爱模样，仿佛就在眼前。

手指随着一字一句的笔画描摹，就像是细数她的眉眼，恰如新月如钩，星辰璀璨。

唉。淡淡的太息，浅浅的寂寞。正应和着远方她那浓浓的离愁，深深的牵念。

不自觉揉乱了书页，模糊了字痕。也不知是看得久了倦了，还是想得多了泪了。

许久没有见到她的信，忍不住担心这横亘着千山万水的情，那条脆弱的红线，断了否？倒是有情还是无情？

临江仙　其三

昨夜个人曾有约，严城玉漏三更。
一钩新月几疏星。夜阑犹未寝，人静鼠窥灯。
原是瞿唐风向阻，错教人恨无情。
小阑干外寂无声。几回肠断处，风动护花铃。

若说是无情，她也就不会鸿雁传情。若说是有情，又有什么能够证明？难不成这一切竟是纳兰心系她太久，凭空生出的妄想吗？

她曾经失约。

新月之夜，星辰三两，连呼吸都几不可闻的深夜，安静得叫人心焦。整夜睡不着，或许只有纳兰和老鼠在痴痴望着灯油。

在等级制度和封建意识浓厚的时代，他们的约会是非常隐秘的，不仅要冲破自己内心的矜持，还要躲过侍婢的视线、父母的看管。戒备森严到宛如《临行公车》中的“禁门俨犹闭，严城方警夜。”

已经是约定好的时辰，仍然没有见到她的身影。

许是半路被逮了回去，遭到狠狠的训斥，悄悄拭干眼角的泪珠儿，心里却默默地重复对恋人的歉疚？

许是看管太过严格，甚至没有偷溜出来的可能，只能纠缠着汗巾子，懊恼着咬住下唇？

许是这种种世间情状，教新月儿早爬上柳梢头，人约黄昏后却难成行。若不是知道她的心，定会错生了闷气，误恨了无情。

只有风经过小轩窗的寂寞，偶尔有点响动便喜得人推开窗探看，每每是可恶的风又去招惹花圃边缠绕的护花铃铛，倒叫人白高兴一场。

“她不来，是因为来不了。”纳兰心想着。每一次失约，纳兰都这样想着，暗地里还担心她是不是受了委屈，一颗心要命似地悬着，直到再见到她，看到她好好地站在那儿，依旧微微地笑着，红晕爬上两颊，这才放下心来。

现如今回想起，莫不是太自作多情？那人究竟对自己是否仍旧有意？一颗心忽然又悬起来，夹杂着点不甘心，掺和着些幽怨，在更深露重的黎明之前，才能混沌着睡上一会儿。

虞美人　其一

春情只到梨花薄，片片催零落。
夕阳何事近黄昏，不落人间犹有未招魂。
银笺别梦当时句。密绾同心苣。
为伊判作梦中人，长向画图清夜唤真真。

醒来时候，眼睛有些酸痛。不知是睡梦中曾流泪，还是睡得太晚，有那么些许疲累。

庭院的梨花片片零落，铺了满地的灵巧。春到此时便无情了。呆坐着便是一天的光景，竟然又是黄昏。黄昏，然后便是夜晚。夜晚又是思念焦灼的时候。

信手翻了翻书页，竟然又天意一般停留在夹着那素白信笺的地方。唉。不敢叹息，不能叹息，最怕叹息。

扇子随意丢在桌上，蜿蜒着细细丝线的扇坠，正是那女子亲手挽出的同心苣。窗寒天欲曙，犹结同心苣。同心当时结，却不知她现下是否能感受到自己的心痛。

素笔几欲勾勒出她的形貌，可是刻在心里脑海的影子，却莫名其妙地不能描绘得完美。于是只描了一个轮廓，却望着这轮廓，眼前渐渐清晰了心中的女子。

纳兰呆望着笔下的画，想起《松窗杂记》中的故事：

唐朝进士赵颜无意中看见画工绘制的美人图，感慨道：“现实的世界里怎么会有这样美妙的女子？若她活生生地站在我面前，定要娶她为妻。”

画工淡淡地笑了，回道：“我的画向来以‘神画’着称，这美人图是其中最为出色的一幅。此女名为‘真真’，若真有情意，可以昼夜不停地呼唤她的名字，百日之后定能有所回应。待她回应之后，喂她喝下百家彩灰酒，便可如常人一般。”

赵颜将信将疑，却实在被这真真吸引，便如画工所说，呼唤了百日“真真”，竟然真的得到回应，喝下酒之后也如常人一般。

范成大曾戏曰：“情知别有真真在，试与千呼万唤看。”

……

纳兰摇摇头，苦笑着放下画笔。若她在这画中，呼唤百日算得了什么？只可惜，只可惜。忍不住再次叹息。

虞美人　其二

曲阑深处重相见，匀泪偎人颤。
凄凉别后两应同，最是不胜清怨月明中。
半生已分孤眠过，山枕檀痕涴。
忆来何事最销魂，第一折枝花样画罗裙。

纳兰转过头，不想去看桌上的同心，不愿去想画中的“真真”。随手捡一本李后主的词，读了一会儿，指尖却总在一行字句间细细摩挲。

画堂南畔见，一向偎人颤。

是啊！初见那日，总是教人忍不住回想。

指尖擦过几案上的古琴，幽怨的颤音中，仿佛那女子梨花带雨，轻颤着肩膀啜泣的模样又出现在眼前。料想分别后你我的心思是一样的凄凉怨怼，尤是那团圆美满里，尤是那繁花明月中。

睡梦中，孤眠的她应该也会和自己一样吧！每每思念，粉泪零落，沾湿了枕头，浸透了薄衾。

现下说起你，眼前还是那个初见时的罗裙少女，娇俏可人地站在自己面前，举手投足间活了罗裙上的一枝梅花。

虞美人　其三

彩云易向秋空散，燕子怜长叹。
几翻离合总无因，赢得一回僝僽一回亲。
归鸿旧约霜前至，可寄香笺字。
不如前事不思量，且枕红蕤欹侧看斜阳。

你呢？你，还好吗？

封建社会要求女子知矜持懂廉耻，满洲人进关后更多的学习汉人，逐渐也遵从了这一规矩。而且就算是多么热情的女子，又怎会在这骄矜的世道里放肆着自己的情绪？

纳兰合上书卷，闭上眼睛，脑海里浮现出伊人的模样，幻想她也在思念自己，一样的愁情难耐，心思翻转，一样的望着寂寞梧桐，深深庭院重重锁住了冷漠的清秋。

看着长空中流散的彩云，燕子衔泥，忙碌地飞来飞去，时不时停下看看回廊中形单影只的少女，似乎也在为她叹息。

来来去去，毫无缘由的几番离合，换来的是重逢的喜悦、别离的愁绪。爱得这样折磨，究竟值不值得？

少女的心上人曾留下一个约定，霜落之前定会前来相见。于是她只好每日都数着时辰等待，在失望和希望中重复这煎熬。离别日久，少女不免有些怨怼：那人若是不能早归，就是寄来一封信笺也好，聊慰相思之情，三言两语，不需说想念，却已经说尽了想念……

罢了！纳兰猛地睁开眼睛，揉揉紧皱的眉心，不如前事不思量。姑且做个无情之人，就享受着浮华之家的富贵享乐，半躺在雕梁画栋中看夕阳西下，不去想它什么时候回来。

其实你又何必自欺欺人？

不思量，自难忘。

鬓云松令

枕函香，花径漏。依约相逢，絮语黄昏后。

时节薄寒人病酒，铲地梨花，彻夜东风瘦。
掩银屏，垂翠袖。何处吹萧，脉脉情微逗。
肠断月明红豆蔻，月似当时，人似当时否？

黄昏来临得这样快，快到教人来不及防备夜晚的寂寥。

一壶薄酒，纳兰在回廊里坐下，斜睨这满眼的梨花地，好像枕头上还残存着一丝春意，淡淡清香是不是从这一地残花而来？春将去，花魂在。

若是那女子来了，能够如约定过的相聚，莺声燕语之后离去，就能延缓这春天离去的脚步么？

寒气微微地吹送到面颊上，这才发觉，原来满树的花儿零落无几，似乎一夜之间，清瘦了梨树，消减了纳兰。

放下酒壶，歪了歪身子，倚在柱子上，轻轻合上眼，回忆那天，那少女娇羞地躲藏在屏风后，却露出一角翠色的袄袖，无情却似有情，若离恰又若近。这也是一种情挑么？

远处又传来箫声，阵阵搅得人迷离恍惚，书架上装饰的，可是红豆吧！每蕊心有两瓣并生，仿佛前人所说的连理云。

可是红豆之豆蔻美则美矣，却有花无实。想着古今情事，几多如此。当时愿君多采撷，只因此物最相思，谁知来日不可期，终究镜花水月，落了个花落人去的结局。

纳兰深深呼吸渗透花香的空气，默默地问初升的明月：我还是当初的我，你还是当初的你，她呢？她还是当初的她吗？

南歌子

翠袖凝寒薄，帘衣入夜空。
病容扶起月明中。惹得一丝残篆，旧熏笼。
暗觉欢期过，遥知别恨同。
疏花已是不禁风，那更夜深清露，湿愁红。

是的！她还是当初的她！黑夜里不知什么地方传来这样的声音，惹得纳兰浑身一颤，几乎落下泪来。明月高悬，月光中仿佛能看见她消瘦的模样。自春来，惨绿愁红，芳心是事可可。还是当年的翠色袄袖，在薄薄的夜露中沾染了些许寒意，深深的帘幕融入暗暗的夜空，憔悴的面容映着惨白的月色，令人倍感疼惜。

旧熏笼挡不住篆字香的香消玉殒，淡淡的烟雾里，少女娇弱的情态好似要随之飞升一般。绣帕掩上粉面，心里暗自揣测。东风恶，欢情薄，一时解不开的愁绪，万般断不了的愁索，心知许是相恋的热情渐渐消减，虽然分别两地仍旧能感受到一样的别离之恨。

春已杳，残花再经不得风的催促，怎么还要加上这微寒的夜色里清露的浸染，湿了这片花红，愁了这一地破败？

这样的情状，算得上是离妇吗？

春去也·莫被人知了

秋千索　其一

锦帷初卷蝉云绕，却待要、起来还早。
不成薄睡倚香篝，一缕缕、残烟袅。
绿阴满地红阑悄。更添与、催归啼鸟。
可怜春去又经时，只莫被、人知了。

呆坐着又是一夜，妆容憔悴，鬓髻松散，斜云一朵乌色，坠在脑后，懒懒地浸染了熏笼的香气，睡也是睡不下，起来却还早。慵懒地靠在床头，眉头微蹙，香已燃尽，一缕缕残烟蜿蜒着爬出笼外，转眼消失无踪。

侍女推开轩窗，满庭红翠仍在，只是春事悄歇，绿肥红瘦，不知何时又飞来了催归的小鸟，婉转娇啼着“不如归去”。

经年又逝，春早无影，只是，这春思的形状莫要被人知了去。莫要人知，情太重，恨渐浓，离别更添心痛。

秋千索　其二

药阑携手销魂侣，争不记、看承人处。

除向东风诉此情，奈竟日、春无语。

悠扬扑尽风前絮，又百五、韶光难住。

满地梨花似去年，却多了、廉纤雨。

千里之外，现下所在。两厢愁绪狠狠地坠在一起，药阑东，药阑西，记得当时素手时。有那么一个携手的佳人伴在身侧，怎能不记得当时特意相迎相会之情？

若问酒醒何处，正黄昏时候杏花寒，廉纤雨。清明时节，算来距去年冬至已是百日有五，春风悠扬，带着些许的寒意，带着淡淡的惆怅。柳絮恰生双翅，梨花倒还如昔。

有人说，这样的纳兰是婚后思恋旧情人的情状。有人说，这样的纳兰是心系某位佳人而不得的惆怅。

非也，非也。

这样的纳兰，是梨花一般的纳兰，是迷恋着爱情和相思的纳兰。或许他爱的，不是谁，却是谁；不是佳人，却是佳人；也是爱情，也是相思。

秋千索　其三

游丝断续东风弱，浑无语、半垂帘幕。

茜袖谁招曲槛边，弄一缕、秋千索。

惜花人共残春薄，春欲尽、纤腰如削。

新月才堪照独愁，却又照、梨花落。

或者，纳兰爱上的，只是一朵淡淡幽情的梨花吧！

无力的东风吹送着细细的蛛丝，恰如一帏帘幕。绛红色衣衫的佳人，曾经在这里悠悠荡荡地弄过秋千，来来往往，衣袂飘扬之间梨花纷飞，那人银铃般娇笑，悠然成风，似乎要飞升起来。

抚今忆昔，梨花又落，满地萧索，秋千空空摇荡在风中，佳人已去，那个不忍踏破花瓣的女子，是不是也因为思念消瘦？不盈一握的纤腰是不是又刀削般惹得衣带渐宽？

新月一弯，又上柳梢，昏灯对月成三人，写不完的愁，愁不完的愁，却又照着散落的梨花，一地的凄婉。

还是睡下吧！明日总不能再托病不去围场，少年理应有所抱负，一身能耐，怎就困在这淡淡的愁云里，凄惨个没完？

采桑子　其一

彤霞久绝飞琼字，人在谁边。人在谁边，今夜玉清眠不眠。
香消被冷残灯灭，静数秋天。静数秋天，又误心期到下弦。

曾经也是这样等着你，盼着你。莫说你我仅仅是凡人而已，要知道即便是王母侍女、贬谪仙子都耐不住春情寂寞，夜不能眠，口不可言。却道人在谁边。

有人说，思念的时候，就是这样。牵挂一个人，总会问：你在做什么？你在哪里？话语浅淡，却是浓浓的“我想你”。

已经说过不能再想，哪有少年郎是这样满眼关不住的哀伤？索性睡了吧！一夜之后，就当那都是过往，谁也不要提起！

香灰散尽，灯油耗尽，情怀是否也倾尽？衾被湿冷而凉薄，正能应和现下的心情。窗影中映出的一片一片的叶子里，静静埋葬了春天，在等待睡去之前，细细数着叶片，似乎能够早早盼到来年，来年许会有变。或是她归来，或是我忘却。

不是说好睡去吗？又直愣愣地挺到月下弦，又是一夜，又想了一夜。

所以人是不能相思的，人是不能盼望的，人是不能等待的，这不，道不相思，偏又相思。一夜又去，纳兰，你还是你自己的吗？

采桑子　其二

谁翻乐府凄凉曲，风也萧萧。雨也萧萧，瘦尽灯花又一宵。
不知何事萦怀抱，醒也无聊。醉也无聊，梦也何曾到谢桥。

梦魂惯得无拘检，又踏杨花过谢桥。萧萧雨夜，孤灯无眠，刚才那首词若是配上自己创作的曲子，应该也很优美吧！却又听得远处箫声。真正是灯花消减，凄凉倍增。一夜又要这样过去。

纳兰不解自己为何又是这样，满腹心事似的，却又不知是何事。苦笑一下，心下也知道是什么，只是不说破，也似乎不能说破。一杯冷酒？不。醉了也是无趣，醒着也是想念，就算是熟睡了，梦境里不也是一样？

采桑子　其三

冷香萦遍红桥梦，梦觉城笳。月上桃花，雨歇春寒燕子家。

箜篌别后谁能鼓，肠断天涯。暗损韶华，一缕茶烟透碧纱。

“不高兴吗？为何见到我，还是一副呆愣的表情？”少女巧笑倩兮立在面前，花香弥漫，胡笳奏起。箜篌哀怨，明月映着桃花粉面。伸出手想扯住佳人衣袖，却换来一场竹篮打水，终究是梦。

忽来忽去的细雨渐渐停歇，春日夜晚料峭寒意下的屋檐燕窝，一生中最曼妙的年华就在这样的光阴中消减，唯有热茶化作的青烟，还透出纱帘一样的氤氲，仿佛仍是年少时节，仍有未结心事，仍有佳人在侧，提笔欲言，却又尽在不言中。

采桑子　其四

桃花羞作无情死，感激东风。吹落娇红，飞入闲窗伴懊侬。

谁怜辛苦东阳瘦，也为春慵。不及芙蓉，一片幽情冷处浓。

“公子，更衣吧！”侍婢不知何时立在门侧，怯怯地探问。

也罢！也罢！纵使相思奈若何！

坐起身，在侍婢的服侍下穿好衣服，梳洗之后，慵懒地踱着步子来到花园。

信手捻一朵桃花，不晓人间情事，倒也天真，倒也自在。纳兰松开指尖，花瓣随意飘落，风也多情，竟然卷起几片吹入小窗，更教人平添几分伤情。

古来多少骚人墨客，恁地多愁善感，为这春日里平淡而懒散的闲愁消瘦？盛放的花朵细碎着流年，却比不上那一朵莲，出淤泥而不染，濯清涟而不妖，静静地伫立在水中，层层瓣瓣的高傲冷漠。

采桑子　其五

拨灯书尽红笺也，依旧无聊。玉漏迢迢，梦里寒花隔玉箫。

几竿修竹三更雨，叶叶萧萧。分付秋潮，莫误双鱼到谢桥。

辗转反侧地猜测，昨夜终不能入寐的时候，还是选择了披衣坐起，修一封书信给那人。

写了又写，想了又想，写不尽的情愫，想不透的情思。

这世间，怎就没有那样的词句，短短数行，寥寥几语，说完了相思，道尽了牵念？

因为不能表达完整，所以更生无聊惆怅，偏偏此时远处传来更漏声声，敲在天边，想在耳边，唤不回心在那边。

玉漏莫相催。莫相催。三魂丢了两魄，离人带走了半个我。

曾有佳人玉箫，等不到那位应了婚约的郎君，便戴着他留下的玉环，绝食而去。如今看那痴女子，不见旧人，旧约何用？痴情至死，教人怎生忍心喟叹。

红笺轻折，信皮上细细描写着那女子闺名，此鸿雁一去经年，祈将苦情尽付秋风雨，只盼双鱼传信，莫要误了约期。倒也教公子呕了心血，孤独归去。

后人看纳兰，多情痴情长情，却被情一字亏空了身子，掏尽了内附，只剩下一个残存的影子，随叶落随雨殁，终于罢了生涯，也不知，情字所归何处。

觉梦遥·暗露滴花梢

采桑子　其六

凉生露气湘弦润，暗滴花梢。帘影谁摇，燕蹴风丝上柳条。

舞馀镜匣开频掩，檀粉慵调。朝泪如潮，昨夜香衾觉梦遥。

一位佳人对镜梳妆，自怨自艾，空有佳期如梦，怎奈天各一方？

夜露冷清，坠在枝头，生在琴弦，泪珠一样晶莹剔透，忽地坠地，烙下一个暗色的痕迹。

粉帘摇曳，影影绰绰，急忙转身把目光投向那里，你？不，不是。只不过是一阵风吹着燕子穿过柳枝，痕迹无踪，只有柳条仍旧摇摇摆摆着自得其趣。

懒梳妆，纵使花容月貌有谁怜？

纳兰公子，千山万水，天涯相对，你可也是思念着我？一千一万个想念，在回忆间浮现在眼前。

采桑子　其七

土花曾染湘娥黛，铅泪难消。清韵谁敲，不是犀椎是凤翘。

只应长伴端溪紫，割取秋潮。鹦鹉偷教，方响前头见玉箫。

古有湘妃竹滴泪，今有佳人思惘然。三十六宫土花碧，忆君清泪如铅水。空余离别，冷却清秋节。

竹林中叮咚作响，少年翘首，却并非是谁家乐宴，而是那少女盛装而来，头顶的凤钗碰撞出一串声响。

素手磨墨，一方端溪紫砚悄然晕开温婉，相顾无言，少年提笔描摹，情人偎依在侧，时不时手把着手，教她写下几句新词，轻声解说与她，那字是何意，那词是何意，那句为何而来，那句为谁而吟。

书房鹦鹉瞪圆了眼睛，眨也不眨地盯着这一双璧人。

少女用指尖挑弄着鹦鹉脚上的银链，娇声说道：“说，‘成德哥哥’！”

鹦鹉左顾右盼，眼睛滴溜溜地乱转，啄一下羽毛，张了张翅膀，就是不肯开口。少女再度开口：“说，‘成德哥哥’！快说！”

鹦鹉仍不开口，少女恼了，汗巾子甩过去，惊得鹦鹉拍翅大叫“成德哥哥！成德哥哥！”

纳兰不禁大笑出来，少女脸颊上浮上两朵红云，说不出的娇羞可人。

采桑子　其八

白衣裳凭朱阑立，凉月趖西。点鬓霜微，岁晏知君归不归？

残更目断传书雁，尺素还稀。一味相思，准拟相看似旧时。

公子远在天涯之外，想你现下定是一袭白衣，斜倚朱红栏杆，望向西去的清冷月亮。月光映照在他的鬓间，仿佛染了霜色。他一定在想：“年末之时，那人会不会回来？”

独自莫凭栏，别时容易见时难。流水落花春去也，一年复一年。这是你教会我品味的李后主，也是你撩拨起我的春思。

比起频繁的相思，月余才来的书信似乎少的可怜。这么一直想，一直等，一直盼，千里婵娟，天涯相隔仍旧共度此时，他日再见，仍似旧时，容颜亦然，情思亦然。

此一封书信，盼君收到之时，尚可聊慰相思之意。

莫问归不归，往情不可追……

采桑子　其九

而今才道当时错，心绪凄迷。红泪偷垂，满眼春风百事非。

情知此后来无计，强说欢期。一别如斯，落尽梨花月又西。

如今才知道，分别时匆匆一面看似轻描淡写，却是多么痛心。想来相爱便是错，否则为何要忍受思念的焦灼？

心都碎成多瓣，很久以来都不晓得完整的情绪是怎样，凄迷着心事，偷偷落泪。去年今日此门中，人面桃花相映红。人面远在他乡处，桃花如是人面非。

春风拂面，桃花暧昧，伊人不在，又能如何？

心里明明知道，相会之日有可能遥遥无期，却还在书信里，做出期盼模样，安慰彼此的不安，许下实现不了的欢期。究竟是在安慰情人，或是安慰自己呢？

这样一个善解人意的好女孩，注定不能是自己的情感归宿吗？

梨花零落，又一地寂寞。纳兰握紧手里的信笺，粉色的梅花纹样扭曲成忧伤。月又东升，一日复一日，再无相会时。

四和香

麦浪翻晴风飐柳，已过伤春候。因甚为他成僝僽？毕竟是春迤逗。

红药阑边携素手，暖语浓于酒。盼到花铺似绣，却更比春前瘦。

梨花落尽之时，麦浪翻涌，暖风拂柳，看来早已过了伤春的时候。春已去，春怀仍在，花已落，花梦未醒。

想起那年夏天，红色芍药盛放似火，素手轻抚花瓣，淡笑挂在唇边，还曾羞涩低垂眼睑，怯怯地十指交缠。

暖风吹到耳边一阵温柔细语，醉了人，香醇浓似酒，逗引出微微悸动。

人比花娇，花落无声，原以为春去寒消，怎料人更比春前寂寞。这样的相思，岂不是苦思？这样的苦苦等候，什么时候才有尽头？心里的那个缺口，有没有人能填补？

纳兰公子握紧手中的芍药，昔时妖娆，已经破败不堪，此恨，何时已？

一双人·争教两销魂

画堂春

一生一代一双人，争教两处销魂。相思相望不相亲，天为谁春。

浆向蓝桥易乞，药成碧海难奔。若容相访饮牛津，相对忘贫。

恨不得爱不得说不得的销魂。想念盼望却终究不得团圆，空等来一个春天，为了谁还对红尘留恋？没有佳人在侧，空守着春来秋去，有何意义！

昔日有裴航与樊夫人同舟，得诗“一饮琼浆百感生，玄霜捣尽见云英。蓝桥便是神仙窟，何必崎岖上玉清。”后途经蓝桥（陕西蓝田县东南蓝溪之上），讨水得遇仙女云英，其母要求以玉杵臼为媒聘，裴航千辛万苦终于寻得，遂与之成婚，终能双双仙去。

这样的经历公子也曾有过，却未能得到一样圆满的结果。碧海青天夜夜心，纵然情深似海，却难以相见。

如能得成所愿，到那天河饮牛的所在，不枉费牵牛织女一番辛酸，相对莫问前程，有情饮水饱。

纳兰生性之淡泊，重情轻利由此可知。如果说纳兰是为情所累，倒不如说他看破了红尘中纷纷扰扰掺杂了太多名利的情爱，唯有高洁如梨花的情人，即便那人是平凡的、地位低微的，也并无不可，只要她是自己所追求的、纯粹的爱情。

河渎神

凉月转雕阑，萧萧木叶声乾。银灯飘落琐窗间，枕屏几叠秋山。

朔风吹透青缣被，药炉火暖初沸。清漏沉沉无寐，为伊判得憔悴。

等待是最为煎熬的事情。纳兰不怕等待，却难捱等待。

月色清冷，已然东去。风吹树木婆娑，恍惚了屏风上的灯影，堆砌了枕边层层书稿。直钻入本就不暖的薄衾。为伊消得人憔悴，身弱多病，寒意大盛的深夜，只有炉上的药还是暖的，轻声沸腾着温度。

熏笼玉枕无颜色，卧听南宫清漏长。这一切究竟从何而来？末尾点出无寐的缘由，就只是因为伊人。

河渎神　其二

风紧雁行高，无边落木萧萧。楚天魂梦与香消，青山暮暮朝朝。

断续凉云来一缕，飘堕几丝灵雨。今夜冷红浦溆，鸳鸯栖向何处。

“灵雨既零，命彼信人。”（《诗经·墉风·定之方中》）前景后情是纳兰最为常用的写作手法，但凡是看到一些事一些景，总会勾起他的伤心。这伤心有些时候是因着情思，有时候却又无端而来，似乎这些景物有了心，而纳兰恰恰能够感应这景物的心。

才貌双全的宋玉曾经在《高唐赋》的序中说：“昔者楚襄王与宋玉游于云梦之台，望高唐之观，其上独有云气，崪兮直上，忽兮改容，须臾之间，变化无穷。王问玉曰：‘此何气也？’玉对曰：‘所谓朝云者也。’王曰：‘何谓朝云？’玉曰：‘昔者先王尝游高唐，怠而昼寝，梦见一妇人，曰：“妾，巫山之女也，为高唐之客。闻君游高唐，愿荐枕席。”王因幸之，去而辞曰：“妾在巫山之阳，高丘之阻，旦为朝云，暮为行雨，朝朝暮暮，阳台之下。”旦朝视之，如言，故为立庙，号曰朝云。’”从此“云雨”便成为男女情事的代称。

秋也深，夜也深，此时有云有雨，翻云覆雨，可知纳兰做了鸳鸯之想，相思之情道之不尽。水边有红草萋萋而生，乍凉时候，寒意沁人，那鸳鸯又栖息何处呢？

莫登楼·斜日两眉愁

诉衷情

冷落绣衾谁与伴，倚香篝。春睡起，斜日照梳头。

欲写两眉愁，休休。远山残翠收，莫登楼。

纳兰怀想的这位女子，何曾不想他呢？纳兰兀自幻想，她也是念着他的。于是反复在思量，是否有着同样的感受？

秀衾冷，只因孤独一个，无人相伴，熏笼燃香，斜斜地倚在旁边，春睡懒懒日高起，妆镜前头懒梳洗。

无人与共，画眉也似乎毫无意义。登高凭眺，望不见天涯，望不会离人，倒不如不要再上层楼，莫道天凉好个秋。

独睡起来情悄悄，寄愁何处好。纷纷江上雪，草草客中悲。这是太白眼中的雪景。纳兰曾被称为清朝的李白，不过，在侠义心肠之外，他却多了太白所没有的一丝柔情媚意。

清晨风收雨歇，水天一色玉空明，一望无际映入水镜。本该是一片大好风光，令人心旷神怡。春色却为何反而令人增添愁怨？

原来是春起的一梦惹祸，梦中曾有的相守场景被日出打破，谁为伊人轻轻画眉？

只剩下帘外落花，却还萧索着。一个人的梦醒了，压抑了心中苦涩，情之一字也只能深埋心中。

这片愁肠寄托何处？又有何处可以寄托愁肠？

伤心伤感伤情，纳兰爱而不得，甚至需要深埋这份情感，这一番痛楚和抑郁如何才能让人释怀？

纳兰还是在纠结着这位梨花佳人，究竟怎样的女子令他念念不忘？与此同时，那位佳人又在做着怎样的事情？是否也在想念纳兰呢？

短长处 · 回首碧云西

浪淘沙

紫玉拨寒灰，心字全非。

疏帘犹是隔年垂，半卷夕阳红雨入，燕子来时。

回首碧云西，多少心期。

短长亭外短长堤。百尺游丝千里梦，无限凄迷。

伤春伤情，且把紫玉钗一把，乱了那心字香形的残灰，真是心灰意冷，心事全非，心如死灰不复温。粉帘恨撩春风，岂不知竟已是夕阳西下，燕子双飞归巢，如今是否与那人也分飞燕般难以旧情复燃？

曾经多少期盼，留恋曾经共同走过的地方，一寸寸相思融进那土地，柳条柔弱，摇摆不断的分离，却是千里之外那人才能解得开的愁锁，眼前一片氤氲，心事无限凄迷。

日复一日的伊人心事，纳兰公子，你可知否？

端的为谁添病也，更为谁羞？多日后，纳兰再回忆那几日得了信后失魂落魄的相思，又不觉悲从中来。

暗忆欢期真似梦，梦也须留。那信不仅未能给他减了几分思念，反而让他更觉得欢期如梦，就算是梦也要留下点痕迹。从信中字里行间看透的少女心事，痛悔当初未能拦住北雁南飞，只落得现下公子消瘦多病，佳人羞怯情愁。

暗思何事断人肠。曾是向他春梦里，瞥遇回廊。可又能如何呢？春光消减，薄衫低髻，抱膝思量，想也想不透的愁锁。

别说这春光大好，却减不去伤悲。究竟是什么让纳兰有断肠之感？料想便是曾像春梦一样地不断回忆在回廊里与她的相遇。折梅衣裙，巧笑倩兮……

一角衣裙掩不住的风华。少年纳兰正从习武场回来，一身疲惫，转过回廊的时候瞧见了这一抹春色，顿时眼前一亮。谁家的小姐？瞧着侧影断非我府中侍婢，是谁呢？水腰杨柳，宽袖窄肩。乌云一抹在头上，粉面掩不住的娇羞。

“成德！”明珠低低地唤一声痴了的儿子。

“阿玛。”纳兰匆匆上前，眼睛仍旧止不住打量少女。

“还不快去换身衣服，再出来见贵客。”明珠叮嘱，又向少女身旁的友人道：“犬子甫从校场回来，一身污秽，且让他去换身衣袍。”

纳兰应声跑回房中，一路上却还不时回首，紧怕少女不见似的。

而那少女，在逐渐远去的回廊中，仍旧用丝帕掩饰着满面娇羞的笑容，眼波流转，似是笑这少年傻气，却又含情脉脉一般的等候。

嗟叹，嗟叹。人生若只如初见？

木兰花令

拟古决绝词

人生若只如初见，何事秋风悲画扇。
等闲变却故人心，却道故人心易变！
骊山语罢清宵半，泪雨零铃终不怨。
何如薄幸锦衣郎，比翼连枝当日愿！

人生若只如初见。千古传诵此一句，是为纳兰词中经典之作，也是恨极而发出的心声。

昔日马嵬坡赐死杨玉环，恩情尽断，徒惹一时情殇。在天愿作比翼鸟，在地愿作连理枝。唐明皇与杨玉环曾于七月七日夜深时候，在骊山华清宫长生殿里盟誓，愿生生世世结为夫妻。后安史乱起，明皇于马嵬坡赐死杨妃。玉环死前泪流双双，对明皇曰：“妾诚负国恩，死无恨矣。”

此后明皇于途中闻风雨奏响铃声，声声凄哀，遂作《雨霖铃》一曲以寄哀思。后人有柳永之《雨霖铃》词作传世，皆为哀怨之作。

班婕妤为汉成帝妃，被赵飞燕谗害，被逼深居冷宫，有诗《怨歌行》，以秋扇为喻抒发被弃之怨情，有“妾身似秋扇”之感。

这两件旧事，说的都是当年情、别种恨。借失恋女子的口吻，谴责那负心的锦衣郎的。读来似乎别有隐情，窥见纳兰幽怨心事。不知他因事而发还是读史有感？却将那闺怨之情描绘得哀怨凄惋，百般缠绵。

故人心易变，也有做故心人易变的说法。最初相识之时的甜美与被弃之时的无情，不知道是对方变了心还是自己心境变了。物是人非事事休，昨日誓言本还是相亲相爱，但为何却成了今日的相离相弃？

纵死而分离，也还是刻骨地念念不忘旧情。即便如此又能如何？

纳兰是极容易感伤的，善感虽则显示人之聪慧，却并非好事。总是愁肠多薄命。

南楼令

金液镇心惊，烟丝似不胜。沁鲛绡、湘竹无声。

不为香桃怜瘦骨，怕容易，减红情。

将息报飞琼，蛮笺署小名。鉴凄凉、片月三星。

待寄芙蓉心上露，且道是，解朝酲。

•

思及此，纳兰终究还是铺开信笺，写满相思：

别来经年，是否安好？

美酒浇不透的愁，烟丝燃不尽的怨。有泪亦无声，悄然浸透鲛绡。

料想你始终坚持当年的承诺，匆匆别后风骨坚贞，怕的不是你被那旖旎风光吸引常驻，怕的是因此秋风画扇消减了情爱。

三两句问候，写不完的相思凄凉。只得用着三两点的朝露，聊慰你如醉如痴的相思。

信尚未写完，眼前忍不住浮现人约黄昏后的那时。

鹧鸪天

离恨

背立盈盈故作羞，手挼梅蕊打肩头。

欲将离恨寻郎说，待得郎来恨却休。

云淡淡，水悠悠。一声横笛锁空楼。

何时共泛春溪月，断岸垂杨一叶舟。

梅树下佳人盈盈俏立，无聊地用丝帕拍打着梅花，弄得一身淡香。

“等了很久？”纳兰悄悄走到她身边，附在耳边轻轻问道。

“你！”少女猛一回身，娇态毕现，两朵红霞飞上脸颊。又一跺脚，扭过身去不理他。

“气我来得迟了？”纳兰绕过身，低头看着少女扭捏着丝帕。

“这么久不见，我以为……以为你会说些什么，可是……”少女咬了咬下唇，温柔地恨声道，“真是恨你，恨你！”

纳兰轻笑，手扶在少女肩头，安慰似地抱住她。

斜云淡淡悠然，绿水缓缓流淌，映照出的一对鸳鸯，全不似今日花落人断肠。

牵着少女的手，共泛春光，荒郊的一叶扁舟，载着二人离去那白杨岸边，伴和着送到耳畔的笛声，远远去了……

青梧老·十年不言心

虞美人

银床淅沥青梧老，屧粉秋蛩扫。

采香行处蹙连钱。拾得翠翘何恨不能言。

回廊一寸相思地。落月成孤倚。

背灯和月就花阴。已是十年踪迹十年心。

一寸相思，十年心。十年是多少个春秋？十年是多少日等候？

明知情之无望，却还痴痴守候在当初约定的地点，反复咀嚼离别前的相聚时光，是痴是傻？难道不怨不恨？

从那回廊与你相见到今日，已有十年之期。十年间，曾经一起携手泛舟，曾经拂去你肩上的落花。十年后，早已天涯两端的你我，是否还能回到那个初遇的回廊，让时光回转，好好珍惜每一个相处的时刻？

只是，你是否还记得，回廊初见的那次，你手中扭捏的是月白色的丝帕，隐约绣了梨花；只是，你是否还记得，梅树下的迟来，你打落的梅花，映衬着你粉色的面容，分外娇俏；只是，你是否记得，曾经身着折梅花纹的罗裙，惊艳了花园中盛放的芙蓉；只是，你是否记得，素手研磨，亲手叫你习字的时候，你苦皱着小脸说难写……你是否记得？是否记得？

或许你并不知道，花开好时念你娇媚，花残零落思你孤寒，月缺之时盼得团圆，月圆之时恨不相见……

相思催人老。十年已逝，如今尚且安好？

第二章

少年风姿初现世

不是寻常春桃花，明月如珠坠谁家。
瑶华映阙识才子，挑烛滴梦照窗纱。

——红楼夜灯闲书字·才子自古多愁殇

马背上生存壮大的满洲人，他们世世代代崇尚武功，
这俨然已经是祖祖辈辈传承下来的思维定式。
因为他们坚信天下是从战争中得来的，
勇武、强悍的"巴图鲁"（满语：勇士）才是真正的英雄。

尽管八旗子弟入关后住进了北京城古色古香、充满文化气息的四合院，
生活习惯上也一天天与汉民族融合，

可是明珠始终坚信"文能提笔安天下，武能上马定乾坤"的才是合格的人才。
他对于目前膝下唯一的儿子，始终不能松懈这样的要求。
所以他即便公务繁忙，一心钻研为官之道、青云之路，
还是决定严加训练儿子的武功。

文武双全初入世

纳兰公子的武艺，是从各种基本功开始的：锻炼柔韧性的压腿、下腰，锻炼平衡感的倒立、翻跟头……这些动作常常是反反复复地训练，接下来就是拳术、刀枪剑戟……风雨无阻。后来，明珠还请来专门的武术教习对纳兰进行严格训练，加之纳兰自身努力，短短几年以后，少年纳兰的武功不仅大有长进，在八旗子弟中俨然已是武功超群，骑射百发百中。

文武全才的纳兰早已在京城小有名气，可是他没有任文职，而是成了皇帝侍卫队中的一员。但是父亲出入宫廷，纳兰公子也耳闻目睹了朝廷内部为争权夺利而进行的“党争”、“斗法”，他逐渐开始对仕途感到失望。功名、荣誉、光宗耀祖、富贵荣华……这些曾经令他向往的东西渐渐变得不再重要，那光芒笼罩之下污秽肮脏的一切对他来说，再不能成为人生的重点。

康熙十年，纳兰十七岁的这一年，明珠擢升经筵讲官，继而出任兵部尚书。纳兰也进入国子监学习，经过好友推荐结识了翰林院编修徐乾学，这位文采斐然的康熙九年进士，成为他日后奉为恩师的朋友。

在康熙年间，没有辟雍的国子监朴素而充满学术气息。当时的纳兰，对国子监的十只石鼓产生了兴趣。

纳兰是为固执之人，这一点从情痴上可见一斑。对于诗词文赋，对于他感兴趣的事物，他总是充满好奇，并且一直努力破解所谓的谜题。

国子监有十只雕刻成鼓状的花岗岩，鼓面上还刻着文字，有些漫漶不清，依稀看得出那字体古朴有力。

昔日有成汤、文王这样的圣王，又有周公这样的人才全力辅弼，风调雨顺，国泰民安。

《通志堂集》里有一篇叫作《石鼓记》的文字，公子当时的心情，我们可以从中窥探一二。

> 予每过成均，徘徊石鼓间，辄竦然起敬曰：此三代法物之仅存者！远方儒生未多见。身在辇毂，时时摩挲其下，岂非至幸。惜其至唐始显而遂致疑议之纷纷也。《元和志》云：石鼓在凤翔府天兴县南二十里，其数盈十，盖纪周宣王田于岐阳之事，而字用大篆，则史籀之所为也。自正观中，苏勉始志其事，而虞永兴、褚河南、欧阳率更、李嗣真、张怀瓘、韦苏州、韩昌黎诸公并称其古妙无异议者，迨夫岣嵝之字，岳麓之碑，年代更远，尚在人间，此不足疑一也。程大昌则疑为成王之物，因《左传》成有岐阳之蒐而宣王未必远狩豊西。今蒐岐遗鼓既无经传明文而帝王辙迹可西可东，此不足疑二也。至温彦威、马定国、刘仁本皆疑为后周文帝所作，盖因史大统十一年西狩岐阳之语故尔。按古来能书如斯、冰、邕、瑗无不著名，岂有能书若此而不名乎？况其词尤非后周人口语。苏、李、虞、褚、欧阳近在唐初，亦不遽尔昧昧，此不足疑三也。至郑夹漈、王顺伯皆疑五季之后鼓亡其一，虽经补入，未知真伪。然向传师早有跋云：数内第十鼓不类，访之民间得一鼓，字半缺者，较验甚真，乃易置以足其数，此不足疑四也。郑复疑靖康之变未知何在，王复疑世传北去弃之济河。尝考虞伯生尝有记云：金人徙鼓而北藏于王宣府宅，迨集言于时宰乃得移置国学，此不足疑五也。予是以断然从《元和志》之说而并以幸其俱存无伪焉。尝叹三代文字经秦火后至数千百年，虽尊彝鼎敦之器出于山岩、屋壁、垅亩、墟墓之间，苟有款识文字，学者尚当宝惜而稽考之，况石鼓为帝王之文，列膠庠之内，岂仅如一器一物供耳目奇异之玩者哉。谨记其由来，以告夫世之嗜古者。

整篇《石鼓记》，充满了各类考据与辩难，但是，所有理性与逻辑的终点却彰显出纳兰对汉文化的倾慕。

细细辨析围绕着这十只石鼓的真伪与断代的种种争议，通过梳理着它们的混乱故事，纳兰还一路追踪着这十只石鼓如何被镌刻出来，散落民间，又在唐初重现人世，又是如何在靖康之难中被金兵掳去，如何被移置在北京的国子监里。而自己只是一介凡人，与这三代古物的偶然遭遇，竟是需要多少缘分的累积？

在师傅的教导和自己令人惊叹的天赋之下，很快，十八岁的纳兰成为顺天乡试举人。明珠心怀大慰，纳兰自己也颇为得意，接下来更有动力地学习，李后主、李清照、辛弃疾……这些词作大家成为他的目标，词这种文体，让他觉得集天下之大美。一年后，十九岁的纳兰公子举进士，可谓少年得志，风光无限。

不料，这个时候，他病了，没能参加殿试。明珠遗憾之余，却也未觉有何不可，因为，八旗子弟若是想得到更高的官阶，最好能从武将开始。于是，他一边嘱咐着夫人觉罗氏悉心照料纳兰，一边为纳兰痊愈后继续修习武艺做准备。

风物起兴天下事

在病中的纳兰，并未闲适下来，他已经离不开伤春悲秋的笔，逃不脱多愁善感的命。

虽然是朱邸红楼中的贵族公子，虽有积极向上的抱负，却更向往高人名士风雅自在的潇洒。单调拘束、劳顿奔波的生活，并非他所愿。在等待父亲安排和身体痊愈的日子里，纳兰尽情感受春花秋月的美妙，写下咏怀古今、清风明月的首首词作，开创了风物起兴的描写手法，为后人所称颂。

纳兰常有一种莫名的哀伤，这难以名状，仅仅因为哀伤而哀伤的感受令他备受煎熬，却又乐在其中，吟成那惊才绝艳“纯任性灵，纤尘不染”(况周颐《蕙风词话》)的佳作。写情则真挚浓烈，绘景则逼真传神，不加粉饰，白描而已，却天生丽质，字字句句无不鲜明真切，平淡却动人心魄。

纳兰从未被定格在某一种风格内。他喜欢李煜的“不堪回首月明中”，却未曾沾染俗情的冶艳，他有金戈铁马、古城废墟的感慨，却在“醉里挑灯看剑”的豪迈中平添了柔美的感悟。他总是能够自由地表达真实情感，描绘得意境浑然天成，没有时下汉文化中因袭模拟、堆垛典故的诟病。他的好友，也是清初词家的陈维崧、朱彝尊等，虽为大家，却难以摆脱旧习的羁绊，即便赏玩眼前诸景，也多化用前人名句，时不时套用名家词句来修饰，终不能超越古人。许是读书角度和领悟力不同，让纳兰能够凭借着敏锐的观察、独特的视角和高度的语言描述能力，表现出非凡的文学造诣。

似不经意的随意涂抹，却在直率浅露中凸显出平实的华丽美感。原本个人的哀怨瞬间成为天地同悲的愁绪，使他的词作具有了独特的美学个性。

眼儿媚

咏红姑娘

骚屑西风弄晚寒，翠袖倚阑干。
霞绡裹处，樱唇微绽，靺鞨红殷。
故宫事往凭谁问，无恙是朱颜。
玉墀争采，玉钗争插，至正年间。

纳兰身处贵族之家，生于开国之时，却因为参透“兴亡之感”为后人所称道。想那少年正是雄姿英发之时，却已有垂暮之悟，真正智慧，却也令人哀叹。

对于“红姑娘”，纳兰在他的《饮水词·丛录》中曾云：“按红姑娘一名洛神珠，一名灯笼草，即酸浆草也。元棕搁殿前有草名红姑娘。”

春节将至，身为贵族子弟的纳兰自然要进宫拜见姨母。无意中见到盈盈如珠的红姑娘，不禁好奇地问同行之人：“那是何物？生得这样娇俏？”

“你说的是红姑娘？也叫洛神珠。听说是元朝的时候栽种的。”

“元朝？那岂不是几百年了？”

“是啊！元朝早就不在了，只有这些草还活着。”

纳兰不禁暗想：“真是物是人非啊！”却不敢说出口，因为这实在是容易惹来祸端的。

洛神珠，多么美好的名字！元朝却早已沦为历史陈迹，殿前的植红姑娘也似乎成为了王朝更迭的牺牲品。王朝兴盛之时，红姑娘娇俏夺目，锦上添花一般绚烂。王朝消亡之后，红姑娘却变成可一种凄惨的启示。

行走宫廷中，纳兰不时在角落见到这些“朱颜佳人”，不由得想起“至正年间”，元末惠宗顺帝之时，政治腐败，民不聊生，遂致各地义军频起，最后元朝灭亡，政权为朱元璋所夺。红姑娘在风中摇曳，仿佛眼见着王朝更迭，兴亡之感顿起。

是了，故宫事往凭谁问，谁又能说得清呢？

锦瑟期

烛花影里见

凤凰台上忆吹箫。守岁锦瑟何年，香屏此夕。

东风吹送相思。记巡檐笑罢，共捻梅枝。

还向烛花影里，摧教看、燕蜡鸡丝。

如今但、一编消夜，冷暖谁知。

当时。欢娱见惯，道岁岁琼筵，玉漏如斯。怅难寻旧约，枉费新词。

次第朱幡剪彩，冠儿侧、斗转蛾儿。重验取、卢郎青鬓，未觉春迟。

时间不觉来到岁末，往年守岁时欢娱的情景，或许因为年纪尚小，未及感悟何谓韶华匆匆。如今玩伴皆已长大，青梅远赴他乡，这一次守岁，玩腻了梅花，品尝够了佳肴，看尽王侯将相的真实面孔，再无新奇之感。

欢宴琼浆又怎样？不过是一时满足，这一夜风光之后，冷暖谁知？如今尚且青春年少，而心境却已经老了。难道一夜白头不成？匆匆取了镜子验看，还好，容颜依旧，却不知，那镜中人，是否还是镜外人？

眼儿媚

咏梅

莫把惊花比淡妆，谁似白霓裳。
别样清幽，自然标格，莫近东墙。
冰肌玉骨天分付，兼付与凄凉。
可怜遥夜，冷烟和月，疏影横窗。

“公子！公子！”大清早，侍婢兴奋地叫着跑过来，一边递上衣物，一边说着，“公子！园子里梅花开了！公子定要去作诗的吧！”

“是吗？倒是好事，那就闲来咏梅花吧！”纳兰望了很久梅花，写了这首词，却还少了点什么，忽然记起那句“疏影横斜水清浅，暗香浮动月黄昏”，忍不住嗟叹古人才智。

一场雪后，梅花竟然顶着严寒盛放，这令纳兰敬佩不已。想这梅花冰肌玉骨，清幽高洁，不与凡花为伍，千古以来受到诗人的追捧。而纳兰此时见了梅花，赏玩的过程中不禁想到自己，顿生曲高和寡之感，忍不住慨叹别有芬芳只自赏的孤傲之情。

“公子写了什么？”侍婢凑上去，想看看纳兰笔下的梅花，却因为不识字，只得巴巴地看着自家少爷。

“写了些游戏之作。你瞧这字……”

“公子，”侍婢无奈地低头，“奴婢不识字……”

“你且瞧这字，每一行到了这里，是不是又写回来了？”纳兰指指点点，侍婢瞧了半天，问道：“公子是不是没有字可以用了？”

纳兰笑答："这是回文，就是一句词说完，倒过来也是一番意境。"言罢徐徐念来，只听得侍婢连连点头，不住称赞——

雾窗寒对遥天暮，暮天遥对寒窗雾。花落正啼鸦，鸦啼正落花。

袖罗垂影瘦，瘦影垂罗袖。风剪一丝红，红丝一剪风。

看着侍婢如此敬赞自己的文采，纳兰却苦涩地笑了。谁知才子寂寞呢？

寒漏浅·月华今夜满

台城路

上元

闲珊火树鱼龙舞，望中宝钗楼远。
靺鞨余红，琉璃剩碧，待嘱花归缓缓。
寒轻漏浅。正乍敛烟霏，陨星如箭。
旧事惊心，一双莲影藕丝断。
莫恨流年逝水，恨销残蝶粉，韶光忒贱。
细语吹香，暗尘笼鬓，都逐晓风零乱。
阑干敲遍。问帘底纤纤，甚时重见。
不解相思，月华今夜满。

上元灯会，熙熙攘攘，热闹非常。纳兰随家人出游，身为贵族子弟，一身绫罗，满眼光华，心中却别有一番滋味，灯火愈耀眼愈令诗人的愁绪难遣。旧事惊心，见到一双莲花形的灯影，便勾起往事追思。不知这旧事，指的是伊人否？只知音讯全无，杳杳他乡罢了。

愁坐一隅，不觉灯事已近尾声，人们渐渐离去，远远望去闹市中的歌楼酒肆也逐渐偃旗息鼓。时间过得太快，匆匆一别后竟然再不能相见。本以为年节之时，还能在这人潮汹涌的地方见到你，重圆旧梦，却只恨今宵苦短，等不来你的身影。

她仍旧在远方。他又空等了一个节气。

“母亲！”手被忽然握住，纳兰惊抬头，却见自己的母亲慈爱地拉着他，轻声说道：“回家吧。”

纳兰不情愿地起身，总有千言万语，却只能埋在心底。

“上元已过。若要等，若能归，不在这一时，总不能在这里空耗光阴。”母亲在他耳边低声说道。

纳兰跟随着家人回府，不时回头望一眼明月，圆满得要溢出夜空，却好似饱满的一滴泪。

劣东风·飞去一枝颤

东风第一枝

桃花

薄劣东风，凄其夜雨，晓来依旧庭院。
多情前度崔郎，应叹去年人面。
湘帘乍卷，早迷了、画梁栖燕。
最娇人、清晓莺啼，飞去一枝犹颤。
背山郭、黄昏开遍。想孤影、夕阳一片。
是谁移向亭皋，伴取晕眉青眼。
五更风雨，莫减却、春光一线。
傍荔墙、牵惹游丝，昨夜绛楼难辨。

憔悴东风催春桃，桃花满枝头的时候，纳兰的心境已然有所改变。或许是春来给了他希望，或许是情景更仿佛旧时，纳兰想了想，折一枝桃花，放在书房花瓶中，吟一首“去年今日此门中”，回味崔护清明艳遇，不觉莞尔。

相传唐朝诗人崔护清明郊游，路过一村居祈水。有一少女持水而至，含情倚桃伫立。寥寥数语，佳人神貌令人倾心。相约明年此时再访，则门庭虽如故，而人去室早空。

崔护于是题诗云：“去年今日此门中，人面桃花相映红。人面不知何处去？桃花依旧笑春风。”

琼窗时听语鹦娇，柳丝牵恨一条条。物是人非，物是人非。纳兰禁不住再次慨叹，尽管这样的叹息已经太多次。燕栖画梁、莺啼清晓，家桃非同野桃艳，夕阳中灼灼鲜艳，透出春光一线，美不胜收。

春天来了啊！纳兰公子，赏花之外，你又在做些什么？每日习武学文，这个时候，应该已经是个文武全才了吧！

落春堤·东风眠新燕

生查子

鞭影落春堤，绿锦鄣泥卷。脉脉逗菱丝，嫩水吴姬眼。

啮膝带香归，谁整樱桃宴。蜡泪恼东风，旧垒眠新燕。

正是春光好，纳兰对恩师徐乾学告了假，约了三五好友踏青。信马由缰，春堤上处处都是春泥和着落花。纳兰挥动马鞭，略有些春风得意马蹄疾的意味，才开朗的心情，却在回到府中的一刹那烟消云散。

因为中了举人，被赏赐樱桃宴，也就是科举时代庆贺新进士及第的宴席。历来的新进士尤重樱桃宴，这不仅因为此时樱桃才成熟，殊为难得，还因为进士只是学位，并非官职，所以大多数人希望借此能够攀附权贵。

纳兰一则不喜这应酬之事，二则想来是他隐约觉得会在宴席间看到伤心之事。或许真的有一位佳人，纳兰思而不得，佳人却琵琶别抱吧！

因为，那梁上的旧巢依然，只是来宿巢的却是一双新燕。

临江仙

谢饷樱桃

绿叶成阴春去也，守宫偏护星星。
留将颜色慰多情，分明千里泪，贮作玉壶冰。
独卧文园方病渴，强拈红豆酬卿。
感卿珍重报流莺，惜花须自爱，休只为花疼。

“诸位！”皇帝派来的赐宴官举杯起身，“今乃盛世盛宴，各位均为当世才子，请为此宴祝词！”

不过是皇帝与臣下间“献时新”的“游戏”，倒还有应酬诗词歌赋，觥筹交错间，很多才子便拟好诗文，满脸谦卑却眼露得意之色地互相吹捧谦虚。

纳兰望向他们许久，终于在压抑的情绪中挣脱出来，提笔成词，却也情真意切，通篇看来意有所指，倒不知那赏词人是否明了？

原本绿叶成荫，只可惜春日已去，绿叶守护住成熟的果子，只怕果子成熟之后，再也遮不住离别的命运，只有那昔日里缤纷的色彩兀自留下画面，在回忆的日子里怅惘多情。这樱桃颗颗娇艳相赠，却并非时下新鲜果子，倒好似一片冰心在玉壶，千里之外的相思泪凝结而成的红豆心。

病榻皆因伤情失意，恰逢得到樱桃相赠，衰弱之下仍旧捻起樱桃道声感激，若流莺有意，当传递心意，劝君亦当善自珍重，花可怜爱当自爱，莫只空为花落而悲。

笔落纳兰便告病归家，再看这宣纸之上，词作之内深意无限，一时看痴了众人。

朝中措

蜀弦秦柱不关情，尽日掩云屏。
己惜轻翎退粉，更嫌弱絮为萍。
东风多事，余寒吹散，烘暖微醒。

看尽一帘红雨，为谁亲系花铃。

愁不减，纳兰匆匆离席后回到家中，心烦意乱，坐卧不宁，辗转半晌，还是痴痴地在园子里乱转，想抓住什么，又抓不住什么。

锦瑟无端五十弦，一弦一柱思华年。云母屏风烛影深，长河渐落晓星沉。

再美妙的琴瑟之声也激不起欢愉之情，整天里只好掩上云母屏独自幽伤。

春光虽好暖人心，却催生花落，作别柳絮。恨东风！恨春光虚弱！恨自己为他人愁眉深锁。恨不得！

瞧这一地落花，你可知我呵护你，珍惜你，却不知你不珍重自己，惹我伤心。放眼望去，东风再好令花开，谁人可系护花铃？

纳兰啊纳兰，你让她知晓何为相思，却不知那人相思给谁！

黄花九·夕阳长堤柳

卜算子

五日

村静午鸡啼，绿暗新阴覆。一展轻帘出画墙，道是端阳酒。

早晚夕阳蝉，又噪长堤柳。青鬓长青自古谁，弹指黄花九。

上午习武，下午读书的生活仍然持续着。端午，纳兰与家人效仿汉人，来到京郊踏青。

放眼望去，乡村宁静，鸡鸣正午。层层新草逐旧花，草帘轻掀，淡淡醇香，这便是端阳的雄黄酒味吗？

夕阳下蝉鸣声声，却因为是暮春时节，早夏光阴，叫得却没有那么聒噪。这一天转眼过去了，谁能容颜常驻？如今真是五月初五，说不尽的年华，弹指间却又要重阳佳节了。

“何必如此悲伤？须要勤加修习，终成国之栋梁。”老师徐乾学这样告诉他。

纳兰怎么不知道呢？却忍不住看透这良辰美景背后的凄楚孤单，老师，你可知若无知己，光阴纵长何益？若有知己，哪个又能许诺长久？

正值风华正茂的时候，纳兰却病了。原本定然金榜题名的才子，却奈何造化弄人，让人每每想起，都不禁叹息。天意如此，人何以堪？

为此，纳兰曾写下一首七律：

幸举礼闱以病未与廷试

晓榻茶烟揽鬓丝，万春园里误春期。
谁知江上题名日，虚拟兰成射策时。
紫陌无游非隔面，玉阶有梦镇愁眉。
漳滨强对新红杏，一夜东风感旧知。

既有对好友能够金榜题名的高兴与祝福，也有对自己错失殿试机会的惋惜与枉然，更多的时候，他在老师徐乾学的精心指导下，准备着再一次的殿试。

浣溪沙

谁道飘零不可怜，旧游时节好花天。断肠人去自今年。
一片晕红才着雨，几丝柔绿乍和烟。倩魂销尽夕阳前。

天气稍稍好些，纳兰便要出去走走，母亲因天气料峭，怕他寒疾复发，极力劝阻，纳兰以散心为由，到底是出了府。重来门巷，尽日飞红雨。

纳兰策马西郊，受邀在冯氏园中观赏海棠。不觉想起龚鼎孳的这句词来。极易感怀的纳兰公子不觉眼前一片恍惚迷离，柔情一缕。

谁说花儿凋零不令人生起怜爱之情？春雨微着，嫩柳摇曳烟霭。当年此地同游之时，正是春花竞放。当时夕阳落照前的好景，直让少女为之梦断魂销，可惜断肠人，此去经年，纵有良辰好景却虚设，更与何人说？

纳兰感时伤怀地游走了一番，回到府中后，便被明珠叫去前厅。

"成德，你的老师，怕是不能再教授你了。"明珠低声说道，"国子监那边，出事了。"

"啊？"纳兰震惊得呼出声来，急忙追问，"国子监怎么了？徐老师怎么了？"

"一言难尽啊！"明珠慨叹，"文章千古事，此后你需谨慎诗文，莫要连累了那拉氏。"

纳兰懵懂地点点头，心中却在想着恩师可否安好。

天涯暮·叠起伤无数

雨中花

送徐艺初归昆山

天外孤帆云外树，看又是春随人去。
水驿灯昏，关城月落，不算凄凉处。
计程应惜天涯暮，打叠起伤心无数。
中坐波涛，眼前冷暖，多少人难语。

纳兰听了父亲的话，不敢贸然前往探问。

徐艺初是纳兰座师徐乾学之子，名树谷，字艺初。二人年纪相仿，在国子监修习的时候走得比较近。

康熙九年进士徐乾学是十七世纪末期朋党之争中的知名人物，字原一，号健庵。江南苏州府昆山人。"昆山三徐"之一，顾炎武的外甥。康熙十一年，作为考官的徐乾学和纳兰的另一位座师蔡启僔遗漏副榜汉军卷未取，被给事中杨雍建弹劾，康熙下令二考官降一级调用。

在此时，徐乾学还未有势力。在他的为官生涯中，先是依附宰相明珠，反对索额图派。脱离明珠之后，他自成一个派系，与明珠的北党相抗衡。李光地形容：徐乾学谲诡奸诈。索额图丧失权势后，徐乾学又与索额图、熊赐履相勾结，反对明珠。其中缘故一言难尽，唯知当时纳兰是一片赤诚对待自己的恩师。而徐乾学也对纳兰十分友好，曾经在康熙十九年，搜集唐、宋、元、明学者的解经之书，纂辑成《通志堂九经解》一千七百九十五卷，赠予纳兰。

调用事件后，蔡先生回归了故里浙江德清县，一年后徐乾学也回了老家昆山。纳兰对此事深表同情，题名所赠虽为艺初，但可见出借题发挥之意，既有对座师的同情和安慰，也流露出对统治制度的不平和牢骚。

眼前冷暖，多少人难以言尽？

摸鱼儿

送座主德清蔡先生

问人生、头白京国，自来何事消得。
不如罨画清溪上，蓑笠扁舟一只。
人不识，且笑煮、鲈鱼趁着莼丝碧。
无端酸鼻，向岐路消魂，征轮驿骑，断雁西风急。
英雄辈，事业东西南北。临风因泣。
酬知有愿频挥手，零雨凄其此日。
休太息，须信道、诸公衮衮皆虚掷。年来踪迹。
有多少雄心，几翻恶梦，泪点霜华织。

这首词便是作给同样被贬的座师蔡先生的。

德清蔡先生即蔡启僔，康熙九年的状元。纳兰参加康熙十年顺天乡试，当时蔡启僔是主考官之一，因而尊称蔡启僔为座师。

从父亲口中得知座师蔡德清先生此番被迫回归故里，心内愤懑不已。可是作为弟子除了填词以示同情和宽慰之外，却也无可奈何。

谓人生在世，算来有何事值得在京城里空耗，以至于熬白了头？耗尽心力不得善终，倒不如归隐江湖，知足自乐。何况先生家乡风景如画，自然能够慰藉心怀。

此番事出无端，固然令人悲痛，在这临分别的时刻，又偏是西风紧，北雁南飞的冷清时候。且把身外浮名俱抛洒，莫愁前路无知己，天下谁人不识君？

蝶恋花

散花楼送客

城上清笳城下杵。秋尽离人，此际心偏苦。
刀尺又催天又暮，一声吹冷蒹葭浦。
把酒留君君不住。莫被寒云，遮断君行处。
行宿黄茅山店路。夕阳村社迎神鼓。

为送别恩师，纳兰在散花楼设宴。此番饯别后，不知他日可否再见，再见之时是否一如今日？

秋色苍茫，真个凄清天气！作别两位座师，纳兰也即将踏上仕途，一时惜别之情，忐忑之感并现。设想“客”在旅途上的景况，此系虚拟之景，更突出了眷恋之清和伤离之意。

纳兰是知情重义的人，这一番离别，让他着实慨叹政治的无情，聚散离别的无常。

而纳兰眼中，壮烈的秋天总要好过哀婉的春天的，这或许是一种自我折磨的心态：春天吹开百花，才有百花零落。秋天零落百花，却有考验的意味。

这个时节，该走的都走了，纳兰一个人留在这个偌大的北京城，继续苦读，继续习武，心里念的，是昔年的师友，也有曾经的伊人。而当你只剩下怀念的时候，就说明你已经看透了今日，已经不再将希望当做护身符，再无所谓理想抱负。

康熙十二年，纳兰十九岁，这样青葱的年华，可知何谓愁滋味？却在宦门里，宫墙外，一步三吟着秋心两半月。

香墨泼来浓似淡

康熙十年，纳兰性德十七岁，这一年，在书画收藏大家孙承泽的别墅秋水轩，发起了声势浩大的文坛盛事——秋水轩唱和。

词人周在浚暂居孙承泽的秋水轩别墅，许多骚人墨客慕名而来，“相与饮酒啸咏为乐”。与宋琬、沈荃、施闰章、王士禄、王士祯、汪琬、程可则并称为“海内八大家”或“清八大诗家”的柳洲词派盟主曹尔堪“见壁间酬唱之诗，云霞蒸蔚，偶赋贺新凉一阕，厕名其旁”，之后龚鼎孳、纪映钟、徐倬等词人纷纷加入唱和，此后接连举行了多次唱和活动，形成了类似“文学沙龙”的固定活动。

后来，周在浚结集二十六卷《秋水轩唱和词》，其中共收入26位词人的176首词。除追和词外，真正参与唱和的有纳兰性德、曹尔堪、龚鼎孳、徐倬、王士禄、纪映钟等18位词人，形成一个不断流动的唱和群体，纳兰由此在当时词坛崭露头角。

这些参与唱和的词人多为名流，且身份复杂。有的持明朝遗民立场，坚决不与新朝合作；有的先仕明，后仕清，是几代为臣；有的是朝中新贵，春风得意；还有的有意功名，却仕途不顺……纳兰于其中，算是少年得志，出身贵族了。

在秋水轩唱和中，虽然“词非一题，成非一境”，但词人往往自出采用适合抒发情志的词题，如自遣、自题像等，借此抒发情怀、流露心迹。

最初的唱和，是曹尔堪见墙壁上写了不少诗词，一时心血来潮，便在旁边题了一首《金缕曲》。自此之后，其他有点文采的访客纷纷响应，也都用《金缕曲》这个词牌，顺延着写了不少词。这些唱和的词有个共同的特点，那就是每处韵脚都和最初填词的曹尔堪一样“步韵”，这样就导致填词的难度增大了。

也正因为难度加大了，才使得这些骚人墨客不甘其后，较量般你来我往地填词。之后声势渐大，天南地北的文人得知消息后，也纷纷参与，一时间投书如云。

在秋水轩唱和之后，“稼轩风”便从京师推往了大江南北。

纳兰在这场盛事中唱和的词深得好评，从此，十七岁的少年纳兰名噪天下。

休回首·山色冷清清

太常引

自题小照

西风乍起峭寒生，惊雁避移营。
千里暮云平，休回首、长亭短亭。
无穷山色，无边往事，一例冷清清。
试倩玉萧声，唤千古、英雄梦醒。

纳兰纵使再伤春悲秋，到底是个男孩子。所以在题写到小照上的词中，我们一眼就能看出他的豪迈胸怀。

正如能够感怀“不思量，自难忘”的苏东坡也有“羽扇纶巾，谈笑间，樯橹灰飞烟灭”的一面，无限愁肠的纳兰也是个铁铮铮的八旗子弟，身上流着蒙古族和那拉氏的血液，有着阳刚而壮怀的心胸。

西风吹起料峭寒意，惊飞的大雁飞离了营地。江山千里无垠，放眼望去，晚霞照云舒。此时何必回首？一声长亭一声短。

山色无边，水色无穷。故事已冷，唯有今人在。玉箫初音，凄凉唱尽千古英魂，此时却应是梦醒。

此时的纳兰岂有出远门的机会呢？眼中的苍凉风景若不是来自西山远眺，便是从画中得来。而封地就在海淀的八旗子弟，多数对于壮美奇丽的西山有着特殊的感情，尤其纳兰，不仅将西山作为隐居的绝佳之地，更有数位好友曾与之唱和吟诵。所以，在见到这幅《西山秋爽图》的时候，纳兰便技痒了。

水调歌头

题西山秋爽图

空山梵呗静，水月影俱沉。悠然一境人外，都不许尘侵。
岁晚忆曾游处，犹记半竿斜照，一抹界疏林。
绝顶茅庵里，老衲正孤吟。
云中锡，溪头钓，涧边琴。此生着几两屐，谁识卧游心？
准拟乘风归去，错向槐安回首，何日得投簪。
布袜青鞋约，但向画图寻。

西山空旷寂静得只有诵经之声，有一弯小月落在小溪。这样宁静的场景，仿佛连尘埃都不应该侵染。回忆当年出游经过的地方，还记得斜阳之下，半江瑟瑟半江红，钓翁鱼钩衔住夕阳，青绿了稀疏的树木。在山顶的一间简陋茅屋中，方外僧人苦吟着孤经。

行走云山，垂钓溪上，奏琴涧边，多么惬意！

昔者《世说新语·方正篇》有云："祖士少好财，阮遥集好屐，并恒自经营，同是一累而未判其得失。人有诣祖，见料视财物；或有诣阮，见自吹火蜡屐，因叹曰：'未知一生当着几量屐！'神色闲畅。于是胜负始分。"

又有《南柯太守传》，有淳于棼者，饮酒古槐树下，醉入梦，见一城楼题大槐安国。槐安国王招其为驸马，任南柯太守三十年，享尽荣华富贵。醒后见槐下有一大蚁穴，南枝又有一小穴，应即梦中的槐安国与南柯郡。

浮生若梦，富贵无常。倒不妨弃官而去，青簪不再，青鞋布袜从此始。

可见纳兰对于自己出身的富贵世家并没有多少好感，反而羡慕闲适的百姓生活。其实这也是贵胄子弟方才有的嗟叹，试想市井小民，又有多少恨不得攀附权贵，平步青云呢？

人生常有求不得。得失之间若要平衡，又有几人能做到呢？

远远离开那个皇城，少年纳兰放眼自己家族的封底，不觉笑了，原来这就是铁马功名一把换来的安定生活！若能常守这海淀秋景倒也不是坏事啊。

于中好

小构园林寂不哗，疏篱曲径仿人家。
昼长吟罢风流子，忽听楸枰响碧纱。
添竹石，伴烟霞。拟凭尊酒慰年华。
休嗟髀里今生肉，努力春来自种花。

静寂园林，曲径疏篱，淡泊宁静的氛围好不安闲。遍游竹院寻僧语，时拂楸枰约客棋。白日里吟诗对弈，自得其乐。

长久没有行军打仗，不曾骑马，倒没有“日月若驰，老将至矣，而功业不建”的悲哀，反倒平添了采菊东篱下的悠然。

隐士的生活与情趣原来正是自己想要的。纳兰立马注视秋季海淀的艳霞良久，由衷赞叹这安闲的生活，无限江山，坐拥一隅倒也是乐事啊。灯光隐见隔林薄，湿云闪露青荧荧。待到一片烟笼十里陂的光景，有吠犬杂鸣鸡，灯火荧荧归路迷之感，盼有朝一日也能自言家在寒林独掩扉。

第三章

一双一对梦里人

早雁初莺窗红泪，只道当时烟花媚。
相思相望不相亲，余生愿得欢期醉。
——双双对对枉销魂·柔肠几寸青春恨

纳兰改名了。
人说改名能改变命运，纳兰的命运是从此开始改变了吗？
实际上这个名字，也只改了一年多而已。
这年，皇二子出生，乃为孝诚仁皇后赫舍里氏出，小名保成。
次年康熙立此子为太子。成德为避东宫之讳，遂改“成”为“性”。
为什么会在如瀚海般的文字中独独取了个“性”字？
纳兰饱读诗书，见《礼记·中庸》中有：
“诚者，非自成而已也，所以成物也。成己，仁也；成物，智也，性之德也。”
又有《易·系辞》曰：“一阴一阳之为道，继之者善也，成之者性也。”
所以纳兰选择以“性”代“成”。
不过太子不久后便改名允礽，性德也恢复成德之名，但性德已经俨然成为了一个笔名。
纳兰性德的二十岁，正是少年风光正得志的时候，
在家人的安排下，他娶了卢氏之女为妻，此时的卢氏只有十八岁。
在当时的社会背景下，身为旗人的纳兰也一定要娶在旗女子才行。
何况他出身显赫之家，发妻自然要门当户对。
这位被选中成为纳兰家长子正室妻子、大学士明珠长媳的卢氏，
于顺治十四年（1657年）十月初五生于盛京奉天（今沈阳），
其父卢兴祖是汉军镶白旗人，因文韬武略而受到朝廷重用，
官至两广总督、兵部右侍郎、都察院右副都御史等。
因此卢氏亦可谓出身名门，
加之自幼“传唯礼义”、“训有诗书”，熟读经史，通晓满汉文化，
故而“贞气天情，恭容礼典”，
无论哪一方面都非常适合成功官宦家庭的少夫人。

端仪莫非月宫客

十八岁那年，因为“生而婉娈，性本端庄”，这位大家闺秀成为了纳兰公子的妻子。那么，容若爱她吗？一个因着父母之命、媒妁之言便做了自己枕边人的陌生女子，是不是容若心目中那“一生一代一双人，争教两处销魂”的她呢？

少年清俊，佳人端庄，纳兰公子有了卢氏，也就等于高山流水遇知音了。

她本是汉人，入旗后又受到满人文化浸淫；他虽然是满人，却钟爱着博大精深的汉文化，如此二人齐眉举案，琴瑟和鸣，可谓珠联璧合。

那时候，公子可以想见是多么快意！随侍君侧雄姿英发，闲暇时结交多位当时名士，家中守候的是温婉的解语花。

那须臾一样短暂的幸福，却是公子日后唯一的甜蜜回忆了。

卢氏在他执卷苦思的时候送上清茶，素手纤纤必能为他拂去满面愁容；在他新词作罢、墨迹未干的时候一字一句浅吟低唱，让那少年才情平添几分韵味；春来折柳忆故交，夏赏荷塘莲子俏，秋凉新衾早备好，冬看梅花映雪娇……

公子常常倚在门边，看卢氏扑蝶赏花；也曾携手望那皎皎明月，祈结永世之好；亭台楼阁中，摆上各色果子、应时蔬果，一杯水酒，两个知趣的人儿，也不管那外面风雨如注，只满眼的诗情画意，人在眼前，却也道不尽的相思之意。

有妻如此，夫复何求？执子之手，与子偕老！

月偏明·浓香近画屏

浣溪沙

容易浓香近画屏，繁枝影着半窗横。风波狭路倍怜卿。

未接语言犹怅望，才通商略已懵腾。只嫌今夜月偏明。

“多谢！多谢！”匆匆摆脱了众人的祝酒，纳兰脚步些许踉跄地回到了新房。

熏香迷蒙了画屏，月光明亮，照得树枝将影子投放在轩窗上。屏风后端坐着红衣佳人，大红的盖头下面就是自己的妻子了吗？

纳兰眼前迷离，心里有些忐忑。自己会得她喜欢吗？她还似当年初见的小女孩吗？辗转经年终于迎娶这位据说德行和容貌都让父母满意的女子进门，却不晓得她能不能与自己心意相通？

纳兰慢慢走近卢氏，准备揭开她头上的盖头。

“少爷啊！用这个！这个！”喜婆递过来一个绑着红花的秤杆，纳兰接过来，眼光所及，只见卢氏放在膝上的手指微微一动，想来她也是格外紧张吧！

纳兰不觉心头一动，真是妙！少女娇态毕现！

轻轻挑起盖头，喜婆高兴地大叫：“称心如意！称心如意！”收起秤杆，又叫纳兰和卢氏并肩坐在床上，将他二人的衣襟下摆系在一处，用红线将纳兰的辫子和卢氏的发辫绑在一起，转身去拿交杯酒。

纳兰望着卢氏，卢氏却羞怯地兀自低着头，两片红霞贴在脸颊，粉面桃花一般在烛火的照映下格外动人，长而卷翘的睫毛颤动着。二人伸手接过喜婆递上的交杯酒，双臂交缠，纳兰仰头一饮而尽，卢氏却浅尝辄止。

“百年好合！百年好合！”喜婆又大声叫着。

纳兰放下杯子盯着卢氏，而卢氏自始至终未曾抬头看过自己的夫君。喜婆带着小丫头都讨赏去了，房间里只剩下这一对璧人。熏香仿佛有了生命一样，安静地流动着。

“累了么？”纳兰问道。

卢氏摇摇头，凤钗碰撞，叮咚作响。

“我帮你取下来这些物什儿可好？”纳兰柔声又问。

“……好。”卢氏轻声回应。

纳兰十分高兴，轻手轻脚帮她取下沉重的头饰，仔仔细细地盯着她的眉眼，问道：“明日我替你画眉可好？”

卢氏这次没有回答，只是脸蛋儿更红了，轻轻地点点头，深深看了一眼自己的夫君，又缓缓地闭上了眼睛。

春宵苦短。月影摇曳，纳兰从未如此恼恨这明月，却也感激它照出佳人每一个娇羞姿态。

新婚的纳兰公子终于可以闲下来，不必每天去习武场了。这天明珠与他说过话之后，便放他回了自己的小屋。远远地便望见卢氏从回廊上走近卧房，神态秀丽，摇曳生姿。如此佳人，若能……

纳兰心中一动，便快步到书房取了文房，也进了卧房。

见纳兰匆匆进房，手里还抱着笔墨纸砚，卢氏不禁感到奇怪。

“蒹葭苍苍，白露为霜。”纳兰放下手里的文房，边慨叹边抚弄着雕花砚台，“溯洄从之，道阻且长。”

卢氏莞尔一笑：“相公是为了哪位佳人神伤？”

纳兰拍了拍桌上的宣纸：“神伤不已，但求佳人入画。”

卢氏看着纳兰明明激动却还故作平静的样子不禁笑了：“有何不可？”

“如此甚好！”纳兰欣喜地在屋里转了个圈，最后一指床榻：“佳人请上座！”

卢氏看了看床铺，又看了看一脸喜色的纳兰，袅袅婷婷地走过去，坐在床边。

“斜倚绣榻春睡浅。”纳兰头也不抬地在桌上铺着画纸，摆好镇纸一抬头，期待的画面并未出现，只是见到卢氏正蹙眉望着他，不仅软语央求：“佳人！就依了不才在下吧！”

卢氏闻言展颜一笑，这个为世人称道的文武双全的才子，竟然有这样孩子气的一面呢！

轻拂画纸，洋洋洒洒，纳兰挥笔泼墨。前有洛神之美，而吾妻更胜洛神三分。

旋拂轻容写洛神，须知浅笑是深颦。十分天与可怜春。

掩抑薄寒施软障，抱持纤影藉芳茵。未能无意下香尘。

娘子十分娇俏可爱，一颦一笑千金重，仿佛仙子下凡一般。纳兰这样在画上题词，也不知不觉说出口，直说得卢氏两颊飞霞。

纳兰扶着妻子的肩头，一起赏玩这幅画，见到妻子愈加羞涩的模样，忍不住作词“戏谑”道：

一半残阳下小楼，朱帘斜控软金钩。倚阑无绪不能愁。

有个盈盈骑马过，薄妆浅黛亦风流。见人羞涩却回头。

卢氏面上更热，恨将绣帕丢在纳兰肩头，埋首丈夫肩颈，再不出声。

纳兰公子，如此欢期，可如意？

可怜孤灯照薄衾

一年后，也就是康熙十五年，二十二岁的纳兰性德多了一个弟弟——揆叙。同时，他的侧室汉族女子颜氏也为他生了一个儿子长子福格。纳兰一生有着三子四女，后来其中一个女儿嫁给了雍正年间的骁将年羹尧，这些都是后话。

十月的时候，明珠又被调为吏部尚书。从兵部尚书到吏部尚书，明珠的仕途越来越顺利，俨然成为康熙面前的红人。

纳兰也很高兴，不过，只是因为自己成为父亲而高兴。从无忧无虑到为人丈夫，如今更有了膝下承欢的儿子，在茫然失措中，纳兰也有了几分得意。加之妾室的温婉贤淑，这让纳兰十分欣慰。本来因为卢氏进门后一年无所出，明珠夫妇做主让他纳妾，如今来看，倒是纳得对了。不过卢氏就不嫉妒吗？颜氏就不怨恨吗？不，纳兰何其幸也！这两位妻子宛如姐妹一样，都是那么的安静、宽厚，让明珠府上上下下的人都为之敬佩。这也让他在外奔波之余，内心是宽慰而踏实的。

此时朝廷战事不断，康熙皇帝甚至想要御驾亲征，大臣们竭力劝止才罢了。

纳兰在这一年参加了殿试，被授予二甲第七名，进士出身，官拜三等侍卫。

而纳兰是不喜欢做武官的，原本以文得进士，应该进入文官的行列，纳兰也曾以为自己会过着终日诗书的生活，杜臻在《哀辞》中提到："丙辰廷对高第，方且陟清华、领著作矣。"纳兰的第一位老师董讷在《诔词》也有："方名进士，余方与同馆诸公，拚首庆快，为玉堂得人贺。"

谁知原本身为翰院之选，却要成为侍卫，执戟庙堂，尽管在康熙身边行事，却难以言说自己希望落空的苦楚。

不过，正因为"侍卫"这样一个官职，使他从1678年到1684年，每一年都有很多时间随康熙皇帝出巡或在外公出，这使得他比身为皇亲的时候更加深谙皇室内幕，又得到很多体察民情、行走民间的机会。不仅多了许多他人不曾有过的情绪，也在他的内心深处种下种种矛盾。

泪数行·空剩当时月

菩萨蛮

催花未歇花奴鼓，酒醒已见残红舞。不忍覆余觞，临风泪数行。

粉香看又别，空剩当时月。月也异当时，凄清照鬓丝。

天下无有不散的筵席。即将远征的纳兰闷闷不乐地接受任务，又参加了送行的酒宴。眼见着便是离别的前夕，纳兰步履蹒跚而缓慢地回到卧房门口，始终不忍心推开门，怕见到的是妻子的泪眼。伫立在门口呆呆地看着明月，为何却不似新婚当日娇媚？透出的是别一种凄冷？

转应曲

明月。明月。曾照个人离别。
玉壶红泪相偎，还似当年夜来。
来夜。来夜。肯把清辉重借。

呆立很久，纳兰还是推门进屋。妻子仍旧如往昔般为他打点一切，只是眼眶微微泛红。时不时背过身展袖拂面，遮掩着泪水悄悄落下，离情凄凄，纳兰岂会不知？

昔日有魏文帝所爱美人，姓薛名灵芸，常山人也。……时文帝选良家子女以入六宫，谷习以千金宝赂聘之，既得，乃以献文帝。灵芸闻别父母，嘘唏累日，泪下沾衣。至升车就路之时，以玉唾壶承泪，壶则红色。既发常山，及至京师，壶中泪凝如血。

今有我妻偷拭清泪伤离别，好似当年她随父远赴江南上任时候的告别一般。只盼望月光始终能够照明轩窗，他乡之时远远眺望，应该也能见到等候我归来的身影吧！

纳兰无奈地想，离愁别恨浓，可是又能奈何呢？

自己一直向往的是淡泊平静的生活，然而一直依靠父亲总不是办法吧！孝悌为大，总要为这个家做点什么，父亲需要自己出仕，那么便做个令父亲满意、母亲安慰的好儿子吧！只是苦了两位娘子，不仅要照顾父母，还要哺育刚出生的儿子，而她们的丈夫却不在身边。

远征他乡这一路，纳兰始终在等待。等待着妻子、亲友的音讯，等待着天涯有尽头，这一切也不过是自我安慰罢了！纳兰苦笑。

满宫花

盼天涯，芳讯绝，莫是故情全歇？
朦胧寒月影微黄，情更薄于寒月。
麝烟销，兰烬灭，多少怨眉愁睫。
芙蓉莲子待分明，莫向暗中磨折。

乘月采芙蓉，夜夜得莲子。莲子倒分明，前路有知己？两位娘子、福格、父亲、母亲，你们可都安好？是否也在默默思念着我？

相见欢

微云一抹遥峰，冷溶溶。恰与个人清晓，画眉同。
红蜡泪，青绫被，水沉浓。却向黄茅野店，听西风。

晓行夜宿，清晨来临的时候远山渐渐显出身形，不由得想起每日清晓妻子描画的眉形，仿似远山黛，自然而然思念起家中的妻子。

那时画眉之亲，软玉温香在怀；如今公子在行军路上，停宿黄茅野店，耳畔是西风猎猎，怎能不凄迟伤感，孤清寂寞呢！孤寝不眠，红烛若泪，寒衾不暖，料想妻子也一样思念自己吧！

然而纳兰始终不是李后主，他的豪情在面对古戍、荒城、尘埃等等悲壮的大漠边城景象时，彻底显露出来。

南歌子

古戍

古戍饥乌集，荒城野雉飞。
何年劫火剩残灰，试看英雄碧血，满龙堆。
玉帐空分垒，金茄已罢吹。
东风回首尽成非，不道兴亡命也，岂人为。

纳兰护卫的皇家仪仗经过之处，一片憔悴荒凉。

边城残垣聚集了太多饥饿的乌鸦，荒凉的昔日城市如今只有野鸡还在居住。不知道是什么时候来到这里的战火，燃尽了千古兴亡，只剩下一捧残灰，而那曾经沙场浴血的英雄好汉，化作一堆堆白骨。

营帐仍旧坚不可摧，战斗的古乐再也不会响起。东风来去，再回首时，故已成非。兴亡自古君王事，莫道命也，事在人为。

秋偏早·恰金风玉露

台城路

塞外七夕

白狼河北秋偏早，星桥又迎河鼓。
清漏频移，微云欲湿，正是金风玉露。
两眉愁聚。待归踏榆花，那时才诉。
只恐重逢，明明相视更无语。
人间别离无数，向瓜果筵前，碧天凝伫。
连理千花，相思一叶，毕竟随风何处。
羁栖良苦，算未抵空房，冷香啼曙。
令夜天孙，笑人愁似许。

严迪昌《清词史》中提到这首词，说："情怀迥然不像出于华阀的'富贵花'所有，这就是纳兰才性异于常人处。有谁如纳兰这样年方青壮、位处清贵，却把随天子出巡看成行役天涯的苦差使呢？"谭献在《箧中词》里说，此篇"逼真北宋慢词"。

康熙十五年，"七夕"之日，此时纳兰任三等侍卫，是第一次扈驾出巡塞外。此时的纳兰，内心充满离愁，刚刚与妻子新婚便离开家庭，对他来说是"恨"的。

纳兰总是惆怅的，无论是在思念或悼亡之作中还是在扈驾出巡、奉命出使等作品中，凄怀苦情似乎总离不开他的笔端。

而此时恰逢七夕，怎么能不思念闺中的妻子呢？

七夕有很多传说。《荆楚岁时记》：“七月七日为牵牛织女聚会之夜。”“七夕人家妇女结彩缕，穿七空针，陈瓜果于庭中，以乞巧。”《淮南子》：“乌鹊填河以成桥而渡织女。”

每年农历七月初七这一天是汉族的传统节日“七夕节”。因为主要参与活动的对象是少女，而活动的内容又是以“乞巧”为主，所以人们称这天为“乞巧节”或“少女节”、“女儿节”。

相传有牛郎父母早逝，又受到哥嫂的虐待，只有一头老黄牛相伴。在老牛的帮助下，他娶到了下凡嬉戏的织女。婚后男耕女织，幸福美满。织女还给牛郎生了一儿一女。

不料王母娘娘知道后，勃然大怒，抓回织女。牛郎急忙披上牛皮，担了两个小孩追去。王母娘娘拔下头上的金簪向银河一划，昔日清浅的银河一霎间变得浊浪滔天，牛郎再也过不去了。从此，牛郎织女只能盈盈一水间，脉脉不得语。

人间的喜鹊被他们感动，每年的七月七日便搭成鹊桥，让他们相会。据说，每当七夕夜深人静之时，人们还能在葡萄架或其他的瓜果架下听到牛郎织女在天上的脉脉情话。

此外，七月七日这天夜半，唐玄宗和杨贵妃也曾在长生殿山盟海誓：在天愿做比翼鸟，在地愿为连理枝，永永世世作恩爱夫妻。

此情此景，教纳兰如何不思念？

月上海棠

中元塞外

原头野火烧残碣，叹英魂，才魄暗销歇。
终古江山，问东风、几番凉热。
惊心事，又到中元时节。凄凉况是愁中别。
枉沉吟、千里共明月。露冷鸳鸯，最难忘、满地荷叶。
青鸾杳，碧天云海音绝。

七夕之后，便是中元节了。理应在家中陪伴妻子、孝敬父母的纳兰，却在随扈途中。

中元节是农历的七月十五日，又称“七月半”、“鬼节”。此节与佛、道教派有关（详见《梦粱录》、《盂兰盆》等），逢此日佛家作盂兰盆会、道家作斋醮，以超度亡灵，追荐死者。民间则有祭祖扫墓，放荷灯，演《目莲救母》戏等风俗习惯。

有关中元节的传说很多。道教著作《修行记》说：“七月中元日，地官降下，定人间善恶，道士于是夜诵经，饿节囚徒亦得解脱。”也就是说，阎罗王定于每年农历七月初一，打开鬼门关，放出一些无人奉祀的孤魂野鬼到阳间来享受人们的供祭，以免怨恨滔天。七月的最后一天，重关鬼门的时候，这些孤魂野鬼又得返回阴间。

佛教盂兰盆节起源于“目莲救母”的故事，出自《大藏经》。佛陀弟子中，神通第一的目犍莲尊者，惦念过世的母亲，他用神通看到其母因在世时的贪念业报，死后堕落在恶鬼道，过着吃不饱的生活。目犍莲于是用他的神力化成食物，送给他的母亲，但其母不改贪念，见到食物到来，怕其他恶鬼抢食，孰料贪念一起，食物到母亲口中立即化成火炭，无法下咽。

目犍莲深感虽有神通，然身为人子，却救不了母亲，十分痛苦，请教佛陀如何是好。佛陀说：“七月十五日是结夏安居修行的最后一日，法善充满，在这一天，盆罗百味，供巷僧众，功德无量，可以凭此慈悲心，救渡亡母。”目莲遵佛旨意，于七月十五用盂兰盆盛珍果素斋供奉其母，其母亲终得食物。这便是中元普渡的由来。

因为远离家乡而又新婚别妻，正逢路过旧城残垣的古战场，所以这首词充满了双重悲戚。正值“鬼节”，面对眼前荒漠上的残碑断碣，不由得想到了古往今来为了所谓大业失去生命的“英魂”，无论是是非非，皆成过去，即使是才华气度超然，也都随风而逝，这就是时间，这就是历史。历史便是这样无情，成王败寇。古今一切胜衰兴亡都会成为陈迹，当时风光又能如何？

中元之日更容易引起思亲之情，古今情、思乡情交织在一起，凄恻哀婉之至。月圆之夜，人不团圆。

谢庄《月赋》有词："隔千里兮共明月。"如今真是分离千里，不知家中人是否也在思念自己？

"嫦娥应悔偷灵药，碧海青天夜夜心。""蓬山此去无多路，青鸟殷勤为探看。"可是身在塞外，音书阻隔，令人更加孤独寂寞。

"人有悲欢离合，月有阴晴圆缺，此事古难全。但愿人长久，千里共婵娟。"独自沉吟那千里共明月的诗句，虽仍不惘然神伤，但却可聊以自慰。

塞鸿去·问明朝行未

清平乐

塞鸿去矣，锦字何时寄。记得灯前佯忍泪，却问明朝行未。

别来几度如珪，飘零落叶成堆。一种晓寒浅梦，凄凉毕竟因谁。

自康熙十五年受命为三等侍卫以来，纳兰多次奉驾宸游塞外，常与爱妻分离。接到家信时，不仅生出相思怨别的深情。

前秦秦州刺史窦滔被徙流沙，其妻苏氏思夫，织锦为回文旋图诗以相赠，全文共840字，可宛转循环读之，其内容甚为凄惋，催人泪下(《晋书·窦滔妻苏氏传》)。

料想妻子远在家中，定然凄然望着远去的鸿雁，不知何时能得寄相思字。

离别前她的模样还在眼前。

"明天……明天几时出发？"卢氏哽咽着问。实在是忍不住落泪，刚刚泛红了眼眶便用绣帕狠狠地擦去。

"唉……"长叹一声，纳兰揽过妻子，紧紧拥在怀中。怕人听见，卢氏小声啜泣，声声闷在纳兰怀中，倒似针扎一样，刺得纳兰心痛。

这样反反复复的别离也有几次，飘零的落叶如今也该厚厚一堆了。梦魂不安，纳兰无奈，这样一番凄苦，难为妻子辗转反侧，难为妻子牵肠挂肚！若是魂魄能够飞越关山，定然要回到家里，瞧瞧你是否安好。

浣溪沙

万里阴山万里沙。谁将绿鬓斗霜华。年来强半在天涯。

魂梦不离金屈戌，画图亲展玉鸭叉。生怜瘦减一分花。

飞越那万里绵延的阴山，万里漫漫黄沙，再不必一年中倒有大半天涯漂泊，空教青丝染霜花。再亲手为妻子画上一幅画，为她解下发钗，为她描画黛眉……再不教她消瘦清减一分一毫了去。

由此可见，纳兰公子多情，却也重情。身在关山之外，心在家中晶帘之内。当初旖旎所在，如今却只剩下一片伤心月色。

晶帘一片伤心白，云鬓香雾成遥隔。无语问添衣，桐阴月已西。

西风鸣络纬，不许愁人睡。只是去年秋，如何泪欲流。

软玉温香远隔重山，也无人关心冷暖，心下好不凄凉。西风阵阵呼啸而来又匆匆而去，无奈愁绪频多，难以入眠。

去年这时纳兰亦身在他乡，可为何此时伤感更甚，心思更痛呢？

梦回酒醒三通鼓，断肠啼鴂花飞处。新恨隔红窗，罗衫泪几行。

相思何处说，空有当时月。月也异当时，团圆照鬓丝。

有同袍来邀一杯醉，酩酊之后竟然在三鼓之时酒醒梦回，再也无眠。

朦胧酒醒，尚不知身在何处。倒记得离愁更添了新恨，隔着红窗遥遥相望。多少泪痕蜿蜒罗衫上？相思无解。只剩下明月还在当头，却也不是分别之时的明月，因那明月照耀的，只剩下我一人了。

依稀记得同饮的侍卫曾问道：“纳兰，你说那王昭君当年出塞，是不是也在这样冷清的夜里？”

“昭君啊！”纳兰扶着酒壶，望向明月，信口成词：

昭君怨

深禁好春谁惜，薄暮瑶阶伫立。别院管弦声，不分明。

又是梨花欲谢，绣被春寒今夜。寂寞锁朱门，梦承恩。

王昭君名嫱，字昭君，乳名皓月，是中国古代四大美女之一的“落雁”。她天生丽质，琴棋书画无所不精，尤擅琵琶，“娥眉绝世不可寻，能使花羞在上林”。汉元帝昭示天下，遍选秀女。王昭君泪别父母乡亲，进入宫廷成为掖庭待诏。

可她素来耿直，进宫后，不肯贿赂画师毛延寿，毛延寿便在她的画像上点上丧夫痣。昭君便被贬入冷宫三年，无缘面君。

之后，北方匈奴首领呼韩邪单于主动来汉朝，对汉称臣，并请求和亲，以结永久之好。汉元帝尽召后宫妃嫔，王昭君挺身而出，慷慨应诏。呼韩邪临辞大会，元帝得见昭君真容后大为懊悔，不知后宫竟有如此美人，欲留之又怕失信，便赏赐给她二万八千匹锦帛、一万六千斤絮及黄金美玉等贵重物品，并亲自送出长安十余里。

昭君出塞后，汉匈两族团结和睦，“边城晏闭，牛马布野，三世无犬吠之警，黎庶忘干戈之役”。后，呼韩邪单于亡故。昭君按匈奴“父死，妻其后母”的风俗，嫁给呼韩邪的长子复株累单于雕陶莫皋，又生二女。

这样一个琵琶奏起，能使北雁声声哀鸣的女子，难道没有偷偷垂泪的时候吗？

纳兰感慨万千，又思及家中的妻子，春去之时，梨花欲谢，无人欣赏的梨花孤单单地零落，应该分外寂寞吧！成亲以来似乎从未长久陪伴在她身边，作为丈夫，自己颇觉有愧。而这一切又能如何？

道寻常·红笺第几行

浣溪沙

泪浥红笺第几行。唤人娇鸟怕开窗。那能闲过好时光。

屏障厌看金碧画，罗衣不奈水沉香。遍翻眉谱只寻常。

睡起惺忪强自支。绿倾蝉鬓下帘时。夜来愁损小腰肢。

远信不归空伫望，幽期细数却参差。更兼何事耐寻思。

成德吾夫：

见字如晤。

提笔便忍不住泪落如雨，换了几张信笺，这才能写完这封信。纵然窗外莺啼娇声，亦不敢开窗，怕人瞧见这般形容，倒添了怨妇声名。日复一日，大好春光匆匆。

独自不成眠，睡前遍数画屏花，日久亦觉厌烦。香熏安神，久之竟觉衣裙浸透滋味。晨起画眉每每思量再三，翻遍画谱找不出当初你曾经亲手描画的那种。

睡晚便觉晨起难，慵懒镇日，梳妆无力。夜夜辗转倒落得衣带渐宽。盼归鸿带回只字片语，却空待了一日复一日。细细数了离别日期，却又失神乱了，重新数起，仍旧乱了，也不知何事让妾如此费思量……

尚未读完信，纳兰便哽咽了。通篇不见一字相思，却处处相思。还好就要回家了，就要回到那个有妻子儿子的家了……

也依依·落花须莫及

眼儿媚

重见星峨碧海查，忍笑却盘鸦。
寻常多少，月明风细，今夜偏佳。
休笼彩笔闲书字，街鼓已三挝。
烟丝欲袅，露光微泫，春在桃花。

拜见了父母之后，纳兰难抑心中的激动，三步并作两步奔向自己的卧房。脚步刚刚靠近门口，却见妻子打开门，二人一个门里，一个门外，相对无言。

别后重见，妻子愈发美艳动人，目如星子，发堕乌云，掩饰不住的欣喜之情。不知平时多少风清月明，花月良辰，为何偏偏今夜最美？

小别胜新婚。

面对娇媚的妻子，纳兰便不再有心情拈笔作字，纵然是夜已深，还是喜不自持。在这别后重逢的欢喜之中，更见香烟缭绕，妻子美如桃花，春风满面，光采照人了。

软玉温香在抱，纳兰不禁慨叹相聚总比别离好。禁不住想起前次重聚——

落花时

夕阳谁唤下楼梯，一握香荑。
回头忍笑阶前立，总无语，也依依。
笺书直恁无凭据，休说相思。
劝伊好向红窗醉，须莫及，落花时。

半年前纳兰回京后述职完毕，谢绝了同袍共醉一场的邀请，匆忙赶回家中。此时妻子还不知他回来，正在小楼之上。

“公子回来啦！”侍婢远远地就大声叫着。

妻子正在拿着香草熏房间，此时听见他回来，惊讶之余也异常激动，手拿着香草便跑出来，却在台阶前忽然停住，回头忍住笑，盈盈无语地站在那里。

纳兰有些纳闷，不知这又是怎地。上前揽在怀里，细细询问。

“敢问娘子君前踌躇是何故？”

“相公信中所言，昨日便该到家。”卢氏低声说道，隐隐透出一丝笑意，“现下相思已是昨日，倒不必说了。”

“日日相思苦，相思日日新。”纳兰轻轻的叹口气，细细看怀中女子依稀的面容，仿佛想从一双秋水剪瞳中看透千古相思。

却知相遇好，重逢喜悲掺半，别离最苦。今朝重逢，他日便又别离。不久之后，纳兰便再度随君狩猎十三陵。

碑题字·只洒悲秋泪

好事近

马首望青山，零落繁华如此。再向断烟衰草，认藓碑题字。

休寻折载话当年，只洒悲秋泪。斜日十三陵下，过新丰猎骑。

康熙皇帝摆驾北京十三陵地区行猎，纳兰作为侍卫定然要随从的，所幸并非山高水远，倒也减了纳兰相思情谊。

十三陵是明朝皇帝的墓葬群，坐落在北京西北郊昌平区境内的燕山山麓的天寿山。四野无人，荒僻所在。

这一行，纳兰写下自己心声，作为新晋官员，又是贵族子弟，纳兰这词却“全是凭吊语，绝非新朝新贵的语气。”（严迪昌《清词史》）。

笔触多不在打猎的本身，而是写猎场周遭的景观和词人内心的感受，其中不乏悲怆之音、感伤之意。又是兴亡之感油然，颇有轮回之叹，令人深思。

策马前行，向前望去一脉青山，原本京城的繁华都消失不见，只剩下萧索冷落的景象。再向前行，古碑上长满苔鲜，却依稀可以辨认出上面的题字。

秋色苍凉，休提前朝兴亡之事，仅凭此秋色足够悲戚。

虞美人

高峰独石当头起，影落双溪水。
马嘶人语各西东。行到断崖无路小桥通。
朔鸿过尽归期杳，人向征鞍老。
又将丝泪湿斜阳。回首十三陵树暮云黄。

行猎途中，山脉起伏，倒影入溪中。凌乱的追捕和护卫，显得慌张匆忙。一行人摸索着行到断崖，已经无路却又有小桥通向他处。

南飞北雁不知归期，尽在这行走的生涯中，在颠簸的马鞍上老去。

年华逐丝泪一落俱不收。又向斜阳，回首再看十三陵，树木森森，晚霞浸染，天际泛黄，别是一番苍凉之感。

第四章

自有莫逆惺惺惜

等闲几识故人面，风声雷动似曾见。
谣诼娥眉古今事，吹开吹去东风倦。

——得有莫逆勿赘言 · 浮生如此多别离

纳兰是有很多忘年之交的。
譬如严绳孙长他三十一岁，陈维崧长他二十九岁，顾贞观长他二十七岁，
不过这并不影响他与之成为莫逆。

谈到纳兰的朋友，
人们总是一致赞美他没有门第观念，
与僧道、艺人、落榜举子、落魄官宦均有交游，而且乐善好施。

作为满洲贵族子弟，
他与很多汉人成为莫逆之交，切磋学问，互相鼓励，
而他的才情文采也得到他们的认同，
使一位原本应该为文人雅士所不屑的统治阶级贵公子
在污秽的上层社会中显得格外脱俗高雅。

皆为俊杰无两才

纳兰最为人所称道的，是“生馆死殡”。纳兰的师傅和知己顾贞观曾填《金缕曲》两首，为以“丁酉科场案”而蒙冤被遣戍宁古塔（黑龙江宁安）的吴兆骞鸣冤，这样无私无求的情谊深深感动了纳兰。

比纳兰年长二十七岁的顾贞观，原名华文，字远平、华峰（亦作华封），号梁汾，江苏无锡人。也属出身名门，曾祖为明末东林党人顾宪成。康熙五年举人出仕，擢升秘书院典籍，官至内阁中书。康熙十年，因受同僚排挤，回归故里任了个小官。后明珠因其才华，曾聘为纳兰老师，进而与纳兰交契而成莫逆，然而他仕途不顺，在康熙二十三年方才出仕，最终以读书终老。与陈维嵩、朱彝尊并称明末清初“词家三绝”，同时又与纳兰性德、曹贞吉共享“京华三绝”之誉。

此案是顺治皇帝所亲定，康熙皇帝当时认为孝悌所限，并无推翻其父判决的想法。所以即便心知为冤案，也并无昭雪之意。

正当顾贞观为此一筹莫展的时候，吴兆骞从宁古塔辗转寄来一封书信，贞观展信细读，不禁悲从中来。“塞外苦寒，四时冰雪，鸣镝呼风，哀笳带血，一身飘寄，双鬓渐星。妇复多病，一男两女，藜藿不充，回念老母，茕然在堂，迢递关河，归省无日。”

其时朝廷中一些身居要职的官员，如苏州宋德宜、昆山徐乾学等，都曾与吴兆骞相交，顾贞观连日奔走，希望这些人能够顾念旧情，为营救吴兆骞助上一臂之力。怎知仕途之事最为难料，谁愿意用自己的前程冒险？人情淡薄，世态炎凉，这些如今已飞黄腾达的文人根本不愿为昔日好友解难，顾贞观百感交集，于是挥笔写下了《金缕曲》，同时作为给吴兆骞的复信，其中道：

季子平安否？便归来，平生万事，那堪回首？
行路悠悠维慰藉，母老家贫子幼；记不起，从前杯酒。
魑魅搏人应见惯，总输他，覆雨翻云手，冰与雪，周旋久。
泪痕莫滴牛衣透，数天涯，依然骨肉，几家能够？
此似红颜多命薄，更不如今还有，只绝塞，苦寒难受。
廿载包胥承一诺，盼乌头马角终相救，置此札，兄怀袖。

虽然这是参与政治的必然结果，但是顾贞观始终没有忘记曾经许给友人“乌头马角终相救”的承诺。无奈之下，他向自己的学生相国明珠之子纳兰成德求助。纳兰了解此事后，深感其情。

然而，在政治事件中翻手为云可谓阻力重重，纳兰多次恳求身居高位的父亲明珠帮助，他许诺顾贞观说：“此事三千六百日中，弟当以身任之，不俟兄再嘱也。”

顾贞观了解纳兰的性情，却也因为吴兆骞身体羸弱，年龄也很大了，所以对纳兰提出要求：“人寿几何？请以五载为期。”

纳兰想了想，点头答应下来。顾贞观心知胜算不大，却也无可奈何，为吴兆骞所遭受的苦难冤屈，因纳兰这份义气豪爽，思及其他人的冷眼旁观，他感慨万千，此时见纳兰立下誓言，忍不住膝下一软，就要拜倒。

纳兰急忙扶住老师，道：“岂有老师跪学生的道理？这不是折煞学生了吗？”

顾贞观不禁热泪盈眶，纳兰笑着说：“老师高义，吴先生蒙冤受屈，若令高洁忠义之士蒙冤，学生岂可置之不理！何谈感激！”二人又细细商议一番如何恳求明珠相助方才罢了。

后来纳兰便无限感慨地在当初扶起顾贞观处的墙壁上写下“顾梁汾为松陵才子吴汉槎屈膝处”几个字。几经周折，终于使吴兆骞结束了流放生涯，待他回京后，到明珠府上拜谢，见到此字方知顾贞观为他昭雪冤屈竭尽心力，顾不得“男儿膝下有黄金”，遂五内铭感。

之后纳兰见吴兆骞衣食无着，便以聘请馆师为名请入府中，教授其弟学业。多年后吴兆骞病故，纳兰身在江南，匆匆回京，为其操办丧事，煞费心力，并出资送吴兆骞的灵柩回其吴江老家。

纳兰二十四岁这一年，清廷开“博学鸿词科”，网罗有才华汉族士大夫为其所用。著名文人学者朱彝尊、陈维崧、严绳孙、姜宸英等人都被举荐到京城，顾贞观、纳兰性德因与之投契，便经常与他们聚会，席间吟咏唱和，不无风雅。顾贞观在京期间，还为纳兰性德编订了《饮水词》集。

而纳兰绝对担得起一个“义”字，除了因他的善良、与才子的惺惺相惜之意外，还因那拜托他的人，是他的至交好友——顾贞观。

顾贞观的名句“落叶满天声似雨，关卿何事不成眠”令众多文人惊叹不已，后因仿造了一只竹茶炉，引得不少名士题词赋诗，由纳兰为他汇成了《竹炉新咏》。

在吴兆骞、纳兰先后病故之后，顾贞观悲痛不已，继而回归故里避世隐逸，在家乡无锡的惠山脚下、祖祠之旁修建了三楹书屋，名之为“积书岩”。从此心无旁骛地读书，一改往日风流倜傥、热衷交游的形象。

他与纳兰在词作上有着“舒写性灵”的一致主张，强调所作之词极情之至，质朴自然，文化底蕴浓厚而又创新多变。

顾贞观，可以称得上是纳兰第一知己。在初见之时，纳兰便对这位年纪足以做他父亲的师长倍加敬重和敬仰。

月如水·身世何足问

金缕曲

赠梁汾

德也狂生耳。偶然间、缁尘京国，乌衣门第。

有酒惟浇赵州土，谁会成生此意。不信道、遂成知己。

青眼高歌俱未老，向樽前、拭尽英雄泪。君不见，月如水。
共君此夜须沉醉。且由他、蛾眉谣诼，古今同忌。
身世悠悠何足问，冷笑置之而已。寻思起、从头翻悔。
一日心期千劫在，后身缘、恐结他生里。然诺重，君须记。

康熙十五年，顾贞观在他自己的作品《弹指词》中记述云：“岁丙辰，容若年二十有二，乃一见即恨识余之晚，阅数日，填此曲为余题照。”

这年纳兰获得了殿试二甲七名，赐进士出身，并授三等侍卫，后又晋为一等，官拜三品。纳兰以一介贵族公子、皇帝近侍的身份与郁郁不得志的顾贞观相识。抛却年龄的限制，二人大有相见恨晚之叹，且纳兰对顾贞观的抑郁深表同情。又因纳兰此时得知顾贞观为营救吴兆骞的种种举动，感动不已。

这首词即是纳兰与顾贞观相识不久的题赠之作。直抒胸臆的手法，丝毫不假雕饰，真切而自然地表达了他对顾贞观诚挚质朴的倾慕。徐釚《词苑丛谈》中评价说：“词旨嵚奇磊落，不舍坡老、稼轩，都下竟相传写，于是教坊歌曲无不知有侧帽者。”严迪昌《清词史》也评价此词“情辞兼备，超迈有神”。

纳兰在与朋友的交往中，一般都是仿效汉人的习俗，取名字中的“成”字为姓，加之小字“容若”，便是“成容若”了，所以，这里的“德”、“成生”便是纳兰自己。

一向“女儿态”（启功评价）的纳兰，在见到顾贞观后，却似变了个人一般，万般娇柔都散尽了，开篇便直抒胸臆，恰似急匆匆地撇清自己一般。自己其实也是狂放不羁的人，生在了乌衣门第，富贵之家本是天意，不可违之。可见纳兰对于自己生于贵族的无奈之情。

在这篇词作中，纳兰用了很多典故，以古人自比，或表明效仿古人的心迹。纳兰是心思敏感的人，这样的人一般也都善解人意，因此他非常担心顾贞观误会他是想赠送“嗟来之食”与他。文人自古清高孤傲，最要不得的便是同情和怜悯。纳兰对于顾贞观的仰慕若是被曲解，便是他千万个不愿意了。所以他斟酌再三，需要用最简单的句子表明自己的诚意。

"有酒惟浇赵州土"，出自唐代诗人李贺的《浩歌》："买丝绣作平原君，有酒惟浇赵州土"，说的是后世既广纳门客士人的赵公子平原君，唯有买来丝线，绣出平原君的形象来供奉，取酒浇其坟墓（即赵州土），来凭吊。

平原君，嬴姓，赵氏，名胜。东周战国时期赵国宗室大臣，赵武灵王之子、赵惠文王之弟，封于东武（今山东武城），号平原君，是战国时期的"四公子"之一，性喜结交朋友，仗义好客，广纳天下贤才，曾经自荐的毛遂，也曾是他的门客。

而纳兰是当时权臣纳兰明珠的长子，出身豪门，身份自然尊贵。若以平原君自比，却也合理。而"谁会成生此意"中，"成生"也是纳兰自指，大有无奈之下询问众人，谁能了解自己的这一片"平原"心意的意味。其实纳兰此时便是在暗示，自己愿意效仿平原君，不注重朋友的出身，只要性情相投，自然互为知己，可以不惜代价为朋友赴汤蹈火。

"青眼高歌惧未老"中，出自唐代诗人杜甫的《短歌行·赠王郎司直》："青眼高歌望吾子，眼中之人我老矣。"青眼代表着敬重的意思，典故出自魏晋时期的"竹林七贤"中放浪形骸的阮籍，此人我行我素，坦白直率。据说能作"青白眼"，面对讨厌的人就翻白眼，对他欣赏的文人雅士便露出眼珠，作出青眼，后来人们就用"青眼"相待来形容对值得敬重之人的对待方式。

当时纳兰二十二岁，顾贞观不到四十岁，算来还都是风华正茂的时候，纳兰意在劝慰顾贞观，你我在这样的年纪能得到知己，又有几人能和我们一样幸运？不必为了现下的不如意落下涕泪，你看着皎皎明月岂不是长久存在么！

下半阕中的"娥眉谣诼"来自屈原的《离骚》："众女嫉余之娥眉兮，谣诼谓余以善淫"，纳兰对顾贞观道：不招人嫉是庸才，这种嫉贤妒能的事情，"古今同忌"，又何必挂怀呢？

身世悠悠，今日不见来日之事，何必问前程？即便是飞来横祸，千劫之后，仍有后身之缘。且把浮名，换了浅吟低唱，痛饮一番，何必思虑太多？！唯一要记住的，是守诺，君子之约，是一定要践行的。

顾贞观十分感动，顿生感慨，于是他提起笔，和着纳兰性德的韵脚，也写了一首《金缕曲·酬容若赠次原韵》回赠：

且住为佳耳。任相猜、驰笺紫阁，曳裙朱第。
不是世人皆欲杀，争显怜才真意，容易得，一人知己。
惭愧王孙图报薄，只千金、当洒平生泪。曾不直，一杯水。
歌残击筑心愈醉。忆当年、侯生垂老，始逢无忌。
亲在许身犹未得，侠烈今生已已。但结记、来生休悔。
俄顷重投胶在漆，似旧曾、相识屠沽里。名预藉，石函记。

文人墨客之间的交往，总是选用诗词唱和的方法来表现心迹，在藏和露之间制造一点朦胧，那是属于文人特有的高雅，顾贞观与纳兰也不例外，他们倾述心意也选用了诗词，而且，为了表示同心、敬重，用了同样的韵脚。

顾贞观一生恃才傲物，觉得做官不开心就回家乡，完全不被功名利禄所累。正因为他的超然和才能，才会招来宵小之辈的猜忌，使他处处被打压，仕途不顺。

所以，在这首回赠纳兰的《金缕曲》里，有这一句："不是世人皆欲杀，争显怜才真意。"这一句化自杜甫的"世人皆欲杀，我独怜其才"。

如果不是别人争相排挤我，怎么能显示出谁才是真正懂我的人呢？这里懂他的人，自然指的是纳兰。也许是想到了自己大半生的坎坷遭遇，顾贞观想到纳兰能如此真心真意地对待自己，分外感动。

在用典上，才华横溢的顾贞观同样用了战国时期的典故，以侯嬴自比来对纳兰自比的平原君。

纳兰出身豪门，自比"战国四公子"之一的平原君，并无不妥之处，而顾贞观此时只是一介布衣，便以信陵君的门客侯嬴自比。

魏公子信陵君无忌，与平原君齐名，也是"战国四公子"之一。喜好结交朋友之人，礼贤下士，不以门第取士。

侯嬴是战国时魏国人，最初是大梁（今河南开封）夷门的守门小吏，直到七十岁才被信陵君迎为上客，后来协助信陵君救赵，起了关键作用。

开始，信陵君听说他是个贤士，于是便准备了厚礼邀请他前来参加宴席，侯嬴却傲气十足地说要信陵君亲自前来。信陵君便丢下满大厅的宾客，亲自驾车去迎接侯嬴。

门客们都非常气愤，觉得这个老头未免太过恃才傲物！而信陵君的马车打了城门口的时候，百姓们也都诧异了：哪位贤者如此厉害？却要信陵君亲自迎接？

只见侯嬴也不见礼，毫不推辞，大摇大摆地坐上了信陵君的车，仍旧由信陵君驾车，他却坦然受之。半路上，他又说要去见一位叫做朱亥的卖肉的朋友。信陵君于是半路改道去了市集，侯嬴与朱亥聊了半天，信陵君也在旁边等了半天。周围的人都纷纷指责侯嬴，尤其是一些跟去的门客甚至要动手，信陵君却谦和地表示可以接受，阻止众人责备侯嬴。

到达信陵君府邸，侯嬴对信陵君说："我难为了公子，其实是想看看公子是不是如人们传说的礼贤下士。我不过是个看城门的人，本不配劳驾公子亲自迎接，而公子却接受了这一要求。所以我故意让公子招摇过市，并且做出傲慢无礼的样子，让人们围观，以自己的骂名造就公子温和恭俭让的美名。"

后来，信陵君窃符救赵，就在侯嬴的帮助下完成的，这才成就了一段千古佳话。侯嬴在事成之后，却刎颈自尽了，以死来报答信陵君的知遇之恩。

交友之事，向来是你来我往，君以国士之礼待之，吾自以国士之礼回报。互相尊重爱护的前提下，才能交到好朋友。

"忆当年、侯生垂老，始逢无忌。"在顾贞观的眼中，他就是侯嬴，如果能够得到知己的对待，又何尝不是一种欣慰呢？

舌难剪·斯人独憔悴

金缕曲

再赠梁汾（用秋水轩旧韵）

酒浣青衫卷，尽从前、风流京兆，闲情未遣。
江左知名今廿载，枯树泪痕休泫。摇落尽、玉蛾金茧。
多少殷勤红叶句，御沟深、不似天河浅。空省识，画图展。
高才自古难通显。枉教他、堵墙落笔，凌云书扁。
入洛游梁重到处，骇看村庄吠犬。独憔悴、斯人不免。
衮衮门前题凤客，竟居然、润色朝家典。凭触忌，舌难剪。

纳兰虽于秋水轩唱和中结识了众多名士，却苦无真心知己，自从认识了顾贞观，内心激荡不已，遂填了这首词表明心情。

这篇仍旧用了当时旧韵，并以南朝才子梁庚信为喻，以劝慰顾贞观。

化用前人诗词："画图省识春风面，环佩空归月夜魂"、"集贤学士如堵墙，观我落笔中书堂"、"庚信文章老更成，凌云健笔意纵横"、"冠盖满京华，斯人独憔悴"。

南朝梁庚信是当时有名的赋家，他出使西魏，被强留为官。晚年多作乡关之思，其赋"篇篇有哀"。

范滤《云溪友议》卷十云，宣宗时，舍人卢渥偶临御沟，得红叶，上题绝句云："流水何太急，深宫尽日闲。殷勤谢红叶，好去到人间。"卢归藏之。后来宫中放出宫女择配，不意归卢者竟是题叶之人。这里借用此典以喻在朝为官比登天还难。

用唐人红叶题诗之典故。唐人红叶题诗事记载较多，情节略同而人事各异，但皆成良缘。也就是说朝廷对于人才并不是真的重用。

除此之外，这首词作里面还有几个典故，皆是纳兰劝慰贞观之喻。

入洛：陆机与弟陆云俱为西晋时期著名文学家、书法家，合称"二陆"。曾历任平原内史、祭酒、著作郎等职，世称"陆平原"。后死于

"八王之乱"，被夷三族。他"少有奇才，文章冠世"（《晋书·陆机传》），晋武帝太康十年（公元289年），兄弟二人来到洛阳拜访时任太常的著名学者张华。张华颇为看重他们二人，说："伐吴之役，利获二俊。"使得二人名气大振。时有"二陆入洛，三张减价"之说（"三张"指张载、张协和张亢）。

游梁：《史记·司马相如列传》记载，开始的时候，司马相如"以赀为郎，事孝景帝，为武骑常侍，非其好也。会景帝不好辞赋，是时梁孝王来朝，从游说之士齐人邹阳、淮阴枚乘、吴庄忌夫子之徒，相如见而说之，因病免，客游梁。"也就是说，司马相如因病退职，前往梁地与这些志趣相投的文士共事，就在此时他为梁王写了那篇著名的《子虚赋》，才有了后来被赏识。

因为这几位历史上的著名文人都曾经不得志，而后得意，所以纳兰借由此典故来说明他对顾贞观有着很大的信心。

题凤客说的则是南朝宋刘义庆的《世说新语·简傲》中描述："嵇康与吕安善，每一相思，千里命驾。安后来值康不在。喜(康兄)出户延之，不入。题门上作'凤'字而去。喜不觉，犹以为欣，故作'凤'字，凡鸟也。"后以"题凤客"代指访友之人。

舌难剪则来自《广异记》："广夔州道士王法朗舌长，呼言不正，乃日诵道德经，后梦老君剪其舌，觉来，语言乃正。"意谓纵然对朝廷有忌讳的言论，导致招来灾祸，却不改刚正耿直的性情。

纳兰在给顾贞观的词中经常用典，也经常化用他人的诗句，或许是为了劝解贞观的心情，或许是迎合贞观的写作风格，总之，我们能够从中看到的，是纳兰的情真意切，是纳兰得到至交好友的兴奋和喜悦。

为顾贞观，纳兰写作了多首怀念之作。从顾贞观成为他的老师，到二人忘年之交，纳兰对顾贞观是全抛一片心的。在他的爱情生活之外，或许友情上，分量最重的便是顾贞观了。

金缕曲

生怕芳樽满，到更深、迷离醉影，残灯相伴。

依旧回廊新月在，不定竹声撩乱。问愁与、春宵长短。
人比疏花还寂寞，任红蕤、落尽应难管。向梦里，闻低唤。
此情拟倩东风浣。奈吹来、余香病酒，旋添一半。
惜别江郎浑易瘦，更着轻寒轻暖。忆絮语、纵横茗碗。
滴滴西窗红蜡泪，那时肠、早为而今断。任枕角，欹孤馆。

而纳兰又为何与顾贞观相惜？大抵是因为顾贞观的性情吧！独守才华，因为与这世界格格不入而不为人所喜欢。纳兰自己也常有这样的心境，并不是每一个他所要去结交、面对的人都是他喜欢的。

只不过碍于他的身份和他自认为的“懦弱”（实际上是一种善良吧），总对人笑脸相迎，无法将耿直刚性的一面表露出来，内心压抑不堪。所以他羡慕顾贞观。

纳兰也羡慕顾贞观能够出生在那个温婉的江南水乡，每日依山傍水，在落霞与孤鹜齐飞的天空下生活，那应该是多么自由和奔放的人生。而他自己，却只能在高墙内望着匆匆流云，坐井观天般守着荣华富贵。

纳兰是早有远见的，正如张爱玲所言，生活不过是长满了虱子的华美衣袍，外表看来风光无限，内里早已腐败不堪。政权也是一样，外表看上去牢不可摧，实际上内部早已千疮百孔。因而纳兰才有了那许多兴亡之感。

纳兰最觉得快意的，怕是顾贞观在被排挤的时候能够挂冠而去，丝毫不留恋所谓功名利禄。一个文人，不就是要有些根骨的吗？人，不可有傲气，但不可无傲骨啊！

尽管匹夫于天下兴亡有责任，却并不代表他在不快乐的时候要被动承担这个责任，而一肩天下的方式有很多种，今天我们看来，鲁迅先生也是早就看透的人。仕途并非报国唯一的出路。正如鲁迅先生所言，拯救人的思想比拯救人的身体更为重要。舞文弄墨一样可以为国效力。

顾贞观不愿委屈了自己的傲骨，自然是摆出“恕不奉陪”的姿态，愤然离去。这样的洒脱，不管是无奈还是值得，都让纳兰深深地崇拜。他是离不开笼子的小鸟啊！他有太多的牵挂——妻子新娶，儿子刚出生，父亲殷切的希望，随侍君侧的重担，家族背后的责任……在其位，谋其政，很多事情并非他所愿，却一定要做。

纳兰在康熙身边，如履薄冰般小心翼翼。不仅因为他的父亲正在参与党争，更有着不可见光的一些勾当。纳兰不能背叛自己的父亲，也不能不忠于自己的君王。在这其中保持着一种巧妙的平衡，并非易事。所以，纳兰很苦，纳兰很累。

纳兰的疲惫，是因为他始终做着自己不喜欢的事情。不是为了五斗米折腰，而是委屈了自己的性情。放眼望去，纳兰的词作有几首是快乐的？

满心惆怅的人，望去什么都是灰色的。纳兰大抵抑郁了太久，他无处宣泄的情绪在见到顾贞观本人，得知顾贞观性情之后，终于找到了突破口。顾贞观仿佛是他不能表达出的自己，这让他怎能不开心？

然而顾贞观并不总是在纳兰身边的，纳兰时常随君远行，而顾贞观又是漂泊之人，经常为了朋友奔走。此时吴兆骞又身在宁古塔，所以，他们并不总能相聚。

纳兰怀念他，其实不就是想着另一个自己？他们面对之时，不需要言语，似乎眼神的交流就能够让彼此明白对方的心意。

无人倾诉的时候，愁情绵绵不绝，比孤单春宵还要长。此际的孤独无聊，比稀疏的无人赏玩的鲜花还要寂寞。

昔有江郎，一为南朝齐江敩，《南齐书·江敩传》：“时袁粲为尹，见钱叹曰：‘风流不坠，政在江郎。’敩与晏赏，留连日夜。”一为南朝梁江淹，也就是才尽的江郎。

纳兰以江郎为比，说的是“风流不坠”，还是“才思乏味”？却道自己原本已为离别而清减，如今又偏逢这乍暖还寒的时节，更令人多愁添恨。

金缕曲

未得长无谓，竟须将、银河亲挽，普天一洗。
麟阁才教留粉本，大笑拂衣归矣。丧如斯者、古今能几？
有限好春无限恨，没来由、短尽英雄气。暂觅个，柔乡避。
东君轻薄知何意。尽年年、愁红惨绿，添人憔悴。
两鬓飘萧容易白，错把韶华虚费。便决计、疏狂休悔。

但有玉人常照眼，向名花、美酒拚沉醉。天下事，公等在。

在汉未央宫中有一座麒麟阁。汉宣帝时曾命人绘制霍光等十一位功臣像置于阁上，以表扬其功绩。如果把龙作为帝王象征的话，麒麟就象征辅佐帝王的将相功臣。麒麟阁先后供奉了十一位功臣，十一人中霍光为第一，并为了表示尊重，独不写出霍光全名，只尊称为“大司马、大将军、博陆侯，姓霍氏”。其次为张安世、韩增、赵充国、魏相、丙吉、杜延年、刘德、梁丘贺、萧望之、苏武等，共十一人，史称麒麟阁十一功臣。

后世以画像能置于麒麟阁上作为功勋卓著和最高荣誉的表示。南朝梁虞羲《咏霍将军北伐》：“当令麟阁上，千载有雄名。”唐朝杜甫也有《投赠哥舒开府翰》诗：“今代麒麟阁，何人第一功。”

这句词说的是朝廷才要重用之时，你却大笑着辞受，潇洒拂衣而去。这是何等的豪情？不以物喜，不以己悲。大浪淘尽古今，唯有不受拘束却又才名在外的人最为潇洒。

不需要赏赐，也不需要恩宠。完成我要完成的事情，做到别人以为我做不到的境界，过程往往艰难而曲折，结果通常甜美而丰硕，但那一切，并非是我所要的。我要的，不过就是在千千万万人面前风光，叫你明白曾经的不公都已经去了，证明的是自己，真实存在的自己，令人惊叹的自己！一鸣惊人之后，大可不必狗尾续貂，其结果必然是尾大不掉。

豪放狂野的气势，让这首词更加贴近稼轩词的味道。内容看，此词写给仕途失意的友人，赞美这位友人的高雅脱俗、淡泊功名的一面，又劝慰他若不如意便归隐消闲，做一个快意恩仇的人。同时也对他的怀才不遇、世道不公觉得不平。

天本不公，地本不平，抱负空落，我辈又能奈何？豪情万丈，硬是要挽来天河，将整个天空冲刷，还世道一个清明。可这是仅仅的一时壮语，要知道，水至清则无鱼。

春风吹面容易老。“可恨东君，把春去春来无迹。”人生苦短，若要为眼前失意叹息，未免言之过早。

即便不能一展抱负，且饮酒高歌，美人在侧，莫教光阴空耗！

相投金兰深知心

纳兰知己好友甚多，其中有不少江南才子，他们经常在纳兰家的渌水亭聚会，作新词浅吟低唱，倒也是一番情趣。

在结识顾贞观的时候，纳兰也就结识了在宁古塔流放的吴兆骞。吴兆骞生于官宦之家，少年时即声震文坛。顺治十四年中举人，被诬卷入南闱科场案。翌年赴京接受检查和复试。因负气交白卷，被革除举人名。顺治皇帝亲自定案，家产籍没入官，父母、兄弟、妻子一并流放宁古塔达二十三年之久。

在好友纳兰性德、顾贞观的一再请求下，经当时权臣明珠等人斡旋，费赎金数千，吴兆骞又献上《长白山赋》取悦康熙皇帝，康熙二十年（1681年）方得以放归，两年后方才允许他回归故里省亲。但是长期的严寒生活使他身体虚弱，翌年便客死京城，来不及回到江南那方温润的山水，完满他的夙愿。

浙西词派的创始者朱彝尊，字锡鬯，号竹垞，晚号小长芦钓鱼师，又号金风亭长，是纳兰的好友之一。康熙十八年举科博学鸿词，以布衣授翰林院检讨，入直南书房，曾参加纂修《明史》。朱彝尊学识渊博，通经史，诗词古文亦佳。朱彝尊的诗与王士祯齐名，时称“南朱北王”。

对纳兰性德来说，与朱彝尊的相识，在顾贞观之前。在纳兰因病未能参加殿试的那一年，在他十八岁的时候，一位落拓江湖载酒行的四十多岁的江南文人，因为他的情事和他的才华而闻名。

十年磨剑，五陵结客，把平生、涕泪都飘尽。
老去填词，一半是、空中传恨。几曾围、燕钗蝉鬓。
不师秦七，不师黄九，倚新声、玉田差近。
落拓江湖，且分付、歌筵红粉。料封侯、白头无分。

这首《解佩令》便是朱彝尊为他自己的《江湖载酒集》撰写的纲领之词，可谓对自己一生的写照。朱彝尊被人们津津乐道，除了他的词写得好之外，还有他的不伦之恋。

文人雅士有个把风流韵事并不是令人难堪的事情，何况很多词人都是依靠着青楼妓馆的传唱来传播自己的才名的。所以，若论风流，似乎文人本来就有先天的优越条件，能获得女子的青睐，也多成就佳话。柳永如是，白居易甚至也有《花非花》。文人多情，所以这并非丑事。与他们不同的是，朱彝尊爱上的，是他不应该爱上的人——他的妻妹。

朱彝尊爱上自己的妻妹，发乎情，止乎礼，并无污秽之处。他不明白，爱情有什么错？

朱彝尊非常执拗，而且坦白。他觉得爱就是爱了，遮遮掩掩算什么呢！他偏是要把自己的这份爱意公开天下，让所有人都知道。

那年私语小窗边，明月未曾圆。含羞几度，几抛人远，忽近人前。
无情最是寒江水，催送渡头船。一声归去，临行又坐，乍起翻眠。

这是一首《眼儿媚》，婉转柔美，缠绵悱恻，正是朱彝尊写给心爱的妻妹的词。

爱情往往与身份、地位、年龄无关。朱彝尊与妻妹爱得轰轰烈烈，却难逃世俗的桎梏。尽管恋情多舛，但朱彝尊始终不能释怀，在这样的相思之情激荡下，一首首佳作应运而生，其中一首《桂殿秋》精炼平实而蕴意深远：

思往事，渡江干。青蛾低映越山看。

共眠一舸听春雨，小簟轻衾各自寒。

有心人可以从朱彝尊的爱情中，找到纳兰的影子。纳兰的初恋也是不幸的，所以在看到朱彝尊的词集后顿生惺惺相惜之感，虽然这时候，纳兰性德十八岁，而朱彝尊，已经四十四岁。

真正的友情与真正的爱情一样，不会因为年龄的限制就有所改变。正如纳兰与顾贞观的交好，也是先被对方的《静志居琴趣》深深吸引，进而了解这个人，一见如故。

纳兰玉朱彝尊也是一样。十八岁的风华少年，竟能在一位穷困潦倒的落拓文人的作品中，看见自己的影子？！谁会相信呢？还不是会被人以为在嘲笑他？

所以，最初的时候，纳兰甚至不敢接近朱彝尊。只有默默地留意朱彝尊的动向，想找个机会认识他，好好地把酒一醉，以酬知己。

此时，朱彝尊刚刚成为潞河漕总功佳育幕府，他常常看着镜子中白发苍苍的落拓之人欷歔不已：

菰芦深处，叹私人枯槁，岂非穷士？
剩有虚名身后策，小技文章而已。
四十无闻，一丘欲卧。漂泊今如此。田园何在，白头乱发垂耳。
空自南走羊城，西穷雁塞，更东浮淄水。
一刺怀中磨灭尽，回首风尘燕市。
草屦捞虾，短衣射鹿，足了平生事。滔滔天下，不知知己是谁。

在朱彝尊这首《自题画像》中，他的失意、落魄昭然若揭。年近四十，只会做一点文章，也无田产也无功名，默默无闻地浪迹天涯，如今来到了京城，才算是有了栖身之所，做了个小小的幕僚，怀中名刺（名片）上自己名字的痕迹早已消磨浅淡，只怕是名声也都消减到无了吧。如今白发苍苍，却难得知己，料想即便闲云野鹤度此一生，也未免有些遗憾了。

文人不都是清高自傲的吗？文人还会在意名利吗？所谓“视名利如粪

士”，那是只有不知疾苦的富家子弟才有资格说的话！若不是出身贵族，衣食富足，纳兰哪里来的精力伤春悲秋？恐怕小小年纪便要为家计奔波。千斤散尽还复来的李白，若不是常有贵族资助，怎么有能力游遍名山大川？却在喝酒的时候，还要将“五花马，千金裘”换做美酒？

没有好的物质基础，再有才华的人也没有能力生存在这个世界上。那些隐逸之士，不也都在功成名就之后才退居山林吗？若一开始陶渊明便采菊东篱下，也不会悠闲长久吧！

何况文人根本就不适合做官。越是好的文人，越是不可能成为好的官员，同流合污这种事在他们看来都太肮脏，背离了纯洁的理想，他们不会去做，但这一置身事外就导致了他们仕途坎坷，遭人嫉恨，顾贞观就是最好的例子。李白也曾经当官，苏轼、白居易也曾经为官，结果却也都是官场失意。

到头来，仍旧一无所有，倒还落得骂名，背了一身疲惫。朱彝尊也很无奈，他只能自我解嘲地笑笑，等待或者永远也等不到的一位知己出现。

而纳兰的出现，是他始料未及的。一个半生潦倒的寒门学士，一个春风得意的豪门贵族。这仿佛两个世界的人，生活环境与际遇有着天壤之别，却在精神上是如此契合。

或许，就是因为纳兰看多了人间惆怅之事，也许，就是因为朱彝尊已经看淡了身外之事。纳兰应该庆幸，他选择的这些朋友，几乎没有人是看中了他的贵族身份，也没有人本着利用他的目的接近他。这对于脆弱而敏感的纳兰公子来说，已经是令他感动不已的事情了。

纳兰读了朱彝尊的词，百感交集，甚至在还未曾见过朱彝尊一面的情况下，就已经把这位年长自己太多的落拓词人引为了灵魂知音。他写出了一首《浣溪沙》，这首词因为苍凉和寂寞，流传千古。

残雪凝辉冷画屏。落梅横笛已三更，更无人处月胧明。
我是人间惆怅客，知君何事泪纵横。断肠声里忆平生。

残雪映月照腊梅。三更天的时辰正是清冷，窗外隐隐传来飘渺凄凉的笛声，惹人断肠。

我也一样于人间怅惘，行走在人世间，找不到依傍。身似浮萍，心若归雁，素未谋面，却知君何事泪纵横。

之后，纳兰得知朱彝尊下落后便写信与他，写明自己的仰慕之情，想要与这位词人见面。纳兰紧张而忐忑，恐怕之后与顾贞观的相识也没有这样忐忑不安。朱彝尊会理他吗？这样一个莽撞少年，能体会到什么呢？还不是为赋新词强说愁么！

但是，朱彝尊不但回了信给他，而且还亲自登门拜访。尽管布衣落拓，饱经沧桑，朱彝尊面对对他表示仰慕的豪门贵公子仍旧不卑不亢。

而纳兰并没有因为外表而改变对他的看法，仿佛能够透过外表的阑珊，看出内心的丰裕。这就是纳兰的慧眼，这就是能够雾里看花，穿透世俗眼光的独到慧眼。正因为在精神层面上的契合，让两人很快就越聊越投机，引为知己。

康熙十二年，纳兰又结识了一位好友，那就是“勾吴严四”严绳孙。严绳孙比纳兰年长三十二岁，字荪友，一字冬荪，号秋水，自称“勾吴严四”，复号“藕荡渔人”，江苏无锡人。严绳孙应该是纳兰朋友里面年长他最多的一个。

严绳孙与年仅十九岁的纳兰惺惺相惜，结为知己。纳兰曾留绳孙住府邸二年，彼此诗词唱和，“闲语天下事，无所隐讳。”

临江仙

寄严荪友

别后闲情何所寄，初莺早雁相思。如今憔悴异当时。
飘零心事，残落花知。
生小不知江上路，分明却到梁溪。匆匆刚欲话分携。
香消梦冷，窗白一声鸡。

不过天下无不散之筵席。严绳孙之后归乡，对纳兰来说挚友一别，无日不思念。

春去秋来，时时刻刻的刻骨的相思，别后闲情，无从依傍。但这种孤独寂寞，除了残花落絮，竟然再无人能知晓。思念至深至切进而生出幻觉！梦中到了自己甚至都不知路途的好友的家乡，刚刚要共叙别情，谁知如天色一亮，鸡啼一声，好梦乍醒，令人不胜怅惋，满怀遗憾。

和清初的很多名士一样，严绳孙也是明朝的遗少。他的祖父就是明末时候的刑部侍郎严一鹏，所以可称得上是名门之后。明亡，满清入关之后，自恃气节的严绳孙便断绝了取士为官的念头，一心埋首于诗词书画之中。对于他来说，自己就是这样模样：

占得红泉与绿芜，不将名字挂通都。
君看沧海横流日，几个轻舟在五湖。

虽然颇有些自嘲与讥讽的味道，却能看出他淡泊的个性。

康熙十八年的时候，正开博学鸿儒科，大部分的文人或是自愿、或是被迫地参加这场考试，严绳孙也因此来到京城。

这个“博学鸿儒科”又是什么呢？它和一般的科举有什么不同呢？在明清朝代更迭的历史进程中，明朝的“遗民”始终是满清统治者心头的石头，因为数量庞大，而又大多才华横溢，这样的人聚集起来，不得不说对清廷还是有一定威胁的。

康熙皇帝在几经思索后，恩开“博学鸿儒科”，命令天下有才学的人都要进京考试，不论出身，不论过往，只要有才华，就能出仕。

“博学鸿儒科”的举办，其实根本目的并不单单为了粉饰太平，也不只是想要彰显康熙皇帝重视汉文化，更不仅仅在于招揽人才，而在于笼络遗民的心。所以，这场恩科虽有考试的形式，却只有游宴的实质。且能一举多得，何乐而不为之？

固执的严绳孙在心中看透了这一切，虽然是极不情愿参加的，但是又不得不被迫前来。

严绳孙虽然固执，却有脑子。他不像顾炎武、傅山等人那样，敢于公然拒绝朝廷的召唤。不过他即便是迫于压力不得不来到京城，参加了三月初一的“考试”，却只写了一首诗就交了卷子，匆匆离开了考场。

只可惜他万万没有料到，康熙皇帝也早已久仰他的名声，“御笔钦点”，直接把严绳孙定为了二等。严绳孙得知结果后苦笑不已，万没想到竟然会是这样的结果，真是人算不如天算。

他本来无心为清廷效力，连殿试都是草草敷衍了事，哪知却偏偏逃脱不了为官的命运，而同为当时名士之一的好友姜宸英，却名落孙山。我本将心向明月，奈何明月照沟渠。这样的尴尬，似乎总在人们身上发生，当事人无奈之下，又能如何呢？

为此，纳兰还为他赋词安慰。严迪昌《清词史》对此评价道：“慨然长吭，劝慰中透不平”，“殊有风鸣万窍、怒涛狂卷的气韵。决不是自缚于南唐一家者所能出手的，至于神虚情匮的工匠们更是难加问津。”

金缕曲

慰西溟

何事添凄咽？但由他、天公簸弄，莫教磨涅。
失意每多如意少，终古几人称屈。须知道、福因才折。
独卧藜床看北斗，背高城、玉笛吹成血。听谯鼓，二更彻。
丈夫未肯因人热，且乘闲、五湖料理，扁舟一叶。
泪似秋霖挥不尽，洒向野田黄蝶。须不羡、承明班列。
马迹车尘忙未了，任西风吹冷长安月。又萧寺，花如雪。

严绳孙后来还是不可避免的当了官，可就是因为他心不甘情不愿，而好友之间总不可能个个和睦。所以纳兰无奈地看到，随着一些好友官位的升高，昔日的亲密无间，也渐渐地开始有了矛盾。

纳兰往日的书法老师高士奇，开始渐渐得到康熙的重用，但是高士奇却与纳兰的好友朱彝尊、秦松龄等人素来不睦。

高士奇字澹人，号江村，是清代著名学者。因家贫，在朝廷以打杂为生，后在詹事府做记录官。康熙十五年迁内阁中书。由于高士奇每日为康熙帝讲书释疑、评析书画，渐渐极得康熙信任。这样的局面下，胜负立分。

本来就无心出仕的严绳孙，眼见着好友朱彝尊被贬官，秦松龄也被夺去了官位，更加对官场失望，毅然辞官，返回自己的家乡专心画画去了。他本来就打算做个山野之人，娴静一生，这样的结局，对他来说也并无不妥。

只是对纳兰来说，好友接二连三的离开，留下的终究是离愁别绪，心中充满遗憾。

金人捧露盘

净业寺观莲，有怀荪友

藕风轻，莲露冷，断红收，正红窗、初上帘钩。
田田翠盖，趁斜阳、鱼浪香浮。此时画阁垂杨岸，睡起梳头。
旧游踪，招提路，重到处，满离忧。想芙蓉湖上悠悠。
红衣狼藉，卧看桃叶送兰舟。午风吹断江南梦，梦里菱讴。

据《啸亭杂录》云："成亲王府在净业湖北岸，系明珠宅。"故净业寺约在净业湖边，其旧址大约在今北京什刹海后海宋庆龄故居附近，也就是距离明珠府非常近的地方。

康熙十八年的夏天，纳兰与刚刚结识交好的朱彝尊、陈其年、秦松龄、张见阳、姜西溟、严绳孙等前往净业寺观荷，赏玩的过程中有词作唱和。

当年曾经游玩的地方，如今只剩下自己还在流连。荷叶又盛放，芙蓉满湖香。行走间风轻露冷，只见多情的夕阳映红了窗户，照到了帘钩上。斜阳晚照里，鱼儿在田田荷叶下游来游去，激荡起层层绿波，令人心旷神怡。却在这良辰美景，想起曾结伴黄昏的好友，不由得心生欷歔，梦魂飞到江南去。

浣溪沙

寄严荪友

藕荡桥边埋钓筒，兰萝西去五湖东。笔床茶灶太从容。
况有短墙银杏雨，更兼高阁玉兰风。画眉闲了画芙蓉。

纳兰幻想，离别之后，严绳孙定然在家乡过着隐逸高致的生活，桥边垂钓，五湖泛舟，自在怡然。因为藕荡桥是严绳孙吴锡西洋溪宅第附近之桥，他也以此而自号“藕荡渔人”。顾贞观在《离亭燕·藕荡莲》自注云：“地近杨湖，暑月香甚，其旁为埽荡营，盖元明间水战处也。荪友往来湖上，因号藕荡渔人。”

闲来或执笔写写画画，或烹茶品茗。恰如《新唐书·隐逸传·陆龟蒙》中所言之：“不乘马，升舟设篷席，斋束书、茶灶、笔床、钓具往来。”

纳兰越是思念友人，越是幻想友人现在的生活，越是流露出一丝艳羡，却更加怀念当初携手同游的场景。

与其他好友不同，纳兰的另一个好友陈维崧虽然为明末东林党的中坚人物陈于廷的后代，却颇好男风。陈维崧字其年，号迦陵，江苏宜兴人。少时词采瑰玮，吴伟业曾誉之为“江左凤凰”。康熙十八年，召试鸿词科，陈维崧当时年逾五十，授检讨，参与修《明史》。其年诗词文赋俱佳，为清初阳羡词派之首，与朱彝尊齐名。

据《清史稿》本传云：“维崧清臞多髯，海内称陈髯。”又，《南史·褚彦回传》：“公须髯如戟，何无丈夫意？”余怀《沁园春》：“叹年将半百，须髯如戟；运逢百六，心事成灰。”众多好友中，他与朱彝尊尤其接近，两人在京师时切磋词学，并合刊过《朱陈村词》。清初词坛，陈、朱并列，为“阳羡词派”领袖。正是通过朱彝尊，纳兰结识了陈维崧。

出身在一个重视气节、书香之家的陈维崧，却颇好男风。据野史笔记载，陈维崧对名优徐紫云一见神移，当时正值梅花盛开，他就日日“携紫云徘徊于暗香疏影间”，形影相随，陈维崧为徐紫云写作了大量的诗词。陈维崧家有妻妾子女，徐紫云成年后也要娶亲，在徐紫云洞房花烛夜时，陈维崧以一首《贺新郎》相赠：

六年孤馆相偎傍。最难忘，红蕤枕畔，泪花轻飏。
了尔一生花烛事，宛转妇随夫唱。
只我罗衾寒似铁，拥桃笙难得纱窗亮。休为我，再惆怅。

之后二人仍亲密来往，后携徐紫云归宜兴老家居住。在徐紫云病逝后，陈维崧又写了大量的怀念诗句，句句凄婉，读之令人伤感不已。

除此之外，纳兰还对一些前人非常敬重，例如明末几社领袖陈子龙，抗清被缚，不屈而投水殉难。纳兰感其才华，遂做了一首《浣溪沙》与之唱和。

一生愁·梦回远山楼

浣溪沙

咏五更

微晕娇花湿欲流，簟纹灯影一生愁。梦回疑在远山楼。
残月暗窥金屈戌，软风徐荡玉帘钩。待听邻女唤梳头。

暗夜逝去，拂晓到来。天色刚明，面对朦胧中的花朵的形貌，娇慵难以自持。词即借此愁人形象，抒发了满怀无聊的意绪。并有向所仰慕的前辈致敬之意。

陈子龙字人中、卧子，号大樽、轶符，松江华亭（今上海松江）人，有《湘真阁存稿》一卷存世。

纳兰所和之词是陈子龙的《浣溪沙·五更》，陈词为：

半枕轻寒泪暗流，愁时如梦梦时愁。角声初到小红楼。
风动残灯摇绣幕，花笼微月淡帘钩，陡然旧恨上心头。

纳兰交友广泛，可谓三教九流无一不全。

对于这些与众不同的朋友，纳兰并未用特别的眼光注视他们，尽管有些人怀才不遇，有些人不为世俗所容，却都是文采卓然之士，而纳兰结交好友，重在知心，所以也不计较身外之物。

几多珍重勤探问

有人说，在交友上，纳兰性德最突出的特点是其所结交之人“皆一时俊异，于世所称落落难合者”，这些不肯融入世俗的人，多为汉族布衣文人，且大多出自江南，如顾贞观、严绳孙、朱彝尊、陈维崧、姜宸英等等。

纳兰对朋友是极为真诚的，不仅仗义疏财，而且非常敬重他们的品格和才华，在人格上予以莫大的尊重，这一点我们从营救吴兆骞之事可以看出。在他特别修建的渌水亭（现宋庆龄故居内恩波亭）中，一时文人骚客皆雅聚于此。

尊前酒·随缘住无心

瑞鹤仙

丙辰生日自寿，起用《弹指词》句，并呈见阳

马齿加长矣，枉碌碌乾坤，问汝何事。
浮名总如水。拚尊前杯酒，一生长醉。
残阳影里，问归鸿、归来也未。
且随缘、去住无心，冷眼华亭鹤唳。
无寐。宿酲犹在，小玉来言，日高花睡。
明月阑干，曾说与，应须记。

是峨眉便自、供人嫉妒，风雨飘残花蕊。
叹光阴、老我无能，长歌而已。

康熙十五年，纳兰二十二岁。按理来说，事业、爱情、家庭都美满的纳兰应该欢天喜地才对，可他偏偏满怀愁锁。

浮名何用？倒不如金樽一盏，随缘自适，不为功名所累，三五知己相伴，但愿长醉不醒。北雁南飞，莫问前尘旧事，且把浮名抛却了。

《谷梁传·僖公二年》有云：“荀息牵马操璧而前曰：璧则犹是也，而马齿加长矣!”马齿加长是纳兰自问自嘲之语，年龄又空长了一岁，却碌碌无为，毫无贡献。

顾贞观有《弹指词》(金缕曲·丙午生日自寿)自寿，云：

马齿加长矣，向天公、投笺试问、生余何意？
不信懒残分芋后，富贵如斯而已。惶愧杀、男儿堕地。
三十成名身已老，况悠悠、此日还如寄。惊伏沥，壮心起。
直须姑妄言之耳，会遭逢、致君事了，拂衣归里。
手散黄金歌舞就，购尽异书名士。累公等、他年谥议。
班范文章虞褚笔，为微臣奉敕书碑记，槐影落，酒醒未。

三十功名尘与土，八千里路云和月。又有何用？

到头来还不是要靠长歌解忧？人生苦短，几时遂愿？

华亭鹤唳中所指的华亭在今上海市淞江县西。华亭鹤唳系感慨人生，悔入仕途之典。南朝宋刘义庆在《世说新语·尤悔》中写道：“陆平原（陆机）河桥败，为卢志所谗，被诛，临刑叹曰：‘欲闻华亭鹤唳，可复得乎？’”陆机与弟陆云在洛阳时常游华亭墅中，而今下场如此，可悲可叹。

第五章

此情只堪成追忆

天露错滴鸳鸯瓦，塞鸿携书玉樽酒。
春来便恐春去早，一襟晚照漫天涯。

——鸿雁无事偏来去·半世浮萍绕天涯

鸳鸯纷飞雁哀鸣

康熙十七年，纳兰二十四岁。这一年，他的父亲明珠被授予武英殿大学士；这一年，他的妻子卢氏因病去世；这一年，他仍旧随侍在康熙身边，在塞北吟咏高歌；这一年，好友不在身边。

知情重义如公子，再不堪愁锁西楼凭栏，数不尽寒鸦归去，等不来知音唱和。

天意弄人，已有一妻一妾的公子得意自在的日子并没有持续多久，三年后，妻子卢氏因生子海亮（富尔敦），产后受寒而死。纳兰公子悲痛难抑，数度写下追思之作。原以为时间能够拂去深刻在心底的痛楚，却不料在之后如斯寂寞的时光中，更深埋着不能遗忘的离情。

妻子死后，纳兰痛心不已，甚至有了僧道之感。在游玉泉山之时，见楞伽洞，有感楞伽宗之佛法，因其义多乖释家教义而近老庄，与纳兰心境相合，于是取号楞伽山人。楞伽，即《伽回阿跋多罗宝经》，或译《大乘人楞伽经》。

奈今生·愁时又忆卿

采桑子

海天谁放冰轮满，惆怅离情。莫说离情，但值良宵总泪零。

只应碧落重相见，那是今生。可奈今生，刚作愁时又忆卿。

月满的时候，正是思念离人的时候。

纳兰的妻子卢氏去了，也将纳兰的魂魄带了一半去了。

不管你是不是情愿，生命总有一些无常。不敢说思念，不敢说别离，因为怕触动了伤心事。高天朗月，凄怀又起，悠悠思念化作怨恨，滴滴零落。

纳兰怎么能甘心？新婚未久，便匆匆随皇帝出行，天南海北，唯独没有好好地陪伴妻子。而妻子的死，正是为了给自己生下麟儿。纳兰恨，恨苍天不懂得在伤心时候藏起自己得意的圆月，恨大地不能缩短离别的距离，恨自己不能保护妻子、安慰妻子，在她需要自己的时候，留在她身边陪伴。

料想百年之后，定能与亡妻天上重见，如果奈何桥上，你还愿意等我一程。今生如果缘尽于此，能够盼一个来生吗？思及来生不得卿，便是愁上添愁。

梦里佳人仍归梦

爱妻的去世，对他的打击是莫大的。楼空人去，物是人非。小楼寂寞新雨夜，也难如钩也难圆。回首不见月明如许，唯有一片相思昭昭，却将情思寄托山水。

罗衣不暖，锦衾却寒，曾经红酥手、黄藤酒，同赏满城春色宫墙柳。如今只好兀自嗟叹，独个悲情，只恨当时不懂珍惜每一个相聚的时光，只恨丈夫身在他处，却落得生也相思，死也相思。

梦中来·素手曾缝绽

鹊桥仙·七夕

乞巧楼空，影娥池冷，佳节只供愁叹。
丁宁休曝旧罗衣，忆素手为予缝绽。
莲粉飘红，菱丝翳碧，仰见明星空烂。
亲持钿合梦中来，信天上人间非幻。

爱妻亡故之后的七夕，和当年离别时候的七夕，又有不同。

《东京华梦录·七夕》中记载："至初六、初七日晚，贵家多结彩于庭，谓之乞巧楼，铺阵磨喝乐、花瓜酒炙、笔砚针线。或儿童裁诗，女郎歹呈巧，焚香列拜，谓之乞巧。妇女望月穿针，或以小蜘蛛安合子内，次日看之，若网圆正，谓之得巧。"

《荆婚岁时记》中也记述："七月七日为牵牛平织女集会之夜。是夕、人家妇女结缕彩， 穿七孔针，或金银鍮石为针，陈瓜果于庭中以乞巧。有喜子（蜘蛛）网瓜上，则以符应。"

七夕乞巧，妻子也曾经焚香穿针，求一个贤惠巧手，也曾经在月下嘘声，拉着自己在葡萄架下偷听牵牛织女。

如今，花落人亡两不知。

在一样的池边，却只有我一人的身影。昔日汉武帝于望鹄台西建俯月台，台下穿池，月影入池中，使宫人乘舟弄月影，因名影娥池。唐朝的上官仪也有《咏雪应诏》："花明栖凤阁，珠散影娥池。"的佳句。

对月慨叹，纳兰苦笑，别看成双成对的那些景象，看了心惊。

青衫湿遍

悼亡

青衫湿遍，凭伊慰我，忍便相忘。
半月前头扶病，剪刀声、犹在银釭。

忆生来、小胆怯空房。
到而今，独伴梨花影，冷冥冥、尽意凄凉。
愿指魂兮识路，教寻梦也回廊。
咫尺玉钩斜路，一般消受，蔓草残阳。
判把长眠滴醒，和清泪、搅入椒浆。
怕幽泉、还为我神伤。
道书生薄命宜将息，再休耽、怨粉愁香。
料得重圆密誓，难禁寸裂柔肠。

纳兰的悼亡词，最是让人心碎。

纳兰的发妻卢氏卒于康熙十六年五月三十日。纳兰夫妻伉俪情笃，婚后聚少离多。故卢氏的早亡使纳兰精神上受到莫大的打击，他悲痛欲绝，柔肠寸断，遂于此后，“悼亡之吟不少，知己之恨犹多。”（叶舒崇《皇清纳腊室卢氏墓志铭》）因而写了大量的悼亡之作。

其中有一些明确标出是为悼亡而作，有的虽未标明，但却明显地是思念亡妻有感而发。这些悼亡之作在纳兰留存下的三百多首词中占了相当大的比重，是他的词中最为生动感人的佳作。

在这些词作里，处处哀怨凄惋，真可说是一曲声声血、字字泪的奄歌惋唱，读来令人为之泪下。

关于这首词，周之琦在《怀梦词》中有和此调者，题曰：“道光乙丑余有骑省之戚，偶效纳兰容若为此，虽非宋贤遗谱，其音节有可述者。”故可知此调为纳兰之自度曲。

想来他与周邦彦在《解连环》中描述的心情应是有过之而无不及的吧，“拚今生对花对酒，为伊泪落。” 纳兰标有“悼亡”字样的词共七首，每一首词中所抒发的都是对亡妻深切怀念的痴情。他虽然有所谓妻妾，却对这位发妻情深意重。

近来无限伤心事，谁与话长更。从教分付，绿窗红泪，早雁初莺。
当时领略，而今断送，总负多情。忽疑君到，漆灯风飐，痴数春星。

张元干于《念奴娇》中慨叹："有谁伴我凄凉，除非分付，与杯中醽醁。"纳兰此时也正是无限伤心，总有良辰美景，奈何无人与共，凄清孤独。

纳兰自爱妻亡故后的一段日子里，终日以泪洗面，逐渐消瘦。他总觉得自己在妻子早亡这件事上是负有责任的。正是因为没有好好地陪伴，才会让妻子过早离开人世，甚至他不止一次在词中沉痛地悔恨自己辜负了往日的多情。

周邦彦有《过秦楼》曰："谁信无聊为伊，才减江淹，情伤荀倩，但明河影下，还看稀星数点。"恰合纳兰此时心境。

沁园春

代悼亡

梦冷蘅芜，却望姗姗，是耶非耶。
怅兰膏渍粉，尚留犀合；金泥蹙绣，空掩蝉纱。
影弱难持，缘深暂隔，只当离愁滞海涯。
归来也，趁星前月底，魂在梨花。
鸾胶纵续琵琶，问可及、当年萼绿华。
但无端摧折，恶经风浪；不如零落，判委尘沙。
最忆相看，娇讹道字，手剪银灯自泼茶。
令已矣，便帐中重见，那似伊家。

又是一首悼亡之作。字句哀惋，伤感凄凉，读来令人心碎。

晋代王嘉于《拾遗记·前汉上》中记述："（汉武）帝息于延凉室，卧梦李夫人授蘅芜之香。帝惊起，而香犹着衣枕，历月不歇。"另，《汉书·外戚传上·孝武李夫人》中也有记载："上思念李夫人不已，方士齐人少翁言能致其神。乃夜张灯烛，设帷帐，陈酒肉，而令上居他帐，遥望见好女子如李夫人之貌，还幄坐而步。又不得就视，上愈益相思悲感，为作诗曰：'是邪？非邪？立而望之，偏何姗姗其来迟！'"

说的是汉武帝和李夫人之间的一段情事。

李延年通过一场歌舞将妹妹李夫人推荐给汉武帝，此女子生得花容月貌，婀娜多姿，还精通音律，擅长歌舞。汉武帝自得李夫人以后，爱若至宝，一年以后生下一子，被封为昌邑王。无奈李夫人身体羸弱，产后失调，日渐憔悴。李夫人不愿自己憔悴模样被汉武帝看见，道："凡是以容貌取悦于人，色衰则爱弛；倘若以现在憔悴的容貌与皇上见面，他心目中那些美好的印象都会被代替，怎么还会好好照顾我的儿子和兄弟呢？"

在她死后，汉武帝伤心欲绝，以皇后之礼葬之，并亲自监督画工绘制他印象中的李夫人像，悬挂在甘泉宫里，旦夕相对。

时有方士李少翁，知道汉武帝日夜思念李夫人，便自荐能够把夫人的魂魄请来与之相会。李少翁要了李夫人生前衣服，准备净室，中间挂着薄纱幕，幕里点燃蜡烛熏香，烟雾缭绕间，李夫人的影子果然投射在薄纱幕上。汉武帝见状更加悲戚，赋诗曰："是邪，非邪？立而望之，偏何姗姗其来迟。"（《汉书·外戚传》）

如果世界上真有这样的事情，能不能将爱妻的亡魂招来呢？纳兰不是没有想过这个，只是生死有命，既然她已经仙去，就不要打扰她安息的灵魂吧！

物是人非，妻子当初使用的东西还都好好地摆放在原处，只是今后不会再有素手打开脂粉盒，再不会有伊人对镜描画黛眉。

唐朝的李商隐在《重过圣女庙》中提到："萼绿华来无定所，杜兰香云未移时。"

"萼绿华"是谁？为何引得诗人以杜兰香云相喻？难不成她也是一位貌美如花的佳人吗？

这位"萼绿华"是中国古代道教传说中的一位女仙。传说她年方双十，身着青衣，曾自言为"九嶷山中得道之女子罗郁"。最早有关于她的记叙，是在晋穆帝时，她曾经夜降羊权家，自此后每个月都会出现六次，赠与羊权诗歌及贵重物品等。

南朝梁的陶弘景曾经在《真诰·运象篇第一》中这样记述："萼绿华者，自云是南山人，不知是何山也。女子年可二十上下，青衣，颜色绝整，以升平三年十一月十日夜降羊权。自此往来，一月之中，辄六过来耳。云本姓杨，赠权诗一篇，并致为浣布手巾一枚，金玉条脱各一枚。条脱似指环而大，异常精好。神女语权：‘君慎勿泄我，泄我则彼此获罪。’访问此人，云是九嶷山中得道女罗郁也。”这似乎就是这位女仙全部的故事了。这样一个美丽而又才华的仙子，庄重中不失柔美，还不请自来，赠以厚金，这位羊权的遭遇曾引得古今多少求仙问道之人羡慕？

“续弦”之事，在《海内十洲记·凤麟洲》中这样记载：“西海中有凤麟洲，多仙家，煮凤喙麟角合煎作膏，能续弓弩已断之弦，名续弦胶，亦称鸾胶。”后世因此以其特性来比喻续娶后妻之事。

作为明珠长子，作为满洲贵族，纳兰是必然会续弦的。无论他愿不愿意。不过，在纳兰心目中，纵然是续娶了后妻，但总也比不上亡妻。曾经沧海难为水，除却巫山不是云。

纳兰甚至认为，妻子去世后，自己的生命也走到了尽头，魂魄已经跟随妻子去了，只剩下行尸走肉。

依斜阳·衔恨向郎圆

沁园春

（丁巳重阳前三日，梦亡妇淡妆素服，执手哽咽，语多不复能记。但临别有云："衔恨愿为天上月，年年犹得向郎圆。"妇素未工诗，不知何以得此也，觉后感赋。）

瞬息浮生，薄命如斯，低徊怎忘。
记绣榻闲时，并吹红雨。雕阑曲处，同依斜阳。
梦好难留，诗残莫续，赢得更深哭一场。
遗容在，只灵飙一转，未许端详。
重寻碧落茫茫。料短发、朝来定有霜。
便人间天上，尘缘未断，春花秋叶，触绪还伤。

欲结绸缪，翻惊摇落，减尽荀衣昨日香。
真无奈，倩声声邻笛，谱出回肠。

曾经有人说，梦见的人是对方想念的心情传递到你的心底。

康熙十六年农历九月初六日，即重阳节前三日。此时亡妻已病逝三个多月。时间从入秋来到重阳佳节，古人有云：“每逢佳节倍思亲”，本是团圆之时，此时梦中得见亡妻的纳兰公子不由心力交瘁，而犹记得那一句“无奈含恨离别，我愿做那天上明月，争得月中时候，许你一个圆满。”

尽管卢氏生前并未长于诗作，容若却被这许是自己相思惹来的“夜有所梦”，击中内心一直未能愈合的伤口，回忆起曾经在销金帐中卧听斜风细雨，雕梁画栋间，赏金乌西坠……

越是美好的越是不能长久，只留下一行残缺的小诗，尚不能续全，那音容笑貌，几入梦中，却来不及端详便已去，更教人心痛如斯，泪如雨下。

纳兰公子词作中多见明月，此时又将亡妻托做明月，或许因此一梦，使他坚信即便从此一个天上一个人间，仍旧尘缘未断。

春来秋去间，纵只见那花红叶落，依旧忍不住触动伤怀之处，夜晚已经见凉，想明日屋瓦丛间，定是一片清霜，因近夜离愁或者明月清辉，尚且不能解答，只是恰到此时，邻家传来的阵阵笛声，诉出衷肠，端的是一片九转，念的是“昨夜星辰昨夜风”，忆的是“画楼西畔桂堂东”，纵然是“身无彩凤双飞翼”，求的是“心有灵犀一点通”。

于中好

（十月初四夜风雨，其明日是亡妇生辰）

尘满疏帘素带飘，真成暗度可怜宵。
几回偷拭青衫泪，忽傍犀奁见翠翘。
惟有恨，转无聊。五更依旧落花朝。
衰杨叶尽丝难尽，冷雨凄风打画桥。

词序云：“其明日是亡妇生辰”，可知十月初五日是为其亡妻卢氏之生日。感时伤怀，抒对亡妻深深的怀念。通宵不眠，清泪偷弹离别曲，一样的“落花朝”、“画桥”，一样的情景，但却生死殊途，物是人非了，故而从此只有此恨绵绵无绝期。

南乡子

为亡妇题照

泪咽却无声，只向从前悔薄情。

凭仗丹青重省识，盈盈。一片伤心画不成。

别语忒分明，午夜鹣鹣梦早醒。

卿自早醒侬自梦，更更。泣尽风檐夜雨铃。

还记得新婚的时候，纳兰曾经为妻子画过一幅像，当时春花初绽，娇俏非常。而今日花落人亡，纳兰在回忆妻子的时候，仍旧画了印象中的卢氏，并在亡妇画像上题了一首悼词。可是世间无数丹青手，唯有一片伤心画不成。

严迪昌在《清词史》中说：“‘卿自早醒侬自梦’也即对‘人间无味’是否醒悟的表述。词人设想爱妻‘早醒’(逝去)也就早离尘海、弃去无味之人间，自己却仍梦着独处其间，了无生趣。怨苦、怨怼转生出离世超尘的幻念，是古代文人通常谋求心态平衡、自我解脱的药剂。”

纳兰的厌世，与妻子的早亡之恨有关，却也不全然因此。他虽躬逢“盛世”，但却有看破尘世，兴亡皆罢的老成之感，朋友皆远在他方，这种幽独孤愤使他“更更”苦熬，心内郁郁。

最怜月·认取双栖蝶

蝶恋花

辛苦最怜天上月。一昔如环，昔昔都成玦。

若似月轮终皎洁，不辞冰雪为卿热。

无那尘缘容易绝。燕子依然，软踏帘钩说。

唱罢秋坟愁未歇，春丛认取双栖蝶。

“一夕如环”说的是月在十五的时候，虽然只能圆满一天的说法并不甚准确，却将公子在月圆时分的心情映照得满满。而“夕夕都如玦”说的是残缺不全的月亮，“玦”是半环形有缺口的佩玉，古代常以之赠人表示决绝之意。

纳兰这里看似同情月的辛苦，得一时圆满，却日日都守着往后的别离，实则指代自己与卢氏的短暂美满和数之不清的诀别日月，恨明月，又同情明月，而后又祈得“终皎洁”那样明月长圆的愿景，也能够不惜用自己血肉之躯的温暖来融化冰雪，只为守候在你的身侧，不只明月，还有娇妻。

尘世间的缘分总是虚无而又容易被扯断的，“燕子依然，软踏帘钩说”，物是人非。蝶且恋花，秋已到，花将谢，蝶将殁。

一曲唱完，而这萧索的孤坟却依然孤零零地守候着秋天的心情，秋心是愁啊！曾经芬芳的花凋零了一个一个鸳鸯蝴蝶梦，留下的只有这埋葬着美好的荒冢，只希望冬去春来，百花重放，蝶儿翩翩再临，就像是约定好的，即便是此生无望，来世还做双飞双栖的蝴蝶。

在此处能看到“化蝶”的意象，于公子眼中，亡妻与他莫不是生死绝恋?

爱之情深，别之痛极，明月自己尚且不能长久美满，怎能圆一个残缺的梦境?

双蝶已经失去了依赖的花朵，怎能算作一个来世的承诺?

伤情只一字——愁。愁的是逝者如斯夫，再无昨日百般恩爱，愁的是来日不可臆测，恐难他朝时时厮守。而纳兰公子之多情、长情、痴情，从此可见一斑，他已知那是不能得到的结果，却痴痴守着一个或许尚未及定下的约定。

夜阑人静，披衣坐起，捻动着细细的灯芯，忽明忽暗的光影中，窗外一轮明月映入眼帘——一夜如环皎皎，夜夜如玉明明，如果世间万般如斯，几经盈缺还复来，便也不枉费那冰雪也融了你我这一腔情暖。

堂前燕仍旧往复来去，手挽着帘钩，曾经是你轻轻拂过的地方，只道当时好，怎知尘缘易了，残秋一去，荒冢凄清，只待那春风再度，去那丛间寻一对双生蝶，看你的眉眼，看我的笑靥……

钱仲联在《清词三百首》评此词："秋坟鬼唱，化蝶双栖，斑骓无寻，梦成今古，暗香飘尽，惜花人去等，都是死别之词。缠绵徘恻，哀怨凄厉，诚如杨芳灿所云'思幽近鬼'(《饮水词序》)者。"

结来生·西风去不管

眼儿媚

中元夜有感

手写香台金字经，惟愿结来生。
莲花漏转，杨枝露滴，想鉴微诚。
欲知奉倩神伤极，凭诉与秋擎。
西风不管，一池萍水，几点荷灯。

旧俗中元节是祭祀亡灵的时候，纳兰于此时，不免再次痛苦地怀念起亡妻。还记得曾经在行军途中，恰逢中元，掺杂了兴亡之感，思念家中妻子。而如今，又是一年中元，却是悼念亡妻了。

亲手写佛经，为的是乞求与亡故的爱妻再结来生之缘。只可叹这中元普度之日，几点荷灯点不亮娘子归乡之路……

虞美人

秋夕信步

愁痕满地无人省，露湿琅玕影。
闲阶小立倍荒凉。还剩旧时月色在潇湘。
薄情转是多情累，曲曲柔肠碎。
红笺向壁字模糊，忆共灯前呵手为伊书。

秋夜闲庭信步，一地愁殇落花，风过竹影婆娑，纳兰不禁触景伤情，想起亡妻卢氏。当初久别重逢，她就立在这里，巧笑倩兮地望着我，如今，只有自己的影子还在台阶上，分外荒凉，分外寂寞。

展开昔日鸿雁往返的书信，不知是泪眼模糊，还是灯影模糊，渐渐不清晰了思念字句。回忆起曾经在灯前写字，凄风冷雨之下，呵手取暖，相视一笑。多少柔情蜜意，尽在不言中。

人非昨，只有旧时的月色依然在，冷漠而凄清，丝毫没有改变自己清凉的面孔。恁地多情也无情！

浣溪沙

谁念西风独自凉？萧萧黄叶闭疏窗。沉思往事立残阳。
被酒莫惊春睡重，赌书消得泼茶香。当时只道是寻常。

李清照夫妻曾经有一段情投意合、非常甜蜜的生活。她在《金石录后序》中记述："余性偶强记，每饭罢，坐归来堂，烹茶，指堆积书史，言某事在某书某卷第几页第几行，以中否角胜负，为饮茶先后。中即举杯大笑，至茶倾覆怀中，反不得饮而起，甘心老是乡矣！故虽处优患困穷而志不屈。"

而这样美满的生活，自己也曾经拥有过。当时只道是寻常，寻常，寻常，却不料如今只能孤影立残阳。

荷叶杯

知己一人谁是？已矣。赢得误他生。

有情终古似无情，别语悔分明。
莫道芳时易度，朝暮。珍重好花天。
为伊指点再来缘，疏雨洗遗钿。

知己佳人，已去。良辰好景，不再。有情更似无情，别后更悔当年离别分明。来生缘，来生缘，求得求不得?

风雨消磨生死别，似曾相识只孤檠，情在不能醒。

情，在不能醒。

俱怅望·坐久忆年时

望江南

宿双林禅院有感

挑灯坐，坐久忆年时。
薄雾笼花娇欲泣，夜深微月下杨枝。催道太眠迟。
憔悴去，此恨有谁知。
天上人间俱怅望，经声佛火两凄迷。未梦已先疑。

有典籍记载：卢氏卒于康熙十六年五月，葬于十七年七月，其间一年有余，灵柩暂厝于双林禅院。

期间纳兰不时入寺守灵，遂常有怀思诸作。

双林禅院在阜成门外二里沟，初建于万历四年。如今已无踪迹，而当年那些故事诗词，早与公子的痴情一起埋入历史的尘埃中。

纳兰念亡妻情深，守灵之时，夜晚常宿于寺舍僧房，守望经书，耳听佛号，纳兰内心所感却非禅宗佛事，亦非某种领悟，而是对亡妻的刻骨怀念。

别后天上人间，经声中仿佛旧事重现，依稀过往，娇花欲泣，坐卧不成，眠不成。

芳草绿黏天一角，落花红沁水三弓。好景共谁同？

此恨有谁知！

第六章

渌水亭前文墨香

难枕柯梦黄粱意，琼楼饰金春不觅。
四面破风闲情雨，孤鸿一抹随君去。

——金兰玉好他方圆 · 东风别易春来难

身先士卒亦骁勇

纳兰的二十五岁非常不平凡。在失去妻子后，心力憔悴的他仍旧以侍卫的身份随侍在康熙皇帝身边。在他死后，好友姜宸英撰写的《纳腊君墓表》所记载的纳兰性德生平中，记叙纳兰有一次“侍上西苑，上仓卒有所指挥，君奋身为僚友先。上叹曰：‘此富贵家儿，乃能尔耶！’”

也就是说，康熙皇帝在皇家园林西苑（即太液池畔）游玩的时候，发生了一件意外，令皇帝仓促指挥，而纳兰又奋身抢先。

据考证，在康熙十八年北京发生了八级大地震。

当时“京城十万家，转瞬无完垒”。康熙在意识到发生了地震的第一时间，首先想到的是太后的安危，遂令侍卫速到慈宁宫救驾。纳兰在其他人惊魂未定之时，冒着余震的危险，奋身护驾并尽早赶往慈宁宫，表现得非常英勇沉着。可见纳兰自任乾清门侍卫后，虽然不情愿担任这个职务，但仍然忠于职守。出入随侍，谨遵命令，受到康熙皇帝的赞赏，用徐乾学《纳兰君墓志铭》中的话来说，就是“类非绮襦纨袴者所能堪也”。

而地震带来的并非仅仅是财物和性命的损失，还有人们的恐慌，地震过后，左都御史名魏象枢借此弹劾大学士索额图、明珠各植党羽、相互倾轧，他认为是这二人怙权贪纵招致天怒，请求皇帝严加处分。

而康熙皇帝并未予以采纳，他把主要责任归结到自己身上：“顷者地震示警，实因一切政事不协天心，故招此灾变，在朕固宜受谴，尔诸臣亦无所辞责。然朕不敢诿过于臣下，惟有力图修省，以冀消弭。”而后颁布了《罪己诏》。之后命明珠传谕满汉官员曰：“今朕躬力图修省，务挽回天意。尔各官亦宜洗涤肺肠，公忠自矢，痛改前非，存心爱民为国。”

或许康熙皇帝的确是想先礼后兵，又或许他的宽容，或有纳兰在地震中的表现原因。

虽然康熙皇帝表彰了纳兰的勇为，宽宥了明珠的过错，不过这并非说危险已经解除。纳兰素来细心，对政治事件也往往有他独到的见解，甚至“料事屡中”。

他看清楚康熙皇帝命父亲传谕的真实用意，于是更加为父亲的政治前途感到担忧。之后他曾经多次从侧面劝说父亲收敛行为，以“清白贻子孙”。而他本人也一改过去的的豪爽性格，对周遭多加提防，不轻易与人交，“客或诣者，辄避匿”。尤其随侍君侧的时候，“进止有常度，不失尺寸”，以致他的师友称之有“惴惴焉如履薄冰”之感。

人生别易会常难

政途上杀机重重，暗藏陷阱，纳兰亦早有避世的想法。不过碍于父亲的希望、康熙皇帝的器重，他无论如何要继续做着不喜欢的“工作”，闲暇时候与三五好友相会在渌水亭畔，吟诗作对，倒也自得其乐。不过这些词作中，每每显露出他的疲惫，令人不禁哀叹。

很多“纳兰迷”经过考证，认为渌水亭并非是明珠府中的“恩波亭”，而是纳兰西山的别业，一是因为此处有水，更是因为纳兰曾经以“慕水之德”自比，取流水清澈、淡泊、涵义深远之意象，把自己的著作也题为《渌水亭杂识》。

赵秀亭曾撰《纳兰性德年谱》，云渌水亭有二：一为亭阁名，在明珠府中；一为别墅名，在玉泉山。据纳兰词《太常引》或做一佐证。况且以“亭”称别墅亦是墨客常见行径，沧浪亭即为一例。

不过，无论哪一个渌水亭，都是纳兰的心灵家园。在这里他以水为友、与水相伴，作诗填词，研读经史，并以诗书会友，渌水亭俨然已经成为一个京城的文化聚集地。

乾隆年间有戴璐在《藤阴杂记》中提到：“渌水亭为容若著书处，在玉泉山下。”

又纳兰曾以《玉泉》为题作诗：“芙蓉殿俯玉河寒，残月西风并马看。十里松杉清绝处，不知晓雪在西山。”据张宝章、严宽解评：“芙蓉殿乃是金章宗在玉泉山南坡玉泉附近修建的一座行宫，御河即玉河，是玉泉水流到昆明湖这段河道的名称，渌水亭即建在玉河岸边。”

按理说守着这风景如画，纳兰会有开阔心胸之感，其实不然，自渌水亭眺望宫倾玉碎的前朝断壁残垣，兴亡之感顿起。在《渌水亭宴集诗序》里，他这样形容：“此地四载白壁，何以人称击筑之乡？台起黄金，奚为尽说悲歌之地？偶听玉泉呜咽，非无旧日之声；时看妆阁凄凉，不似当年之色。此浮生若梦，昔贤于此兴怀；胜地不常，曩哲因而增感。”在别人青眼高歌惧未老的时候，正值青春年华的纳兰却是倍感孤独的，这一点从他的词作中可见一斑。

百字令

废园有感

片红飞减，甚东风不语，只催漂泊。
石上胭脂花上露，谁与画眉商略。
碧甃瓶沉，紫钱钗掩，雀踏金铃索。
韶华如梦，为寻好梦担阁。
又是金粉空梁，定巢燕子，一口香泥落。
欲写华笺凭寄与，多少心情难托。
梅豆圆时，柳棉飘处，失记当时约。
斜阳冉冉，断魂分付残角。

纳兰见到了废园之景，因景物而起愁怀，大有不胜孤凄之感慨。

暮春园中残破，东风吹落红花，红花落到石上，石上残花如血。画眉与谁相商？难得好年华，只是佳期如梦。只有燕子依稀归来，而人却天各一方了。

不成寒·别易会常难

纳兰一族自受封后定居北京，得了封地，许多有点权势的旗人便纷纷在城内外营造私人花园。当时城内的英国公花园、西郊的清华园和米万钟的勺园，都是极负盛名的。

到了清朝，特别是王室在西郊大兴园林土木，自畅春园开始，直到圆明园之鼎盛，一时三山五园俱兴，造就了中国古代造园史上的又一个顶峰。为了炫耀，也为了方便上朝，更是为了享受，很多王公大臣也纷纷在西郊购地，建起自己的园墅别业。

而权势益大的明珠也在畅春园咫尺之处，兴建了自怡园。这座私家花园，取海淀、西山一带的山水之胜，景物好似江南。而纳兰也把属于自己的一座小别业命名为“渌水亭”，一是因为这里有水，也是因为他“慕水之德”以自比。

纳兰还把自己的著作汇编，题为《渌水亭杂识》。

《渌水亭宴集诗序》中，纳兰性德这样写道：“当为刻烛，请各赋诗。宁拘五字七言，不论长篇短制。”可见一班好友在蜡烛上刻下刻度，限定了时间，然后各自赋诗。这倒十分的文雅有趣，恰似古人常限定的“一炷香的时间”做出诗歌，也为了激发“七步成诗”的文思而来。

纳兰性德为这次的聚会写了一篇诗序，便是《渌水亭宴集诗序》。这次纳兰没有写词写诗，而是写了一篇骈文。

骈文全篇以双句为主，常用四字、六字句，讲究对仗的工整，也要求声律的铿锵。而纳兰的这篇骈文，十分优美，可以称得上是清代以来最美的骈文。

全文如下：

清川华薄，恒寄兴于名流；彩笔瑶笺，每留情于胜赏。是以庄周旷达，多濠濮之寓言；宋玉风流，游江湘而托讽。文选楼中揽秀，无非鲍谢珠玑；孝王园内搴芳，悉属邹枚黼黻。

予家象近魁三，天临尺五。墙依绣堞，云影周遭。门俯银塘，烟波晃漾。蛟潭雾尽，晴分太液池光；鹤渚秋清，翠写景山峰色。云兴霞蔚，芙蓉映碧叶田田；雁宿凫栖，秫稻动香风冉冉。

设有乘槎使至，还同河汉之皋；傥闻鼓枻歌来，便是沧浪之澳。若使坐对亭前渌水，俱生泛宅之思；闲观槛外清涟，自动浮家之想。何况仆本恨人，我心匪石者乎！

闲尝纵览芸编，每叹石家庭院，不见珊瑚；赵氏楼台，难寻玳瑁。又疑此地田栽白璧，何以人称击筑之乡；台起黄金，奚为尽说悲歌之地！

偶听玉泉鸣咽，非无旧日之声；时看妆阁凄凉，不似当年之色。此浮生若梦，昔贤于以兴怀；胜地不常，曩哲因而增感。

王将军兰亭修禊，悲陈迹于俯仰，今古同情；李供奉琼筵坐花，慨过客之光阴，后先一辙。但逢有酒，开樽何须北海；偶遇良辰，雅集即是西园矣。

且今日芝兰满座，客尽凌云；竹叶飞觞，才皆梦雨。当为刻烛，请各赋诗。宁拘五字七言，不论长篇短制。无取铺张学海，所期抒写性情云尔。

如果说少见纳兰词作之外的作品，那这篇骈文实在值得玩味。纳兰是何种风姿？在顾贞观为他编撰的《饮水词》序言中，也可见其性情一二：

非文人不能多情，非才子不能善怨。骚雅之作，怨而能善，惟其情之所钟为独多也。容若天资超逸，翛然尘外。所为乐府小令，婉丽清凄，使读者哀乐不知所主，如听中宵梵呗，先凄惋而后喜悦。定其前身，此岂寻常文人所得到者？昔汾水秋燕之篇，三郎击节，谓巨山为才子。红豆相思，岂独生于南国哉！荪友谓余，盍取其词尽付剞劂。因与吴君薗次共为订定，遂流传于世云。同学顾贞观识。时康熙戊午又三月上巳，书于吴趋客舍。

贞观真是了解他。纳兰岂不就是生在北国的红豆吗？悠然尘外，这不正是纳兰公子追求的吗？就算是与三五好友游玩作诗，他也总是带着淡淡的轻愁。因为他看得太清楚，太透彻，已经不再仅仅是一介贵族子弟的纳兰，俨然超脱尘世了。

三五好友西郊策马春游，路上未免无聊，于是不知是谁起了个头，便约定作一首浣溪沙。陈维崧想了想，随口吟道："出郭寻春春已阑。"秦松龄回过身，又伸手扶了扶路旁柳树："东风吹面不成寒。"严绳孙摇头晃脑的品了品前两句，随即吟道："青村几曲到西山。"

朱彝尊拉住缰绳看看纳兰，又看看姜西溟，只见姜西溟淡淡一笑，策马赶上来："并马未须愁路远。""看花且莫放杯闲。"朱彝尊拍了拍随身的酒囊，咧嘴大笑，纳兰缓缓地并马上前，优雅而略带愁殇地吟道："人生别易会常难。"

此言一出，众人俱都沉默了。

是啊，人生得一知己难也！人生相会常在难也！人生得一知己，还能长久相聚，岂是人间事？

陈维崧拍拍纳兰的肩膀，以示安慰，见纳兰愁容满面，不由得一笑，戏谑道："容若风姿真可怜。"众友大笑，纳兰也禁不住莞尔。原来这一句正来自纳兰题赠陈维崧小照的《菩萨蛮》。

康熙十七年戊午闰三月二十四日，其年人在扬州，广东著名诗画僧大汕为他画了小像。这年秋天，其年入京应博学鸿词科试，其画像亦因此带到京中，当时才人名士三十余人为此图题咏。纳兰的这一首便是其中之一。全词如下：

菩萨蛮

为陈其年题照

乌丝曲倩红儿谱，萧然半壁惊秋雨，曲罢髻鬟偏。风姿真可怜。

须髯浑似戟，时作簪花剧。背立讶卿卿，知卿无那情。

西郊漫步，便不得不来到纳兰的渌水亭了。据纳兰《渌水亭》诗云：“野色湖光两不分，碧云万顷变黄云。分明一幅江村画，着个闲亭挂夕曛。”又，据《渌水亭杂识》始于癸丑年推之，则此亭当建于康熙十二年以前。

纳兰性德《渌水亭宴集诗序》曾描绘说：“予家，象近魁三，天临尺五。墙依绣堞，云影周遭，门俯银塘，烟波混淆滉漾。蛟潭雾尽，晴分太液池光，鹤渚秋清，翠写景山峰色。云兴霞蔚，芙蓉映碧叶田田，雁宿尧栖，秔稻动香风冉冉。设有乘搓使至，还同河汉之皋，倘闻鼓枻歌来，便是沧浪之澳。若使坐对亭前渌水，俱生泛宅之思，闲观槛外清涟，自动浮家之想。”生动地描画出当日渌水塘、亭胜景。

渌水亭是纳兰生前读书、写作、会客的地方。他短短三十一年的一生，大多数的时候，渌水亭都是高朋满座的。

纳兰词作脍炙人口，现收集得流传于世的，有384首，其小令尤为清丽；《饮水词》（或称《通志堂词》）是他文学创作的最高成就，当时有一股“家家争唱《饮水词》”的社会风气。他的词，大多景真情真，白描手法高超，语言概括力特强，意象新颖，轻描淡写之间显示出天生丽质。其中很多都是在渌水亭整理成集的。

金波碎·心醉愁难睡

天仙子

绿水亭秋夜

水浴凉蟾风入袂，鱼鳞蹙损金波碎。

好天良夜酒盈尊，心自醉，愁难睡。西风月落城乌起。

描摹绿水亭秋夜之景，平实中透出如画风光，而面对如此夜色，纳兰却又“心自醉，愁难睡”，直至通宵不眠。

至于他愁的是什么，词则含而不露。许是佳人，许是友人，许是仕途，许是身世，总之，纳兰总是愁的。

绿水亭的秋景凄美，而春景则慵懒而充满淡雅清新之气。

秋千索

绿水亭春望

垆边唤酒双鬟亚，春已到卖花帘下。

一道香尘碎绿苹，看白袷亲调马。

烟丝宛宛愁萦挂，剩几笔晚晴图画。

半枕芙蕖压浪眠，教费尽莺儿话。

此篇描绘了绿水亭春日之景，闲静淡雅，别于“绿水亭秋夜”之伤感。绿水亭之春景，酒肆唤酒，帘下卖花，鸭鹅戏水，岸边驯马，犹如春意盎然的组画，活泼而富有生机。

然而这美景之外，倒有些阑珊的心意，闲适中透露了几许淡淡的春愁。

夏日里，纳兰与严绳孙，秦松龄、朱彝尊、陈维崧、姜西溟、张见阳等聚绿水亭观莲。写下怀古之作，感慨几世几年的兴衰，浑不似少年得志的贵族公子的心胸。

台城路

洗妆台怀古

六宫佳丽谁曾见，层台尚临芳渚。

露脚斜飞，虹腰欲断，荷叶未收残雨。添妆何处。

试问取雕笼，雪衣分付。一镜空蒙，鸳鸯拂破白萍去。

相传内家结束，有帕装孤稳，靴缝女古。冷艳全消，苍苔玉匣，翻出十眉遗谱。

人间朝暮。看胭粉亭西、几堆尘土。只有花铃，绾风深夜语。

这里的洗妆楼指金章宗为季妃所建之梳妆楼，地址在今北京市北海(即太液池之北部)琼华岛上，高士奇《金鳌退食笔记》称之为“广寒之殿”，今已不存。晚明王圻有《稗史汇编·地理门·郡邑》提到：“琼花岛梳妆台皆金故物也。……妆台则章宗所营，以备李妃行园而添妆者。”其自注云：“都人讹为萧太后梳妆楼。”纳兰在此也将此地误以为是辽太后的梳妆楼。

词中所咏即为辽代之故事。辽代皇室耶律氏和萧氏世为婚姻，在辽国可称为萧太后的共有十三位，而真正主政国家大权的仅有一个，她就是小名燕燕的萧绰。

萧燕燕自十六岁时三月进宫，就被封为贵妃，五月被正式册封为皇后。萧燕燕是有能力的。在景宗的支持下，萧绰开始代替丈夫治理国家，并在十九岁时为景宗生下耶律隆绪，在与景宗生活的十四年中共生四子三女。

景宗临终时留遗诏：“梁王隆绪嗣位，军国大事听皇后命。”

这道遗诏无可争辩地将辽国交到了时年仅二十九岁的皇后萧绰手里。萧绰随后便对辽国的制度和风俗进行了大胆的改革，包括奖励农耕、倡导廉洁、治理冤狱、解放部分奴隶、重组部族……将辽国逐步从奴隶制国家转向封建制，促进了历史的进步。

相传萧太后非常爱美，于是有大臣献计，让士兵们每人捎一块砖建成梳妆楼。

还有一种说法，是萧太后每日梳妆打扮必要焚香，一日侍女不小心打翻香炉，烧毁了毡帐。有大臣建议：何不效仿中原人，建一砖砌的梳妆用楼，也不会被烧毁、破坏，于是便有了梳妆楼。在《辽史》和明代《口北三亭志》也有类似记载。

纳兰于此感往事，抚今惜古。见六宫佳丽依然黄花败叶，妆容今非昔。当年的俏佳人，却只剩下如今的苍苔依旧。原本是巾帼不让须眉，而现下，再好的风光也都故去了，只有一堆堆黄土，千古兴亡何限错，只剩下一片片落花，唯独护花铃还在深夜随风轻响。

四面风·与君高卧闲

纳兰有一位“兄弟”，在文采上虽然不一定强过这些好友，却于画工上独得头筹。这人便是原籍丰登坞镇张家庄、后居北京西山的工部尚书张自德之子张见阳。

张见阳字子敏，名纯修，号见阳，辽阳人。历任招民县知县、广东督粮道、广陵署江防同知、庐州府知府。他的父亲张自德文采出众，是顺治四年进士。隶属汉军正白旗，累官安徽庐州府知府，有《语石轩词》一卷。张见阳与纳兰是为好友，康熙三十年，见阳于扬州刊刻《饮水诗词集》时，其序云：“容若与余为异姓昆弟。”可见二人相交之密。

张见阳也是才艺超群，书画诗文俱佳。关于他的画艺，清代绘画著述《国朝画识》称其“性温厚博雅，画得北苑南宫之沉郁，兼云林之飘淡，尤妙临摹，盖其收藏颇多，故能得前人笔意。书宗晋唐，更善图章”。

而他与纳兰的结识，来源于曹寅，也就是《红楼梦》作者曹雪芹的祖父。纳兰与曹寅在少年时就有交谊，他们同出于座师徐乾学门下，同为康熙皇帝的御前侍卫，经常有诗文上的往来。

例如曹寅的《楝亭图》得到了纳兰题写的《楝亭词》和《曹司空手植楝树记》。而张见阳与纳兰的结识，缘于曹寅的引见。

张见阳在与纳兰的接触中，发现彼此意气相投，之后还结拜成了异姓兄弟。纳兰英年早逝后，张见阳和曹寅十分怀念和痛惜。

张见阳喜画兰花，纳兰故去后，每画一幅就在上面题写一阕纳兰的词。曹寅看了，欷歔不已，于是在为张见阳《墨兰图》题写的《墨兰歌》中特意点出见阳的深情：“（他）每画兰，必书容若词。”或许正是因为当年，纳兰曾经有小词《题见阳画兰》：“别样幽芬，更无浓艳催开处。凌波欲去，且为东风住。忒煞萧疏，争奈秋如许。还留取，冷香半缕，第一湘江雨。”

以花喻人，风兰本非富贵之花，只是生长在深山野壑中的小草而已。但它在秋风中摇曳的姿态，好像是凌波仙子，轻柔飘逸。此时张见阳正令湖南江华，故结尾一句赞扬见阳所画之风兰堪称画中第一。

而曹寅本人，则在与张见阳唱和的诗词中总是情不自禁地写出怀念纳兰的诗句：“忆昔宿卫明光宫，楞伽山人貌姣好；马曹狗监共嘲难，而今触痛伤枯槁……家家争唱《饮水词》，纳兰小字几曾知？斑丝廓落谁同在？岑寂名场尔许时。”又有：“太虚游刃不见纸，万首自跋纳兰词。交渝金石真能久，岁寒何必求三友。”

多年后，张见阳对纳兰的感思除发诸于绘画诗文之中，还含痛整理了纳兰的遗作，刊刻了《饮水诗词集》使之流传于世。

菩萨蛮

过张见阳山居，赋赠

车尘马迹纷如织，羡君筑处真幽僻。柿叶一林红，萧萧四面风。
功名应看镜，明月秋河影。安得此山间，与君高卧闲。

纳兰曾经在路过张见阳西山居所的时候，与之卧谈闲话，期间表现出对这样隐逸生活的艳羡。

张见阳居处幽僻，柿子树上结出的果实如灯笼一般，西风拂面，格外清爽。功名如水月镜花，转瞬即逝。若能归隐林下，过着悠闲自适的生活，该是多么惬意啊。

菊花新

用韵送张见阳令江华

愁绝行人天易暮，行向鹧鸪声里住。
渺渺洞庭波，木叶下，楚天何处。
折残杨柳应无数，趁离亭笛声吹度。
有几个征鸿，相伴也，送君南去。

相聚纵有千般好，亦是短暂。康熙十八年，张见阳赴任江华县县令，纳兰万分不舍，填词相送。

见阳远赴西南，天地愁。晚风扶柳，天色迷离。袅袅兮秋风，洞庭波兮木叶下。纳兰在送别见阳之时依依难舍，代表着别后想念的杨柳，折了无数次，原本就应趁着长亭离宴上的笛声就此作别，却依稀不忍离去。但愿有鸿雁相伴，一路送君南行，也好聊慰愚兄心怀。

踏莎行

寄见阳

倚柳题笺，当花侧帽，赏心应比驱驰好。
错教双鬓受东风，看吹绿影成丝早。
金殿寒鸦，玉阶春草，就中冷暖和谁道。
小楼明月镇长闲，人生何事缁尘老。

见阳走后，纳兰依然过着随君南北的生活。不过，他本来就对这样的生活感到厌倦，于是在思念故友的时候，填了这首词，并且表达了自己对官场生活的厌烦。在宫廷里生活、做事，其中苦乐如鱼饮水，冷暖自知，难与他人叙说。“倚柳题笺，当花侧帽”，这样安闲自适的生活，正是纳兰所渴望。侧帽之语出自《周书·独狐信传》，言说“在秦州，尝因猎，日暮，驰马入城，其帽微侧，诘旦，而吏人有戴帽者，咸慕信而侧帽焉。”

纳兰一心想要生活在林下闺房世罕俦，偕隐足风流。每日浣花微雨，采菱斜日，欲去还留。

秋如许·入门空太息

金缕曲

姜西溟言别，赋此赠之

谁复留君住？叹人生、几翻离合，便成迟暮。
最忆西窗同剪烛，却话家山夜雨。不道只、暂时相聚。
衮衮长江萧萧木，送遥天、白雁哀鸣去。黄叶下，秋如许。
曰归因甚添愁绪。料强似、冷烟寒月，栖迟梵宇。
一事伤心君落魄，两鬓飘萧未遇。有解忆、长安儿女。
裘敝入门空太息，信古来、才命真相负。身世恨，共谁语。

姜西溟于康熙十七年再度来京，被好友纳兰留居府邸。康熙十九年秋，西溟母亲去世，纳兰资助西溟还家，并赋诗词以赠，本篇为其中的一首。虽然西溟以母丧南归故里，但纳兰的词中却绝少言此，而是以惋惜、同情其不第、仕途不遂为主，由此亦可见纳兰对西溟“才命相负”的身世愤愤不平。《战国策·秦策一》：苏秦“说秦王书十上而说不行。黑貂之裘敝，黄金百斤尽，资用乏绝，去秦而归。”后以此典形容为功名奔走，其志未遂。纳兰用在这里，是说西溟不第而归，空自叹息。

这一别，君问归期未有期，巴山夜雨涨秋池。何当共剪西窗烛，却话巴山夜雨时。

人生苦短，相聚无多，眷恋诤友之意。起落婉转，惜别之情字字写透。纳兰一边痛惜西溟之“落魄”，一面劝慰他家中“有解忆”之儿女，可享天伦，这总比冷烟寒月的空门要好得多了。

纳兰性德此时想必是十分怀念当初渌水亭中相聚的热闹场面的，那时候，严绳孙在，朱彝尊也在，秦松龄也还在，如今因着高士奇的发迹，众多好友四下离散。渌水亭依旧，故地重游，纳兰性德见到这依稀不变的场景，又何尝不感慨万千呢？

后来，纳兰性德随着康熙皇帝南巡，途经无锡，见到无锡大好山水，而且处处都能见到好友严绳孙留下的题字，万没想到会以这样的方式，与久违的好友再度神交，这又何尝不是一种形式的“旧游踪”呢？但“重到处，满离忧”，如今自己的心境，与当年早已大不相同。人与人之间的聚散离合，竟是这般的无奈，又是这般的让人疲倦。

唉，依依白露丹枫，渐行渐远，天涯南北。劝君更进一杯酒，西出阳关无故人。

久相忘、到此偏相忆。相呴以湿，相濡以沫，不如相忘于江湖。

与朱彝尊、严绳孙并称“江南三布衣”的书法家、史学家姜宸英亦是纳兰好友之一。姜宸英字西溟，号湛园，又号苇间，是浙江慈溪人。康熙十九年以布衣荐入明史馆任纂修官，分撰刑法志，记述了明朝三百年间诏狱、廷杖、立枷、东西厂卫之害。又从徐乾学在洞庭山修《大清一统志》。不过因为曾经得罪纳兰的父亲明珠而受到冷遇，七十岁才成为进士。

姜宸英此人，人品为后人所厌弃，盖因其因利忘义。

纳兰与西溟之友谊，虽然没有对顾贞观和严绳孙那样真挚，却也不差。纳兰早逝后，为了得到功名，也有可能是因为政治上的缘由，姜宸英不惜站在明珠对立面，这一点与徐乾学之无奈仿似，不同的是，徐乾学始终认为，政治之事与他和纳兰亦师亦友的情谊无关，而姜宸英则几乎为进身朝廷诋讪故友，是为不义。

姜宸英自诩高洁之士，客居纳兰家中时，尝有“‘家君待先生厚，然而卒不得大有资助，某以父子之间亦不能为力者，何也？盖有人焉（按谓明珠仆安三）。愿先生少施颜色，则事（按谓为西溟谋官职事）可立谐。某既知斯言非可以加之先生，然念先生老，宜降意焉。’先生投杯而起曰：‘吾以汝为佳儿也，不料其无耻至此！绝不与通。’于是仿臣之子百计请罪于先生，始终执礼。”这样的记叙，此事也见方苞《记姜西溟遗言》及陈康棋《壬癸藏札记》，且此即姜氏自诩平生“气节”三事之一。

说的是当年姜宸英落榜，不得朝堂所用，而明珠之势渐盛，又纳兰性好交友，明珠一方面乐意让自己的儿子能够与饱学之士为伍，另一方面也愿意借此机会广纳人才，为己所用。在姜宸英不得志的时候，纳兰曾经和父亲商量，为这位有才华的文人谋个一官半职，也好有个收入，他日许能飞黄。明珠欣然应允。

可是这姜宸英脾气实在不好，不但不懂得大丈夫能屈能伸的道理，人前不但没有谦和有礼，反而恃才自傲，无意中得罪了不少人，其中也包括纳兰家的家仆安三。所以有人曾经劝他说，收敛一下自己的脾气，对安三和颜悦色一些，总有出头之日。这一番好意却换来了他的勃然大怒，甚至在酒席宴间摔了杯子，大骂纳兰“无耻”，他自己并不在意荣华富贵云云，此形状实为不该。且纳兰身故后，他翻出此事大加宣扬，昭示自己高洁，怎么能不得罪明珠？怎么能让别人对他有青眼之意？

而这姜宸英真的不在意功名利禄吗？不，他还是很在意的。竹垞尝戏之曰：“君不食猪肉，倘须啖一脔方遂科名，君其食之乎？”西溟笑曰：“谅猪肉非马肝也。”

说的是朱彝尊戏谑不吃猪肉的西溟，若让你做官，但是要吃猪肉，你可愿意？他回答说：“吃猪肉而已，谅它猪肉也不是马肝。”一时众人欷歔其发达之心切。

如果真的有他所言之事，倒不是纳兰之错了。无论其中杜撰的成分有多少，此言论之后，他改投他人门下，反对明珠，料想这是先造个声势罢了。

明珠其人，有才华有能力，且善经营。纳兰在重情重义这一点上，颇与明珠相似。只是纳兰为交友而重义，而明珠却有所谋也。明珠虽待人甚好，已有效仿四君子之蓄养门客之风，却也有满洲人刚烈的血性，有仇必报。所以背叛明珠的人，在明珠还得势的时候，是多少会得到些报复的。

朱彝尊尝称“非三徐无以博揽海内之才士”的徐乾学，便是一个最好的例子。徐乾学前曾与明珠交好，且与纳兰有师座之情谊。或许深受舅父顾炎武的影响，徐氏几兄弟皆投官报国，以一筹匹夫之志。而徐乾学后来被康熙宣召入宫，这事情，变了。

“卿与明珠交谊笃深？”康熙坐在南书房的书案后面，语调缓慢而清晰地说着。阳光透过窗户照进来，却让康熙的面孔隐在黑暗之中，看不清表情。

“……”徐乾学不敢轻易回答，他暗自揣摩皇帝的用意，究竟是想通过他探听明珠的事情，还是因为他做错了什么？

康熙亦不需要他的回答，只是淡淡地给他讲述了朝廷上势力的割据、党派的划分……听得徐乾学一身冷汗。皇帝虽然不在庙堂之下，却对朝中勾心斗角一目了然，实在是不能欺瞒的。康熙的意思很简单，为了势力的平衡、江山的稳固，且明珠又诸多错处，令皇帝渐生贬黜明珠的想法。皇帝又说，他对徐乾学的文才是非常欣赏的，也担心因为他与明珠交好而误了前程，恐怕树倒之时，猢狲不散也得散了。倒不如现在就明确立场，远离明珠党。

最后，康熙对他说，三思。

徐乾学确实需要“三思”。但凡曾为主考的文官，一般都有一些取仕的举子附和，一方面感恩主考青眼相加，一方面则也为了攀附权势，有个靠山。徐乾学也是，他与明珠交好，与纳兰交好，自然他的学生也都得到了明珠的帮助，有不少已经为官，俨然成为明珠的党羽。

若明珠树倒，一时多少人受累？且皇帝虽未言明，倒也算是表明了立场，指出了出路。而徐乾学也知道，明珠做的很多事，或者明珠的党羽做的很多事，是拿不上台面的。

于是，徐乾学在一夜未眠后，呈上了弹劾明珠的奏章。

他的内心其实非常挣扎，一方面想要忠君，一方面又被义气所累，曾发“做人做鬼”之叹。所幸此时纳兰早已仙去，不然该是怎样的难过！

然而天意难测，康熙当时却未实践自己的诺言，这下，徐乾学的处境尴尬了。明珠怎能不恨？于是在过了一段时间后，寻了个借口，命党羽参了徐乾学一本，徐乾学被罪遭黜，一时间被众多人诋毁，有《三吴公讨徐氏檄》之类，曰：“徐府造北园，强占百余年之普同塔，掘弃骨殖成丘。”这些落井下石之行为，难说有无明珠之意。

实际上，这是黑白颠倒，是非不分。昆山普同塔一事，纳兰曾作《募建普同塔引》云：“有普同塔者，屡经缔构，多历岁年，敛万骨以同埋，聚千骸而并坎。然而运逢历劫，积蜕何多，窈窈穷尘，忍听黎丘之夜哭。但获少施涓滴，千秋原氏之阡；第令共捐锱铢，万鬼安滕公之室”。所以说，建塔乃是徐乾学掩敛枯骨的行善之事，幸好徐乾学为人文士皆知，所以这些可笑的诋毁并未让他的朋友远离他。

姜宸英则不同了。他的行为被文士们所不齿，不仅因为明珠的势力，也因为纳兰的品性，一个对好友生馆死殡的人，一个在潦倒时能够雪中送炭的好友，竟然被这样诋辱！因此，姜宸英一直不能功成名就，等到明珠势倾，方才取进士，而此时，他已经七十岁了。

纳兰已去，而天地悠悠千古。古今同忌，可悲可叹，既有如斯之人，却也难得真心相待。纳兰泉下有知，抑或复叹：知己终难觅。

沧海遗泪珠如月

光阴如许，匆匆一年又去。如纳兰所言，他续娶了一位妻子。此女子正是官氏。

丧妻多年的纳兰因为已有子嗣，便不觉没有正妻是令他痛苦的事情，何况他珍爱的妻子死去后，也带走了他半个魂魄。

而他的父亲明珠并不以为然，何况这是一个非常好的结交权贵、巩固势力的途经，于是，这一年为他娶了瓜尔佳家族的一等公朴尔普之女。瓜尔佳家族后裔一般改为汉姓“关”或“官”，故其妻称官氏。

这段非他所愿的姻缘并没有给他的感情生活带来生机，反而令他对政途更生厌恶，同时愈加怀念死去的妻子，亦将更多时间用在与至交好友吟诗作对上。

又有人说，纳兰虽然厌弃官场，却对这场“政治婚姻”下的另一个牺牲品官氏颇为喜爱。

这位瓜尔佳朴尔普隶满洲正黄旗，曾任内大臣和领侍卫内大臣，后升任光禄大夫、少保、一等公，曾经是身为侍卫的纳兰的直属上司。可想而知，纳兰的风采与神貌吸引了多少京华少女！

朴尔普或许早早就看中纳兰为婿，只是女儿年幼，且究其地位，女儿做小未免委屈。待卢氏驾鹤，他便主动找到明珠，而明珠又好钻营，有如此靠山何乐而不为之？且此女子出身高贵，想必也是大家闺秀，自然满口允诺。

于是，纳兰的情事，再次被其强势的父亲左右。

基于此事，且纳兰尤厌权贵，可见他对这门婚事有些不满的。不过，多情如纳兰，善良如纳兰，无论多么厌恶这样的婚姻关系，对于那个无辜的少女来说，他还是疼惜的。

顾贞观《弹指词》中有《南乡子·捣衣和容若韵》：

> 鹤唳夜游惊，叶满阶除欲二更。
> 一派西风吹不断，秋声。中有深闺万里情。
> 廊上月华清，廊下霜花结渐成。
> 今夜戍楼归梦里，分明。人在回廊曲处迎。

旨在应和纳兰的词作《南乡子·柳沟晓发》：

> 灯影伴鸣梭，织女依然怨隔河。
> 曙色远连山色起，青螺。回首微茫忆翠蛾。
> 凄切客中过，料抵秋闺一半多。
> 一世疏狂应为著，横波。作个鸳鸯消得么。

纳兰在此词作中，表达的是出塞远行对家园和妻子的思念，贞观得见后，便以戏谑的心情、深挚的口吻描述了妻子在闺中思念丈夫的情态。二词相互应和，别有一番情趣。

行军之人远行塞北，夜晚百无聊赖地观星，在望见牵牛织女的时候，感念自己与家中的妻子这不正是天南海北般分隔吗？在连绵起伏的群山中穿行，回首再望那巍峨群山，却好似妻子的黛眉。原本想飘零一生，总该找到一个港湾停泊，到现下仍旧他乡为客，他朝回乡之时，做对戏水鸳鸯，好不好？

丈夫远赴塞北，妻子在家中闲坐，无限相思之情，随秋风来去，似乎能够吹去万里之外，让那漂泊旅人感受到。夜晚更是寂寞，回廊上月光清冷，回廊下霜花凝结，无处不凄寒！原本应该在塞外戍卫的那人，分明出现在回廊拐角，难道这就是日有所思之甚，才能夜有所梦么！

除此之外，更有“过尽遥山如画，短衣匹马。萧萧落木不胜秋，莫回首，斜阳下。别是柔肠萦挂，待归才罢。却愁拥髻向灯前，说不尽、离人话”等诸多词作记叙远征途中的相思心境。

这相思，却是为谁？

因卢氏去世后，纳兰纳沈宛前的时间内有多次出塞经历，且此时纳兰有官氏妻、颜氏妾，若有出塞相思之情，定然有官氏几分。

而纳兰有子女七人，有子三人、女四人，长子富格出于颜氏，次子富尔敦（海亮）出于卢氏，三子富森出于沈宛，官氏无子。因卢氏生子后即死去， 沈宛生的是“遗腹子”，故此四女中必有官氏所生，可见纳兰与官氏还是有亲密的夫妻生活的，并且对这位温婉女子有着不浅的感情。

纵然如此，纳兰心中挚爱的位置是属于卢氏的，任何人都无法替代。

清泪尽·此恨何时已

金缕曲

亡妇忌日有感

此恨何时已。滴空阶、寒更雨歇，葬花天气。
三载悠悠魂梦杳，是梦久应醒矣。料也觉、人间无味。
不及夜台尘土隔，冷清清、一片埋愁地。
钗知约，竟抛弃。重泉若有双鱼寄。
好知他、年来苦乐，与谁相倚。
我自中宵成转侧，忍听湘弦重理。待结个、他生知己。

还怕两人俱薄命，再缘悭、剩月零风里。清泪尽，纸灰起。

康熙十九年农历五月三十日，是为卢氏故去三周年忌日。

严迪昌于《清史词》中道：“此词纯是一段痴情裹缠、血泪交溢的超越时空的内心独白语。时隔三载，存亡各方，但纳兰痛苦难泯。结篇处尤为伤心动魄，为‘结个他生知己’的愿望也难有可能而惊悚。顾贞观曾评纳兰词‘容若词一种凄惋处，令人不能卒读’，当指这一类。”

所谓“春花秋月何时了”，却是“此恨绵绵无绝期”。若得白首一人相偕，千般荣华宁尽弃。

尽管已经续弦，而曾经沧海，公子此间仍在悼念卢氏，在这秋月凄冷的特别日子，此间境界便如同“梧桐更兼细雨，点滴到天明”的情境。

他年青灯古佛前，含泪诉说的是“若得一心人，白首不相离”。少年情事总归青涩而天真，若世间真得天长地久，又何须上穷碧落下黄泉，而终落得两处茫茫皆不见。

秋雨一阵更寒似一阵，点滴落在空空的台阶上，格外的清冷寂寞，夜半雨息，寒意更甚，真是所谓花谢花飞花满天，红消香断谁堪怜。

掬一把落花，满地凄凉红艳而惨烈，柔弱得令人心惊。如此看来，尽管时过境迁，尽管三年算不得长久，若是一梦也该清醒了吧！

忽然看穿红尘，顿觉俗世索然无味。不敌鸳鸯交颈，人间真正无趣。红尘万丈埋的是你，还是我的爱情？结发情分，盼的是相守至双鬓着霜的约誓，当下情境，倒不若一无从前，统统与你一并埋了这愁绪。

我的相思，你可曾收到？若有尺素相寄，也还我一个痴狂心思好是不好？碧落至上，黄泉以下，可有人与你相倚？毕生重情，要的不多，只消让我知道你可安好。或许爱至深，所求的只是比我幸福。

越夜越无眠，辗转反侧，一曲相思重奏，想听、怕听、不忍听又偏偏听。一弦一柱思华年，今生无望，他生可否许一个天长地久？

纵然命如纸薄，也做那一对一双蝶飞去，天地无垠，做个漂泊浪迹的伴侣，也好过剩一个千年万世的空诺，分秒活在煎熬里。满心情思，倒落得两行清泪流难尽，一襟纸灰风吹去。

看纳兰的相思，读容若的寂寞。一个人的爱情，无论是坚守或放弃，都会比两人相对来得不容易。执手相对，明眸映照对方身影，纵然千般不如意，瞧那痴人儿，也是心尖儿上疼得紧紧的你。

一个人的守候里，已经渐渐分不清，等待的，是你还是来不及说出的不愿意。

独守孤灯的清醒的自己，想念的时候，就从镜中窥去，仿佛望进你的眼里，看见你的心里留驻的“你”。

纳兰公子，你是在享受这种寂寞，还是在诅咒那份孤独？

康熙二十年的时候，纳兰已经二十七岁。这个时候他完成了自己对好友顾贞观的承诺，顾贞观曾经生死营救的那位吴兆骞，终于回京了。纳兰也开始了他对朋友“生馆死殡”的故事。

经过纳兰等人的大力斡旋，康熙特赦，吴兆骞终于离开了那处苦寒之地。纳兰欣喜前往迎接，并赋诗：

才人今喜入榆关，回首秋笳冰雪间。
玄菟漫闻多白雁，黄尘空自老朱颜。
星沉渤海无人见，枫落吴江有梦还。
不信归来真半百，虎头每语泪潺湲。

可见，对于吴兆骞的平安归来，纳兰性德是欢喜万分的。其实他并未见过吴兆骞，他所知道的那个苦难的人，是由于对贞观的爱屋及乌，也是被贞观的义气感动。

当初吴兆骞被问罪的时候，纳兰还小，而明珠其实也未发迹，所以，纳兰从未与吴兆骞见过面，也毫无交情可言。他们之间唯一的联系就是有一个共同的朋友——顾贞观。

纳兰的侠骨仁心，在此时体现得淋漓尽致。即使素不相识，只因顾贞观是自己的朋友，便可以为朋友的朋友赴汤蹈火。只是，在宁古塔二十多年的艰苦日子，吴兆骞也早已不是当年那个轻狂的青年，白山黑水的苦寒早已让他两鬓苍苍，形容憔悴，完全不见当年在复试上公然负气交白卷的狂放模样。

对于获释一事，吴振臣在《宁古塔记略》中提到："赐还之事，因同社诸公如宋右之相国、徐健庵司寇、徐立斋相国、梁汾舍人、成容若侍御不忘故旧之德，而其中足趼舌敝，以成兹举者，则大冯三兄之力居多。"这里面说的大冯，是吴树臣。

吴树臣，字大冯，为吴兆宽子，兆骞之侄。康熙十一年壬子拔贡，选知广东、四川，后擢刑部员外郎，升刑部郎中，以劳瘁于官。由记叙可知，在营救自己叔父的这一行动中，吴树臣也是出了力的。若此事只有纳兰与贞观一己之力，但凭明珠斡旋，朝堂之上无有唱和，也难以成事。

吴兆骞这个时候出现在京城，纳兰非常高兴，这种喜悦不仅仅是见到了自己揣测中的那个朋友，也是因好友贞观的喜悦而喜悦。第二年的上元夜，纳兰便邀请了一干好友集会，饮酒赋诗，为吴兆骞接风洗尘。席间有感于别离常在，聚难得，写下无数佳作。

金菊对芙蓉

上元

金鸭消香，银虬泻水，谁家夜笛飞声。
正上林雪霁，鸳甃晶莹。
鱼龙舞罢香车杳，剩尊前、袖掩吴绫。
狂游似梦，而今空记，密约烧灯。
追念往事难凭。叹火树星桥，回首飘零。
但九逵烟月，依旧笼明。
楚天一带惊烽火，问今宵、可照江城。
小窗残酒，阑珊灯灺，别自关情。

古代以农历正月十五日为祭日，祀太一之神，唐宋时期以当天为上元节，其夜晚称元宵，又称元夕。《梦梁录·元宵》云：上元之夜，京城扎灯山，豪门贵族也"装点亭台，悬挂玉珊，异巧华灯，珠帘低下，笙歌并作。"

看是咏节气，但实际上是发怀人之想，其对节日种种情景的描绘，都是为抒写念怀作的铺垫。追念往事难凭。往事难凭。还能剩下什么？令古柳桥多送别，见人分袂亦愁生，何况自关情。年复一年，但求别自关情。

他乡人·几曾泪如雨

前来赴宴的一位朋友，特地带了一幅文姬图。文姬，正合适用来比喻吴兆骞啊！

曹操的挚友和老师，东汉大文学家蔡邕有女名琰，原字昭姬，晋时避司马昭讳，改字文姬。蔡文姬既博学能文，又善诗赋，兼长辩才与音律，是中国历史上著名的才女和文学家。

可惜东汉末年，社会动荡，蔡文姬先是嫁给了卫仲道，夫妻恩爱，不到一年，丈夫就病故了，蔡文姬回到娘家，父亲又被陷害入狱冤死，她被掳到了南匈奴，嫁给了虎背熊腰的匈奴左贤王，饱尝了异族异乡异俗生活的痛苦，并且生儿育女。

十二年后，曹操统一北方，想到恩师蔡邕对自己的教诲，用重金赎回了蔡文姬。文姬归汉后，嫁给了董祀，并留下了动人心魄的《胡笳十八拍》和《悲愤诗》。蔡文姬的一生，纵有才华却是悲愤莫名。唐朝诗人李颀这样写道："蔡女昔造胡笳声，一弹一十有八拍。胡人落泪沾边草，汉使断肠对归客。"此时的吴兆骞，与之多么相似？

一样的满腹才华，一样的命途多舛，一样的被重金赎回，一样的坎坷，一样的憔悴。

纳兰有感于此，写下来这首《水龙吟》。

> 须知名士倾城，一般易到伤心处。
> 柯亭响绝，四弦才断，恶风吹去。
> 万里他乡，非生非死，此身良苦。
> 对黄沙白草，呜呜卷叶，平生恨、从头谱。

应是瑶台伴侣，只多了、毡裘夫妇。
严寒觱篥，几行乡泪，应声如雨。
尺幅重披，玉颜千载，依然无主。
怪人问厚福，天公尽付，痴儿骙女。

在这首词中，纳兰以蔡文姬来比吴兆骞，一切都是那么顺理成章。能够倾城的又岂止是美人？回想战国四公子，无不为才子名士倾囊而出，可见名士一样也能倾城。

当年文人蔡邕曾用柯亭的竹子来制作笛子，吹奏出的笛声清绝，之后蔡邕一死，柯亭声绝，那精通音律的蔡氏文姬，浪迹他乡。

《后汉书·列女传》引《幼童传》中记载，一天夜里，蔡邕弹琴的时候，一根琴弦断了，年幼的蔡文姬说，断掉的是第二根琴弦。蔡邕觉得讶异，以为是女儿偶然猜中，于是又故意弄断了一根，蔡文姬又说，断掉的是第四根，分毫不差。蔡邕感到十分惊奇，不禁感慨女儿的音乐才华已经远远超越了自己，而蔡文姬也得了“四弦才”的雅别。

蔡文姬空有才女美名，天仙一般人物，却要终日对着那黄沙白草，寒风呼啸，无有知音。

身在万里之外的匈奴，蔡文姬何尝不是思念着家乡？然而身不由己，痛不欲生，却也只能落下两行清泪，兀自凄楚。

纳兰的这番慨叹，写的是蔡文姬，却也是吴兆骞。

但从画作上讲，大约只画出了蔡文姬一人远在黄沙的形象。纳兰对她“万里他乡，非生非死，此身良苦”的命运深深哀叹。到后来，更对天公使天下“痴儿騃女”偏得“人间厚福”发出了不平之鸣。

三生许·孤鸿从君去

此时纳兰还有一件恨事，那便是梁佩兰的返乡。

梁佩兰字药亭，别号柴翁，晚更号郁洲，广东南海人，与屈大钧、陈恭尹并称为“岭南三大家”。康熙二十七年进士，官翰林院庶吉士。

他与中原的名诗人交往唱和甚多，诗作颇受好评，被公认为诗坛宗匠，名士王公多与其交往。他考取进士后因年事渐高而无意仕途，未久因故离开翰林院，南归隐居广州以诗酒自酬，并与友人结成诗社以再振岭南诗风为己任，致力培养诗坛新秀。他的诗歌创作为诗坛各方瞩目，所作意境开阔，功力雄健俊逸，为各大诗派一致推崇，被时人尊为“岭南三大家”与“岭南七子”之一。

康熙二十三年，纳兰曾寄信给他，这封《与梁药亭书》挥笔而就，随后遣人千里迢迢送去广州。这封信，就如纳兰性德的其他作品一样，情真意切：

“仆少知操觚即爱《花间》致语，以其言情入微，且音调铿锵、自然协律。唐诗非不整齐工丽，然置之红牙银拨间，未免病其版榴矣。

从来苦无善选，惟《花间》与《中兴绝妙词》差能蕴藉。自《草堂词统》诸选出，为世脍炙，便陈陈相因，不意铜仙金掌中竟有尘羹涂饭，而俗人动以当行本色诩之，能不齿冷哉。

近得朱锡鬯《词综》一选，可称善本。闻锡鬯所收词集凡百六十余种，网罗之博、鉴别之精，真不易及。然愚意以为，吾人选书不必务博，专取精诣杰出之彦，尽其所长，使其精神风致涌现于楮墨之间。每选一家，虽多取至十至百无厌，其余诸家，不妨竟以黄茅白苇概从芟剃青琐绿疏间。粉黛三千，然得飞燕玉环，其余颜色如土矣。

天下惟物之尤者，断不可放过耳。江瑶柱入口而复咀嚼，鲍鱼马肝有何味哉。仆意欲有选如北宋之周清真、苏子瞻、晏叔原、张子野、柳耆卿、秦少游、贺方回，南宋之姜尧章、辛幼安、史邦卿、高宾王、程巨夫、陆务观、吴君持、王圣与、张叔夏诸人，多取其词，汇为一集，余则取其词之至妙者附之，不必人人有见也。

不知足下乐与我同事否？有暇及此否？处雀喧鸠闹之场而肯为此冷淡生活，亦韵事也。望之。望之。”

在这封信中，纳兰先是表达了对《花间词》的喜爱。接下来便表达了对没有好词选的遗憾之情，在纳兰的眼中，现在的世间并没有一本真正合格的词集。世人大多数将鱼目混珠，有眼不识金镶玉。因此，纳兰想要选编一本令自己满意的词集。纳兰主张，选词只从作品的优劣出发，重点应在质量，而不是作者的名气。这样的气度和专业，的确令真正的文人抚掌赞叹。

果然，收到了信，梁佩兰来到了京城，与纳兰见面后，二人相谈甚欢。但是谁也没有想到，词集尚未编纂，纳兰便匆匆离世。好一番理想，终究成为了镜花水月，一场空罢了。

点绛唇

寄南海梁药亭

一帽征尘，留君不住从君去。片帆何处，南浦沈香雨。

回首风流，紫竹村边住。孤鸿语，三生定许，可是梁鸿侣？

康熙二十年，药亭离京返粤，纳兰填此寄赠，聊表怀念。药亭意欲南归，纳兰千般挽留，却留也留不住。只好惜别旧友，通篇是一片眷恋之情。

南朝梁江淹有《别赋》曰：“春草碧丝，春水绿波。送君南浦，伤如之何!”而药亭此时在南海，因广州市西郊之江滨由晋代广州刺史吴隐之曾投沉香于其中，因而得名沈香雨。

从前隐居紫竹村边，那潇洒风流的生活实在令人怀恋。如今药亭你要回到那香雨温情的家乡，有相敬如宾的妻子，有膝下承欢的儿女，多么快意!

而纳兰我，只有在遥遥千里之外的京城，祈祝安好!

唐元稹《古决绝词》有：“一去又一年，一年何可彻。有此迢递期，不如死生别!”纳兰慨叹不道当时肠断事，还较而今得意。又有冷雨秋槐，鬓丝憔悴。密约重逢知甚日，看取青衫和泪。

别时容易见时难。莫轻言离别。今日不知明日事，谁知明日能否想见？若知别后难相见，怎还忍别离？

雪后山·伤心欲画难

于中好

送梁汾南还，为题小影

握手西风泪不干，年来多在别离间。
遥知独听灯前雨，转忆同看雪后山。
凭寄语，劝加餐。桂花时节约重还。
分明小像沉香缕，一片伤心欲画难。

康熙二十年，顾贞观以母丧，南归吴锡。时值秋雨，纳兰为好友写了诗词相赠，除本篇外，还有诗《送梁汾》、词《木兰花慢·立秋夜雨，送梁汾南行》等，皆极尽深情地表达了诚挚的友情和一往情深的伤别之意。

木兰花慢

立秋夜雨，送梁汾南行

盼银河迢递，惊入夜，转清商。
乍西园蝴蝶，轻翻麝粉，暗惹蜂黄。
炎凉。等闲瞥眼，甚丝丝、点点搅柔肠。
应是登临送客，别离滋味重尝。
疑将。水墨画疏窗，孤影淡潇湘。
倩一叶高梧，半条残烛，做尽商量。
荷裳。被风暗剪，问今宵、谁与盖鸳鸯。
从此羁愁万叠，梦回分付啼螀。

纳兰为侍卫之臣，扈驾出巡是经常的事，仅康熙十九年至二十年，纳兰即先后随从皇帝巡幸巩华城、遵化、雄县等地，与好友“多在别离间”。如今贞观要回乡去了，纳兰对这位知己好友的离开，心痛至极却无以名状。

分别的日子遥想好友正独自对着孤灯，听着秋雨，定然寂寞无聊。但转念一想，昔日曾经雪后看山，把酒吟诗，亦可为一大安慰了。

梦江南

新来好，唱得虎头词。

一片冷香唯有梦，十分清瘦更无诗。标格早梅知。

东晋画家顾恺之小字虎头。顾贞观与之同里同姓，故纳兰以虎头借指顾贞观。顾贞观客居苏州时有《青玉案·梅》，其词云：“物外幽情世外姿，冻云深护最高枝。小楼风月独醒时。一片冷香惟有梦，十分清瘦更无诗。待他移影说相思。”

这首《梦江南》中有两句借用了顾贞观的词句，这样的写法你中有我，我中有你，对于刻板迂腐的守旧词制来说清新而别致。况周颐在《蕙风词话》续编里这样评述：“以梁汾咏梅句喻梁汾词。赏会若斯，岂易得之并世。”

第七章

别是风光另根芽

本是人间惆怅客，红叶唱秋回廊卧。
花前事了卜来生，关城早旧远干戈。

——愁向天涯何处诉·铁马从此别关山

感时伤怀孤心去

康熙二十一年，纳兰二十八岁。明珠由太子太傅晋为太子太师，一时风光无限。

少年壮志的康熙皇帝素来喜欢天南海北地巡视、狩猎。

作为御前侍卫，纳兰随扈左右，片刻不离。在一望无际的松花江畔，在绵延起伏的长白山脉，在弯弓搭箭的围猎场上，纳兰始终未曾松懈他对主子的保护。尽管身为武官，纳兰的文采，是拦不住的。

纳兰曾经评价自己：“性喜作诗余，禁之难止。”可知有妙笔生花之才，岂人力能掩饰？如同光环一般笼罩在纳兰身上的文采，恰如夏仁虎在《袁寒云词序》中所评述的：“凡学可以人力致，惟词则得于天事者为多。好鸟鸣春，幽蛩响夕，微风振松篁，寒泉咽危石，孰为之节奏？自赴其欢娱哀戚之旨，皆天也。词人之词亦犹是而已。是故古来作者，太白、飞卿为之，有其天也；杜陵、昌黎无其天，弗强作也。惟天故真，惟真故不为境所限，若南唐二主、若张功父、若纳兰容若，或偏霸江左，或贵公子，宜无弗得于志矣，然其为词郁伊善感，含情绵漠，有过于劳人思妇者，岂人力所能致耶？”

纳兰终究是属于文坛的，尽管他身在武场。

数经祖先的发源地，纳兰有感而发，了悟王朝更迭不过过眼云烟，万般皆为空，大浪淘去千古情仇，唯有明月不朽，依然照人离合悲欢。

恨未消·能几团圆月

菩萨蛮

问君何事轻离别，一年能几团圆月。杨柳乍如丝。故园春尽时。

春归归不得，两桨松花隔。旧事逐寒潮，啼鹃恨未消。

康熙二十一年的二月十一日，康熙皇帝由北京出发再到盛京告祭祖陵，并巡视吉林乌喇（今吉林市）等地。是年三月二十五日抵达吉林乌喇，在松花江岸举行了望祭长白山等仪式（史载长白山为满族兴起地）。

纳兰此时已经擢升一等侍卫，定然要扈从前往的。这一行给了纳兰无限的追思情怀。

是了，天气尚寒。妻子早亡，新婚非所愿，好友回乡。身边还有知心人吗？

问君何事轻离别？珍惜，莫要白了少年头，才晓得空悲切。一年能几团圆月？虽已春尽，杨柳低垂，却飘零在外。

归不得，归不得，无奈身不由己。虽然好似渡过松花江便能回到故居，却不知为何，双桨竟然阻隔着这条江。

“昔有人姓杜，名宇，王蜀，号曰望帝。宇死，俗说云，宇化为子规。子规，鸟名也。”此鸟“规”字与“归”谐音，故后人以此鸟鸣作为思归之声，表达思归之意。

如今子规啼血，恨分别，却也归不得。

长相思

山一程，水一程。身向榆关那畔行，夜深千帐灯。

风一更，雪一更。聒碎乡心梦不成，故园无此声。

康熙二十一年二月十五日，纳兰随康熙诣永陵、福陵、昭陵告祭，二十三日出山海关，此篇即作于出关前后之途中。

这篇佳作，可谓千古闻名：蔡篙云在《柯亭词论》中曾云：“纳兰小词，丰神迥绝”，“尤工写塞外荒寒之景，殆馗从时所身历，故言之亲切如此。”而国学大师王国维亦云：“‘明月照积雪’，‘大江流日夜’，‘中天悬明月’，‘长河落日圆’，此中境界，可谓千古壮观，求之于词，唯纳兰性德塞上之作，如《长相思》之‘夜深千帐灯’，《如梦令》之‘万帐穹庐人醉，星影摇摇欲坠’差近之。”

严迪昌于《清词史》云：“‘夜深千帐灯’是壮丽的，但千帐灯下照着无眠的万颗乡心，又是怎样情味？一暖一寒，两相对照，写尽了一己厌于扈从的情怀。”

一向给人以文弱印象的纳兰，竟然有着丝毫不亚于辛稼轩的胸怀，且不说醉里挑灯看剑，梦回吹角连营，纳兰的夜深千帐灯何其壮丽！在这壮阔之外，他还时时不忘缠绵优雅的风雪兼程，一更一更，一程一程，缓慢而有秩序，苍凉的壮阔画面慢慢铺张开来，似乎是一幅展不完的图景。

浪淘沙

望海

蜃阔半模糊，踏浪惊呼。任将蠡测笑江湖。
沐日光华还浴月，我欲乘桴。
钓得六鳌无？竿拂珊瑚。桑田清浅问麻姑。
水气浮天天接水，那是蓬壶？

纳兰这次东巡，一扫往日的忧愤，似乎有了欣悦之情。驻跸山海关，远望那茫茫大海，那迷迷蒙蒙梦幻一般的境界，直令人不由得惊呼了。

《庄子·秋水》中有：“秋水时至，百川灌河。河伯欣然自喜，以天下之美为尽在己，后见到大海，则望洋兴叹云：吾长见笑于大方之家。”东方朔答客难云：“以蠡测海”，即用瓤瓢测海水。且笑他江湖之大，莫问何处高深。须知海水不可斗量。

古代神话云，渤海之东有五座仙山：岱舆、员峤、方壶、瀛洲、蓬莱，由十五只大鳌支撑着。后有龙伯国的巨人下钓，将其六只钓去，岱舆、员峤又漂到了北极，只剩有方壶、瀛洲、蓬莱三山。若能乘桴于海上垂钓，可能钓得上大鳌？其实那钓竿也只是轻拂到珊瑚而已。凡人怎与自然一较高下，蚍蜉撼大树，盖因不自量！

古有沧海桑田，麻姑自谓成仙以来，三见沧海桑田，如今蓬莱山海水又清浅，难道沧海又要变为桑田吗？

人类何其渺小，想来面对广阔的大海，纳兰的心胸也开阔了不少吧！

继续行进的路上，纳兰见到了千古奇女子孟姜女的庙。

海色残阳影断霓，寒涛日夜女郎祠。翠钿尘网上蛛丝。

澄海楼高空极目，望夫石在且留题。六王如梦祖龙非。

•

姜女庙又称贞女祠，在山海关欢喜岭以东凤凰山上。依据“孟姜女哭长城”之传说而建，相传始建于宋，明代重修。

主殿内供有披青挂素的孟姜女和两女童塑像，殿后有望夫石、振衣亭等。在姜女庙主殿后，为一巨石，上刻有“望夫石”三字。相传为孟姜女望夫之处。澄海楼在河北省旧临榆县南宁海城上，明兵部主事王致中建。

民间流传的故事“孟姜女哭长城”，相传秦始皇时，劳役繁重，青年男女范喜良、孟姜女新婚三天，范喜良就被抓壮丁出发修筑长城，不久因饥寒劳累而死，尸骨和很多累死的人一样，被埋在长城墙下。

孟姜女思念丈夫，担心丈夫没有御寒衣物，于是身背寒衣，历尽艰辛，万里寻夫来到长城边，万没想到，得到的却是丈夫已死的噩耗。她在长城之下三日三夜痛哭不止，长城为之崩裂，露出了范喜良尸骸。

秦始皇听说后，前来查看，却见此女十分美艳，便起了强占之心。孟姜女将计就计，提出三个条件：“头一件，得给我丈夫立碑、修坟；第二件，要你给我丈夫披麻戴孝，率领着文武百官哭着送葬；第三件，我要看看大海。”

秦始皇立刻派人安排这些事，等到全部完成之后，孟姜女却纵身跳海了！后人们感念孟姜女的烈性，贞洁痴情，便修筑了姜女庙。

纳兰见到这些，第一个念头，竟然是怀古的兴亡之感！原以为纳兰定然感慨亡妻早逝，却不料真真的血性男子，在见到这样的情形时，萌发的是豪情，而不是小儿女的情痴娇嗔。

风雪兼程北国行

康熙二十一年，郎坦率兵前往雅克萨侦察俄罗斯侵略军情况，并与内大臣索额图共同参加中俄谈判，立约定界。这位瓜尔佳氏郎坦是满洲正白旗人，内大臣吴拜之子，是骁勇善战的猛将，历官前锋统领、正白旗蒙古都统、领侍卫内大臣兼火器营总管、列议政大臣。

史书记载，这一年的八月十五日，康熙皇帝遣副都统郎坦、公彭春率兵往打虎儿、索伦。将行，圣祖口谕郎坦等："罗刹犯我黑龙江一带……尔等此行，除自京遣往参领、侍卫、护军外，朕别有区划。尔等还时，须详视自黑龙江至额苏里（往爱珲之正北方，黑龙江之东）舟行水路；及至额苏里，其路直通宁古塔者，更择随行之参领、侍卫，同萨布素往视之。"打虎儿、索伦"即达呼儿、梭龙。而纳兰与朗坦、公彭春在被宣旨的行列中。康熙的这段口谕意思是：现在罗刹国（沙皇俄国）侵犯了我朝黑龙江流域，我自会派人与之计较。你们这几个人与之前派遣去的将领不同，除了监军之外，在战斗结束后，你们要与前往之时的陆路不同，通过水路返回，一路侦查那边的水陆交通。

在清朝皇帝凡是军事行动，虽无监军，但一般派有亲信侍卫随从前往，了解将军日常行事，整理后直接报告皇帝，但不能干涉将军的作战指挥。其中纳兰便是康熙皇帝派去的起到"监视"作用的亲信侍卫。这一去就是四个月，年底方才回京。这一行，公子有着良多感慨。

不过，这趟出行，他们却是打着"狩猎"的名义出发的，沿着黑龙江一路往上，最后到达了雅克萨。当时雅克萨在沙俄的占领之下，于是，郎坦等人就装成寻常猎户的样子，深入敌后，探听虚实，进行“战略侦察”，摸清了雅克萨的水陆通道。

有了这次侦查的情报，三年之后，康熙御驾亲征，与沙俄进行了一场反击战，史称“雅克萨之战”。这场战役取得了成功，与沙俄签订了《中俄尼布楚条约》，成功地阻止了沙俄的南侵与扩张。显然，当时参加了这项隐秘侦查任务的人中，就有纳兰。

徐乾学曾经赞他“有文武才，每从猎射，鸟兽必命中”，从中可见，在友人们去打猎的时候，纳兰也是英姿勃发，箭出必中，可想而知公子的武艺如何。

虽然武艺出众，但他热爱的，却是诗词。不过作为蒙古人和满人的后裔，那种善长骑射的传统，还是根深蒂固地深植在他的骨髓里。

另外，在姜宸英的《通议大夫一等侍卫进士纳腊君墓表》中曾经这样记述道：“……二十一年八月，使觇唆龙羌。其地去京师重五六十驿，间行或累日无水草，持干糒食之。取道松花江，人马行冰上竟日，危得渡。仅抵其界，卒得其要领还报，上大喜。君虽跋涉艰险，归时从奚囊倾方寸札出之，叠数十纸，细行书，皆填词若诗，略记其风土方物。虽形色枯槁不自知，反遍示客，资笑乐。”恰好记述的，就是这次行动。

话说纳兰被康熙皇帝命令参与这项任务，由于目的地距离京城非常遥远，且任务极为秘密，所以途中多为荒野之地。经常很多天没有粮食，就只能吃预先准备好的干粮。

这一行人取道松花江，此时天气寒冷，江面上早已结了冰，却也有断裂的冰面。他们在冰面上走了几天，万分凶险的状况下才勉强渡过了江。

尽管前途凶险未卜，但是这些参与任务的将士并未因为路途的艰险而放弃，他们一到目的地，就分头行动，把敌人的情况调查得一清二楚。皇帝接到汇报十分高兴。

这次执行任务虽然跋涉艰险，困难重重，但纳兰回来的时候，还是从随身的皮囊内掏出了数十张只有方寸大小的纸，上面密密麻麻写满了细小的字迹，原来这都是纳兰在路途中的所见所闻，且都作成了诗词。

经过这一次危险的任务，他整个人都消瘦不少，但并不在意，反倒是和以前一样与朋友来往，而且还拿自己这一副消瘦的模样来玩笑。

可见纳兰不仅仅有才华，更勤奋，而且善感。他在这一路上记述的故事，令人惊叹不已。

几时平·云山那畔行

浣溪沙

身向云山那畔行。北风吹断马嘶声。深秋远塞若为情。

一抹晚烟荒戍垒，半竿斜日旧关城。古今幽恨几时平。

江山雄胜为公倾，公惜醉，风月若为情。纳兰尽管满怀壮志，奉使出塞，却也难掩凄惘之情。深秋边塞远寒之地，荒烟落照笼罩旧城郭。天涯羁旅、游子落拓，无限的凄凉悲伤，景象与情绪相融合。

沁园春

试望阴山，黯然销魂，无言排徊。

见青峰几簇，去天才尺；黄沙一片，匝地无埃。

碎叶城荒，拂云堆远，雕外寒烟惨不开。

踟蹰久，忽砯崖转石，万壑惊雷。

穷边自足秋怀。又何必、平生多恨哉。

只凄凉绝塞，峨眉遗冢；梢沉腐草，骏骨空台。

北转河流，南横斗柄，略点微霜鬓早衰。

君不信，向西风回首，百事堪哀。

此次出行，纳兰开阔了心胸，在一定程度上，没有君主在旁的纳兰算是自由的。因而在这次的作品中，大多带有宏大的历史景观，渲染了凄凉的氛围，带有或浓郁或悲戚的伤感情绪。

阴山望去，苍凉凄婉，沉郁幽伤。开篇对阴山一带的独特风光作了淋漓尽致的描绘。又借典铺陈，寓意深远，表达了“百事堪哀”的兴亡隐衷。

《战国策·燕策》有云：“燕昭王欲得天下贤者，遂筑黄金台以求之。”

燕昭王新君继位，国内一派凄凉景象，断臂残桓，民不聊生。昭王决心复兴燕国，他深知最要紧的是招揽人才，可是如何觅求贤才，却苦苦寻思而不得法。

郭隗给他讲了一个故事：“古时有个国君，打算用千金去求千里马，但三年也没买到一匹。一名内侍毛遂自荐为国君去购买。三个月以后，辗转打听到千里马的消息，可惜刚一赶到，那匹马已死了。内侍就用五百金把死马的骨头买了回来。国君大怒，说：‘我要的是活的千里马，死马骨头有什么用？’内侍答道：‘死马骨头您都愿意花五百金，更何况活马呢？天下人知道这消息，就会把千里马送来的。’果然，很快就有人送来了三匹千里马。”

郭隗建议道：“同理，大王如果真想招贤，不妨就从我开始，让天下人都看到，像我这样不才的人都能得到礼遇，何况是那些德才大大超过我的人呢？”

于是，燕昭王按照郭隗的建议，选择良辰吉日，举行了一场盛大而隆重的仪式，恭恭敬敬地请郭隗为国效力。昭王还在沂水之滨，修筑了一座高台，用以招徕天下贤士。台上放置了几千两黄金，作为赠送给贤士的见面礼。这座高台便是著名的“黄金台”。

如此这般，燕昭王爱贤敬贤的名声不胫而走，各国才士慕名而来。其中不乏名士，如剧辛、邹衍、屈庸、乐毅……真可谓是人才济济。

纳兰在这里引用这个典故，目的在于怀古。由昭君凄凉出塞，人去，但遗冢犹存到荒漠中早已衰败的招贤台……自古兴亡多少事，匆匆。唯有明月一轮，千年不变，圆缺自得。

另根芽·人间富贵花

公子一向不爱功名。或许，这也正是因为他出身富贵，坐享钟鸣鼎食却以厌倦。人生几何？难道就淹没在这繁花背后的污秽乏味中吗？

这首词便是纳兰直抒胸臆之作。

虽然出身于富贵之家，文武全才，少年得志，而又迅速成为皇帝身边的近臣，能承担皇帝的信任，执行机密任务。对于一般人来说，应该是非常自豪的。而对于纳兰来说，令他骄傲的，从来不是这些。

采桑子

塞上咏雪花

非关癖爱轻模样，冷处偏佳。别有根芽，不是人间富贵花。

谢娘别后谁能惜？飘泊天涯。寒月悲茄，万里西风瀚海沙。

别有根芽，纳兰公子也并非人间富贵花。正如这塞北雪花一样，有些高洁，有些脆弱，有些冷清。只是，正因为此花天涯飘泊，很少有人怜惜，多数被践踏，有谁知道知音难觅的孤寂之感呢？

或许纳兰内心深处，有些自卑的。自由，他没有；娇妻美眷，他已经失去；荣华富贵，却如粪土……若能够得到张见阳那般逍遥隐逸的生活，该是多么幸福！他内心总是不曾正视自己的才华，常常窃以为自己的能力并没有父亲的势力作用大。甚至，他会想会否因为他的身份和家世，才会得到这些朋友，才能被人青眼相待。

纳兰，其实又是多么寂寞！

即便是在交友的时候，也是战战兢兢，他担心的，并不是别人对自己的心是不是如自己一般全然诚恳，他不在意对方是否一样付出，只要他认为值得，他就会生馆死殡般对待。因为他害怕失去。因为他太寂寞。

知我者·非琼楼寂寞

金缕曲

简梁汾

洒尽无端泪，莫因他、琼楼寂寞，误来人世。
信道痴儿多厚福，谁遣偏生明慧。莫更着、浮名相累。
仕宦何妨如断梗，只那将、声影供群吠。天欲问，且休矣。
情深我自拚憔悴。转丁宁、香怜易爇，玉怜轻碎。
羡杀软红尘里客，一味醉生梦死。歌与哭、任猜何意。
绝塞生还吴季子，算眼前、此外皆闲事。知我者，梁汾耳。

寂寞。寂寞。

这一年，吴兆骞回来了，顾贞观却因母丧南归。

《战国策·齐策》中有这样的记载：苏代对孟尝君说："臣来过于淄上，有土偶人与桃梗相与语。桃梗谓土偶曰：'子西岸之土也，挺子以为人，淄水至则汝残矣。'土偶曰：'吾，西岸之土也，土则复西岸耳。今子，东国之桃梗也，刻削子以为人，淄水至，流子而去，则漂漂者将如何耳？'"这里是指仕途为官如同断梗，微不足道。石孝友《清平乐》："自怜俗状尘容，几年断梗飞蓬。"

梁汾，我终于实现了对你的承诺。你可知这些年，我是分分秒秒活在惴惴不安中，君子一诺何其重也！如今吴兄得以平安归来，且莫再因此积愤难平。要知道浮名不过累人憔悴，达观方能超脱红尘。

只是梁汾，我知你若我，你知我若你。我能劝君却不能劝慰自己，想必你劝慰我的时候，也是一样吧！

金缕曲

寄梁汾

木落吴江矣，正萧条、西风南雁，碧云千里。
落魄江湖还载酒，一种悲凉滋味。重回首、莫弹酸泪。

不是天公教弃置，是南华、误却方城尉。飘泊处，谁相慰。
别来我亦伤孤寄。更那堪、冰霜摧折，壮怀都废。
天远难穷劳望眼，欲上高楼还已。君莫恨、埋愁无地。
秋雨秋花关塞冷，且殷勤、好作加餐计。人岂得，长无谓。

天涯孤旅。梁汾，此一别不知何时重聚，弟而今身在塞北，抬头望西风吹送南雁，低头看落拓行囊载酒。过废都，无限感怀。天也茫茫，却埋愁无际。

独自莫凭栏，愁苦夕阳，只恐别时容易见时难。望珍重！勤珍重！

第八章

浮生不过秋心事

从今心期来世缘，君前但坐念流年。
明朝行未忍残泪，何必妄语惹诽言。

——莫愁来日知己少·忍看冷雨数归鸦

千金纵难酬知己

顾贞观在纳兰死后，曾有一篇《桃源忆故人·容若构一曲房，属藕渔书其额曰鸳鸯社》：“千金一刻三春夜，转眼水流花谢。已觉都成梦话，只是伤心也。分明有恨如何写，判得今生暂舍。还拟他生重借，领袖鸳鸯社。”此词有副题“曲房鸳鸯社”云云，则述容若生前事，并与沈宛相关。曲房也就是内室，鸳鸯社，书此匾额虽出自严绳孙之手，其取意实由纳兰而来，观“属”（有“嘱”之意）字可知。

想必纳兰之意取自唐朝张泌的《妆楼记》：“朱子春未婚先开房室，帏帐甚丽，以待其事，旁人谓之待阙鸳鸯社。”

“鸳鸯社”暗示着一段金屋藏娇，无奈而浪漫的情事。对于此事，陈见龙为之作《风入松》贺之：“应是洛川瑶璧，移来海上琼枝。”然而，自古春梦容易醒。时未半年，鸳鸯两分，此段姻缘终为悲剧收场。这里梁汾所谓的“梦话”、“伤心”等语，皆是因此而生出的慨叹。

如果不了解纳兰的生命是怎样昙花一现的灿烂而短暂，便不能懂得沈宛在纳兰最后的岁月里起到了怎样的作用。

沈宛，字御蝉，浙江乌程人，康熙二十三年（1684）年适纳兰，著有《选梦词》。有书中记述沈宛是名妓、艺妓、才女等，可谓是当时的“苏小小”。从纳兰诸多词中可知，纳兰本就对苏小小有着倾慕之意，此时，经过顾贞观的介绍结识了沈宛，顿生红颜知己之感。

沈宛才貌双全，对纳兰也是一往情深。这在她传世的词作《众香词》中可见一斑。

菩萨蛮·忆旧

雁书蝶梦皆成杳。月户云窗人悄悄。记得画楼东。归骢系月中。
醒来灯未灭。心事和谁说。只有旧罗裳。偷沾泪两行。

当时明月，当时郎君。恍如一梦，谁知匆匆，竟然醒来灯火还明，只是从此心事有谁倾诉？枕边还叠放着纳兰旧时穿过的衣物，忍不住泪落两行，沾湿衣襟。

杜鹃啼血，梦魂不在，徒然萧索，姻缘绝尘而去，明月圆缺有时，郎君归来无望。可见沈宛在纳兰辞世后的哀戚之情。

纳兰有过很多位妻子。卢氏早亡，侧室颜氏过门虽早，却未有记载。续弦的官氏夫人虽为大家出身，却也未有片字留下，所以，从红粉中窥见纳兰，也只能从沈宛的词中得出一二。

卢氏去世后，纳兰只剩下侧室颜氏，后又经父母之命取了官氏，却再难续鸳鸯蝴蝶之梦。数年后，他的好友顾贞观在江南为他介绍了名妓沈宛。

当时沈宛已有词作《选梦词》刊行于世，纳兰又倾慕前朝名妓苏小小，于是对结识这位佳人多了几分渴望与怜惜。两人郎情妾意，在顾贞观的撮合下结为金兰之好。

清代谢章铤的《赌棋山庄词话》中描述沈宛道："容若妇沈宛，字御蝉，浙江乌程人，著有《选梦词》。述庵《词综》不及选。《菩萨蛮》云：'雁书蝶梦皆成杳。月户云窗人悄悄。记得画楼东。归骢系月中。醒来灯未灭。心事和谁说。只有旧罗裳。偷沾泪两行。'丰神不减夫婿，奉倩神伤，亦固其所。"

夜半时分，纳兰回忆初见沈宛，贞观带着这位神交已久的女子出现在自己面前，刹那间，相见恨晚。

共一枝·相思浑不解

减字木兰花

花丛冷眼，自惜寻春来较晚。知道今生，知道今生那见卿。

天然绝代，不信相思浑不解。若解相思，定与韩凭共一枝。

晋干宝《搜神记》卷十一载：战国时宋康王舍人韩凭娶妻何氏，甚美，康王夺之。凭怨，王囚之，沦为城旦。凭自杀。其妻乃阴腐其衣，王与之登台，妻遂自投台下，左右揽之，衣不中手而死。遗书于带，愿以尸骨赐凭合葬。王怒，弗听，使里人埋之，冢相望也。宿昔之间，便有大梓木生于两冢之端，旬日而大盈抱，屈体相就，根交于下，枝错于上。又有鸳鸯，雌雄各一，恒栖树上，晨夕不去，交颈悲鸣，音声感人。宋人哀之，遂号其木曰“相思树”。

纳兰慨叹春来晚，知音迟来。料知他与沈宛之间，是朋友之谊多于红粉之情的。只是凑巧，沈宛是女子，他们可以以夫妻的形式厮守。妻子亡故后，纳兰这才感觉到爱情这棵枯木有了活水相救。

只可惜，沈宛身为汉人，又出身娼门，此时已一人之下万人之上的明珠无论如何不允许这样一个女子成为自己的儿媳，纳兰将沈宛接到京城，却无法迎娶，只得在德胜门内置房安顿。

从此后，纳兰便与这位红粉知己保持着没有名份的关系，情人般生活着。

这天，纳兰来到安置沈宛的宅子，却见沈宛正在花下读书。

浣溪沙

欲问江梅瘦几分，只看愁损翠罗裙。麝篝衾冷惜余熏。

可耐暮寒长倚竹，便教春好不开门。枇杷花底校书人。

这里“校书人”的典故倒是用得有点生僻。考据来看，在唐代诗人王建的《寄蜀中薛涛校书》一诗中，有“万里桥边女校书，枇杷花下闭门居。扫眉才子知多少，管领春风总不如。”

薛涛幼年随父流寓成都，八九岁能诗，父死家贫，十六岁便堕入乐籍，脱离乐籍后终身未嫁。八岁能诗，洞晓音律，才貌双全，声名倾动一时。韦皋曾拟奏请朝廷授以秘书省校书郎的官衔，因旧例限制，未能实现，但人们往往称之为“女校书”。

薛涛和当时著名诗人元稹、白居易、张籍、王建、刘禹锡、杜牧、张祜等人都有唱酬交往。后居浣花溪上，自造桃红色的彩笺，用以写诗。后人纷纷仿制，称之为“薛涛笺”。

纳兰在此用“校书人”的典故，倒并不是专门为了指出沈宛出自风尘的身份，只不过是见到沈宛在花下看书，才有感而发，借指花下读书人而已。

纳兰是喜欢沈宛的，他在这里写道：若要知江边的梅树瘦几分，只要看看沈宛的腰肢如何盈盈一握便知晓。此处互喻，以梅喻人，又以人喻梅，女儿家的春愁姿态栩栩如生。

相见欢

落花如梦凄迷。麝烟微，又是夕阳潜下小楼西。

愁无限，消瘦尽，有谁知。闲教玉笼鹦鹉念郎诗。

却傍金笼教鹦鹉，念粉郎言语。沈宛在京城的日子，却是寂寞的。闲暇时候，除了看看书，写写诗词，便只有逗弄鹦鹉了。

有人说，沈宛是怨恨纳兰的。因为纳兰即使与她相亲，心中唯一的女子，仍旧是亡妻卢氏。敏感如沈宛，聪慧如沈宛，分外的不甘心。所以半年后便离开了京城，只是大概当时已有身孕。纳兰也可能是因为沈宛的离开更觉寂寞，这才病重。

不过，从沈宛的诗词中，也可以看出她与纳兰有一种相知互怜的关系，可见是情欲之外的吸引。很快，沈宛怀有身孕，但天公不作美，有情人终难成眷属，纳兰的匆匆离世让沈宛痛不欲生。日后纳兰的这个遗腹子富森出世，为这一段情缘留下见证。

西窗烛·迟日杏花天

满江红

茅屋新成却赋

问我何心？却构此、三楹茅屋。
可学得、海鸥无事，闲飞闲宿。
百感都随流水去，一身还被浮名束。
误东风、迟日杏花天，红牙曲。
尘土梦，蕉中鹿。翻覆手，看棋局。
且耽闲殢酒，消他薄福。
雪后谁遮檐角翠，雨余好种墙阴绿。
有些些、欲说向寒宵，西窗烛。

康熙二十三年，顾梁汾南归三年整，纳兰思念好友，于是特地修建茅屋三楹唤他回京。除这首词，纳兰还写了《寄梁汾并葺茅屋以招之》，诗云：“三年此离别，作客滞何方？随意一尊酒，殷勤看夕阳。世谁容皎洁，天特任疏狂。聚首羡麋鹿，为君构草堂。”

经年以来，纳兰淡泊功名、欲效陶渊明等先贤隐逸的愿望更觉强烈，诗云：“吾本落拓人，无为自拘束。倜傥寄天地，樊笼非所欲。”

身外浮名，南柯一梦耳。纳兰据《列子·周穆王》有典：昔日有一个郑国人在山里砍柴的时候，杀死了一只鹿。或许他觉得杀生是罪过，于是急急忙忙地把那死鹿藏到土坑里，还盖上了蕉叶。

不过这个人记性不太好，很快就忘记了这件事，他不但不记得自己刚才藏鹿的地方，还以为只是一场梦罢了，就回家的路上边走边自言自语。他自言自语的话便被另外一人听了去，那人依着他所讲的找到了藏鹿的所在，取走了鹿。

取走鹿的人很高兴地扛着鹿回家，对妻子讲述了事情的原委，妻子笑着说：“你大概是梦到有这么一个人打死了鹿吧？如今当真扛回来一只鹿，难道是梦变成了现实吗？”

这个人回答说："不管是不是梦，反正这鹿是真的，不是吗？"

这世界上的事，大多数是庄生晓梦迷蝴蝶罢了，谁又知道自己是在梦里或是梦外呢？

转过来说，那个砍柴的人回家去之后，越想越觉得真实，或许不是梦吧？结果他日有所思，夜有所梦，竟然梦到了那个藏鹿的地方，甚至还梦到有人取走了他的鹿。醒来之后，他就找到那人家，和他争执了起来。

这鹿究竟算是谁的？双方就告状到了士师那里。可这官司委实有些古怪，一时间士师也不知该怎么判决的好，最后这样下的结论。

砍柴人打死了鹿，以为是做梦；后来那人取走了鹿，也以为是在做梦，这说明你们两人都以为是梦，并未真正得到这只鹿，不如一人一半好了。

后来事情传到国君的耳朵里，国君也觉得有趣，就拿着这件事情去问国师，国师便说："到底是不是梦，并不是我们所能判断清楚的，恐怕只有黄帝与孔子二人才能分辨，但是此二人早已不在这个世间，所以，就不妨以士师的判断为准吧。"

后人便以此典成"蕉中鹿""蕉鹿梦"等词语，形容世间事物真伪难辨，得失无常。

梁汾，守孝三年，你也该回来了吧！如今我在这里建造了茅屋几所，就是为了等你回来，一起把酒言欢，效仿隐逸之士，闲来无事唱个红牙小曲，手指翻复博弈棋局，春来看雨，秋去赏雪，且把功名利禄尽抛。得失无常，什么才算有常呢？或许看淡才能看远，无谓便是清静吧！

其时，纳兰还有个小心思，那就是建造这茅屋的目的，并不仅仅是为了效仿陶渊明，更为了抹去梁汾心里的忧虑和寄人篱下之感。

《世说新语》里面有这样的记述：竺法深成为简文帝的贵宾，经常出入豪门朱户，丹阳尹刘谈便问："道人何以游朱门？"

高僧答曰："君自见朱门，贫道如游蓬户。"

竺法深意思是说：在您眼中的豪门朱户，在贫道的眼中，却和平民百姓的草舍茅屋没有什么两样。

顾贞观与纳兰交好，经常出入明珠府与渌水亭，定然惹来很多非议。

显然，纳兰乃是当朝权贵明珠的长子，前途无量，而顾贞观不过是布衣草民，虽有文采，苦无地位。

于是很多人都议论顾贞观与纳兰的结识，乃是攀附权贵，再加上营救吴兆骞一事，更加藐视贞观人品。

世人这样议论纷纷，本来毫不在意外人眼光的顾贞观也有些不自在起来。于是，纳兰便想方设法让他放下顾虑。因为，纳兰是多么担心好不容易得来的知已，就这样离去。

在贞观南归的日子，纳兰便在自己的渌水亭边修建了几间茅屋。

除了门第之事外，纳兰也是想告诉顾贞观，这乡野茅屋才是自己和他真正的归宿，既然茅屋已经修好，梁汾也该回来了吧？

半帆月·任鸟啼花落

水龙吟

再送荪友南还

人生南北真如梦，但卧金山高处。
白波东逝，鸟啼花落，任他日暮。
别酒盈觞，一声将息，送君归去。
便烟波万顷，半帆残月，几回首，相思否。
可忆柴门深闭。玉绳低、翦灯夜语。
浮生如此。别多会少，不如莫遇。
愁对西轩，荔墙叶暗，黄昏风雨。
更那堪、几处金戈铁马，把凄凉助。
无为在歧路，儿女共沾巾。

纳兰是至情之人，无论是爱情、亲情还是友情，他都很“痴”。康熙二十四年四月，严绳孙请假南归，临去“入辞容若时，坐无余人，相与叙平生之聚散，究人事之终始，语有所及，怆然伤怀。”(《致纳兰哀词》)怆然伤别，纳兰对严绳孙深挚的友情可见一斑。

纳兰填此词时“三藩”刚刚平定，但收复台湾、雅克萨，平定噶尔丹等战事仍在进行中，国家动荡，好友别离，纳兰感触甚多，于是才有金戈铁马凄凉之叹。

或许，纳兰心中也在想，这场战事，或许也会波及到回乡的好友和自己吧！更有一种别离伤感的心境，料也难知兴亡事。

满江红

为曹子清题其先人所构楝亭，亭在金陵署中

籍甚平阳，羡奕叶、流传芳誉。
君不见、山龙补衮，昔时兰署。
饮罢石头城下水，移来燕子矶边树。
倩一茎、黄楝作三槐，趋庭处。
延夕月，承晨露。看手泽，深余慕。
更凤毛才思，登高能赋。
入梦凭将图绘写，留题合遣纱笼护。
正绿阴、青子盼乌衣，来非暮。

康熙二十二年，纳兰护驾南巡。行中作此词，是写给备受康熙皇帝宠爱的心腹之臣曹寅的，而曹寅也是纳兰的好友之一。这首词中多处用典，却在典雅中不伤气度，婉转中不失流畅。

曹寅，字子清，号楝亭，为著名小说作家曹雪芹之祖父，曾任通政使、江宁织造等。曹寅的母亲曾是康熙皇帝的乳母，而曹寅自十六岁起入宫为康熙御前侍卫，曾做过康熙伴读。纳兰与小他四岁的曹寅同出于座师徐乾学门下，为康熙十一年顺天乡试举人，又一起被康熙皇帝选作侍卫，入值宫禁，虽职责不同，但都随驾扈从，也时常伴君，经常见面。二人又有共同的志趣，常以读书、射猎、倚声填词、鉴赏书画相交契，成为挚友。

纳兰随从康熙南巡，途经金陵，与正在织造府署中料理父亲丧事的曹寅相见。曹寅见到好友，大感宽慰，闲谈间便带着自己的好友，来到了一处亭子。

这里正是曹寅少年读书之所，亭侧有楝树数株，为曹寅父曹玺手植，故名“楝亭”。曹氏先人栽种了一株黄楝于庭外，有祈愿曹家鼎盛之意。为了追念先人，曹寅请友人绘成了《楝亭图卷》，又邀纳兰题跋。周汝昌先生考证《楝亭图》第一卷为纳兰题跋，跋文如下：

曹司空手植楝树记

《诗》三百篇，凡贤人君子之寄托，以及野夫游女之讴吟，往往流连景物，遇一草一木之细，辄低回太息而不忍置，非尽若召伯之棠“美斯爱，爱斯传”也。又况一草一木，倘为先人之所手植，则睠言遗泽，攀枝执条，泫然流涕，其所图以爱之而传之者，当何如切至也乎！余友曹君子清，风流儒雅，彬彬乎兼文学政事之长，叩其渊源，盖得之庭训者居多。子清为余言：其先人司空公当日奉命督江宁织造，清操惠政，久著东南；于时尚方资黼黻之华，闾阎鲜杼轴之叹；衙斋萧寂，携子清兄弟以从，方佩觿佩韘之年，温经课业，靡间寒暑。其书室外，司空亲栽楝树一株，今尚在无恙；当夫春葩未扬，秋实不落，冠剑廷立，俨如式凭。磋乎！曾几何时，而昔日之树，已非拱把之树；昔日之人，已非童稚之人矣！语毕，子清愀然念其先人。余谓子清：“此即司空之甘棠也。惟周之初，召伯与元公尚父并称，其后伯禽抗世子法，齐侯伋任虎贲，直宿卫，惟燕嗣不甚著。今我国家重世臣，异日者子清奉简书乘传而出，安知不建牙南服，踵武司空。则此一树也，先人之泽，于是乎延；后世之泽，又于是乎启矣。可无片语以志之？”因为赋长短句一阕。同赋者，锡山顾君梁汾。并录其词于左。

绣虎才华，曾不减，司空清誉。还记得，当年绕膝，雁行冰署。依约阶前双玉笋，分明海上三珠树。忆一枝，新荫小书窗，亲栽处。

柯叶改，霜和露。云舍杳，空追慕。拟乘轺即日，泊游重赋，暂却缁尘求独赏，层修碧槛须加护。蚤催教，结实引鹓雏，相朝暮。

其末署名：“楞伽山人成德拜手书。”

不过梁汾所作之词，并不见于《弹指词》集。在其卷下咏佛手柑《虞美人》题下有注，云：“后数词皆与容若同赋，其余唱和甚多，存者寥寥，言之堕泪。”

此跋文得到海内诸名士唱和，一时传为佳话。而纳兰去世以后，曹寅也不忘故友，与张见阳、施世伦等尝于楝亭相聚，秉烛夜话，写下了“忆昔同宿明光宫，楞伽山人貌姣好。马曹狗监共嘲难，而今触绪伤怀抱”的诗词。

“楞伽山人”即纳兰号，“共嘲难”之语似有隐微，表明曹寅与纳兰在同官侍卫期间，所怀情志相似，有共同语言。

曹寅曾提及纳兰词，谓：“家家争唱《饮水词 》，纳兰小字几曾知?斑丝廓落谁同在，岑寂名场尔许时。”

曹寅与纳兰有一位共同好友张见阳，亦是诗文大家，三人常在一场饮酒作诗，纳兰常为见阳画作题诗，曹寅亦深喜纳兰才华，可谓惺惺相惜。

江南好·风景似当年

康熙二十三年，纳兰扈从圣驾第一次巡幸江南，他们先后到达南京、苏州、无锡、扬州、镇江等地。

《梦江南》十首，皆以“江南好”句发端。此联章之作仿效欧阳修歌咏颍州西湖十首《采桑子》的写法。

纳兰这组词一边记叙当时游历场景，一边抒发心怀，可谓词小而意深。

江南好，建业旧长安。紫盖忽临双鹢渡，翠华争拥六龙看。雄丽却高寒。

南京曾为东吴、东晋、宋、齐、梁、陈、南唐、明等八代王朝的都城，故称“旧长安”（长安为都城之代指）。旨在歌咏建业(南京)的雄丽，但又说它毕竟是“旧长安”，繁华早衰，纵然是皇帝出游，仪仗盛况空前，（据《熙朝新语》卷八载：康熙此行南京，“父老从观者数万人”出现了“古今未有之盛举”）却仍不免给人高处不胜寒的慨叹。

江南好，城阙尚嵯峨。故物陵前惟石马，遗踪陌上有铜驼。玉树夜深歌。

咏叹宫阙凋败、皇陵荒芜，当年吟咏的《玉树后庭花》，如今早已不知何处去。这首曲子为南朝陈后主所制，以其声情浓艳被视作亡国之音(见《陈书·张贵妃传》)。词人面对这一派繁华过尽的景象，大有兴亡之感。

江南好，怀古意谁传。燕子矶头红蓼月，乌衣巷口绿杨烟。风景忆当年。

燕子矶在江苏省南京市东北郊观音门外，长江边，三面悬绝临水，状如飞燕，为南京名胜之一。历代众多诗人均在此有题作。

乌衣巷在南京市秦淮河利涉桥南，为晋宋时期王、谢等名门望族所居之地，也就是“旧时王谢堂前燕”中所指之处。纳兰这里是借“燕子矶”、“乌衣巷”等历史遗迹，发怀古之情，暗透伤今之意。

江南好，虎阜晚秋天。山水总归诗格秀，笙箫恰称语音圆。谁在木兰船。

春秋时吴王阖闾葬于虎阜，即虎丘（江苏省苏州市西北闾门外，一名海涌山）。传说葬后三日有虎踞其上，故得名。

东晋王珣兄弟舍宅为虎丘寺，唐朝时候改名为武丘报恩寺，五代末建塔，宋为云岩禅寺，清改虎阜禅寺。此山风景盛极一时，登临可俯瞰全城；为苏州名胜之一。

纳兰此行得见江南山水，欢喜非常，心中但觉这景色极富诗情画意，清幽秀丽。

江南好，真个到梁溪。一幅云林高士画，数行泉石故人题。还似梦游非。

梁溪在江苏省无锡市西。纳兰曾经在严绳孙处看到描画梁溪的画，此时见到画中景色，又看到旁边有故人的题字，顿时分不清身在画中还是在梦中。

江南好，水是二泉清。味永出山那得浊，名高有锡更谁争。何必让中泠。

二泉指江苏无锡市西郊之惠山泉，又名“陆子泉”，因唐人曾评其为“天下第二泉”，故又名“二泉”。此泉水质极佳，最宜煎茶。宋徽宗时此处泉水为宫廷贡品，康熙、乾隆下江南时，品尝之后也有题字。

江南好，佳丽数维扬。自是琼花偏得月，那应金粉不兼香。谁与话清凉。

维扬也就是今江苏扬州市。扬州琼花为绝世之珍，有“维扬一枝花，四海无同类”之美称(宋韩琦《后土祠琼花》)，但据《洪武郡志》云：“至元十三年花朽，道士金丙瑞以聚八仙补植故地，而琼花遂绝。凡元人称琼花者皆八仙也。”

花虽然娇媚，却不胜脆弱。纳兰不觉又有伤怀之感，才道谁与话凄凉。

江南好，铁瓮古南徐。立马江山千里目，射蛟风雨百灵趋。北顾更踌躇。

铁瓮城是京口(今镇江市)北固山前的一座古城，由三国时孙权所建。

唐代杜牧有《润州》诗曰：“城高铁瓮横强弩，柳暗朱楼多梦云。”冯集梧笺注：“原注：‘润州城，孙权筑，号为铁瓮。’《演繁露》：‘润州城古号铁瓮，人但知其取喻以坚而已，然瓮形深狭，取以喻城，似为非类。干道辛卯，予过润，蔡子平置燕于江亭，亭据郡治前山绝顶，而顾子城雉堞缘冈，弯环四合，其中州郡诸廨在焉，圆深之形，正如卓瓮，予始知喻以为瓮者，指子城也。’”南徐即今江苏镇江市。纳兰立马此处，面对大江而遥想古代帝王霸业，却又生踌躇犹豫之感。

江南好，一片妙高云。砚北峰峦米外史，屏间楼阁李将军。金碧矗斜曛。

妙高山在江苏镇江市金山之最高处，常有浮云缭绕，景观绝妙。

米外史指的是宋代画家米元章，李将军指唐朝的大李将军李建，这二人均擅长山水。

江南好，何处异京华。香散翠帘多在水，绿残红叶胜于花。无事避风沙。

总结之句，说的是江南风光秀丽，残红败绿亦美哉，没有北方那令人生厌的风沙。可以看出纳兰一直是向往江南的，也是喜爱江南的。毕竟他的好友大多来自江南，对于这次南巡，他怀着踏遍好友旧日足迹的心情，不免激动。

近迷楼·清瘦至今愁

浣溪沙

红桥怀古，和王阮亭韵

无恙年年汴水流。一声水调短亭秋。旧时明月照扬州。

曾是长堤牵锦缆，绿杨清瘦至今愁。玉钩斜路近迷楼。

王阮亭即王士祯，原名士禛，字子真、贻上，号阮亭，又号渔洋山人，人称王渔洋，谥文简。清初杰出诗人。此人博学好古，能鉴别书、画、鼎彝之属，精金石篆刻，诗为一代宗匠，与朱彝尊并称。康熙时继钱谦益而主盟诗坛，论诗奉行“神韵说”。早年诗作清丽澄淡，中年以后转为苍劲。王士祯与纳兰也是有过交往的，此时的王士祯身为康熙面前的红人，清初诗坛的盟主，备受文人尊敬。

康熙二十三年十月，纳兰扈驾巡幸江南抵达扬州之时，王士祯在其《浣溪沙》词序中云："红桥同箨庵、茶村、伯玑、其年、秋崖赋"。词共二首，其一系纳兰和作之本，词云："北郭青溪一带流，红桥风物眼中秋。绿杨城郭是扬州。西望雷塘何处是？香魂零落使人愁。淡烟芳草旧迷楼。"

士祯又有《红桥游记》记叙："出镇淮门，循小秦淮而北，陂岸起伏多态，竹木蓊郁，清流映带。人家多因水为园，亭榭溪塘，幽窈而明瑟，颇尽四时之美。拏小艇循河西北行，林木尽处有桥，宛然如垂虹下饮于涧，又如丽人靓妆袪服流照明镜中，所谓红桥也。游人登平山堂，率至法海寺，舍舟而陆，径必出红桥下。桥四面皆人家荷塘，六七月间，菡萏作花，香闻数里，青帘白舫，络绎如织，良谓胜游矣。予数往来北郭，必过红桥，顾而乐之。登桥四望，忽复徘徊感叹。当哀乐之交乘于中，往往不能自喻其故。王、谢冶城之语，景、晏牛山之悲，今之视昔，亦有然耶！壬寅季夏之望，与箨庵、茶村、伯玑诸子偶然漾舟，酒阑兴极，援笔成小词二章，诸子倚歌而和之。箨庵继成一章，予亦属和。嗟乎！丝竹陶写，何必中年；山水清音，自成佳话。予与诸子聚散不恒，良会未易遘，而红桥之名，或反因诸子而得传于后世，增怀古凭吊者之徘徊感叹，如予今日，未可知也。为之记云。"

词中亦有怀古之意，纳兰应和的这篇亦借咏隋炀帝穷奢极欲，腐败昏馈之史事，抒写了自己的不胜今昔之慨叹。

唐颜师古《大业拾遗记》谓隋炀帝"至汴，帝御龙舟，萧妃乘凤舸，锦帆彩缆，穷极侈靡。……每舟择妙丽长白女子千人执雕板镂金揖，号为殿脚女。锦帆过处，香闻十里。"传"水调"为隋炀帝时，开汴渠成，遂作此词牌。

世人都道隋炀帝骄奢淫逸，空耗尽这大好江山。于纳兰看来，自隋炀帝以来，一切也都没有变。变的，恐怕是人的心境吧！

余生但求梦魂伴

三十一岁生日后的几个月，纳兰便去了。

春天的时候，严绳孙南归，纳兰感时伤怀，想起贞观也未在，而妻子早亡，“零落鸳鸯，十一年前梦一场”，纵有沈宛相惜，却总有些生活习惯和见地上的不同。纵然出身钟鸣鼎食之家，行走金阶玉堂，前程无量，却与他天生超逸脱俗的性格相悖，构成了一种常人难以体察的压抑和矛盾：凡尘之物已经不能成为他留恋的理由，这一年的暮春，他感时伤怀，悲从心头起。

数月病中仍旧与三五好友一醉，吟咏之时叹息不止，而后便一病不起，康熙皇帝十分挂怀，派遣多名御医前往医治却药石罔效。就这样，一代才子纳兰性德，于五月三十日溘然而逝。

他死后，徐乾学撰写《性德墓志铭》时，谈到：“……君之丧，哭之者皆出涕。为哀挽之词者数十百人，有生平未识面者。”

光阴太仓促，不足以挽留一个才华横溢、文武双全的纳兰。上天太吝啬，只将一个仙姿道骨的纳兰放逐世间三十一载便匆匆收回，岂知多少人在那一刹那同悲？

好花月·把来生祝取

大酺

寄梁汾

只一炉烟，一窗月，断送朱颜如许。
韶光犹在眼，怪无端吹上，几分尘土。
手捻残枝，沉吟往事，浑似前生无据。
鳞鸿凭谁寄，想天涯只影，凄风苦雨。
便砑损吴绫，啼沾蜀纸，有谁同赋。
当时不是错，好花月、合受天公妒。
准拟倩、春归燕子，说与从头，争教他、会人言语。
万一离魂遇，偏梦被、冷香萦住。刚听得、城头鼓。
相思何益，待把来生祝取，慧业相同一处。

梁汾以母丧南归后，纳兰思念甚切，遂几赋诗词寄赠，此为其一。词中一如既往地抒发了怀友之思。

纳兰与梁汾别后相思，梁汾离开后，纳兰便大有吟咏无伴的孤寂之感。只是这词，有了一种不详的征兆。万一离魂遇，相思何益？待把来生祝取。

百字令

绿杨飞絮，叹沉沉院落，春归何许。
尽日缁尘吹绮陌，迷却梦游归路。
世事悠悠，生涯未是，醉眼斜阳暮。
伤心怕问，断魂何处金鼓。
夜来月色如银，和衣独拥，花影疏窗度。
脉脉此情谁得识，又道故人别去。
细数落花，更阑未睡，别是闲情绪。
闻余长叹，西廊惟有鹦鹉。

这首词是纳兰赠友之作，而反观之，也可为纳兰死后，众好友的心情。

故人别去之后，只剩下一片寂寞。伤心怕问，只是无聊的愁绪吧！从今后，脉脉此情谁诉？再无呼应唱和，再无细数落花的闲情。人去楼空，只剩下西廊上的鹦鹉，似乎还会“念郎词”，却教人潸然泪下，更为痛楚。

君不在，纳兰如斯寂寞。

纳兰不在，君何如？

莫负当初我。

这是纳兰写给梁汾的词，二人不仅交契笃厚，且有着相同的词学主张，本来这篇词可以看作是二人同怀同道的写照。但看这一句，便是纳兰遗言一般。细想令人心酸。

虞美人

凭君料理花间课，莫负当初我。
眼看鸡犬上天梯，黄九自招秦七共泥犁。
瘦狂那似痴肥好，判任痴肥笑。
笑他多病与长贫，不及诸公衮衮向风尘。

词中表达了对友人的一片赤诚和信赖，以及纳兰对世事的愤世嫉俗的心情，于不平中更明确表示了甘愿为恪守志趣、主张，不怕堕为“泥犁”的坚持。

入仕朝堂，登上高位，一人得道，鸡犬升天。这又有何意义！黄九指北宋诗人黄庭坚，因其排行第九，故云黄九。秦七指北宋词人秦观，其排行第七，故云秦七。此处纳兰以“黄九”、“秦七”代指自己与顾贞观。而泥犁为佛家语，乃地狱之意。

纳兰之意在你我二人志趣相投，任尔东西南北风，我自岿然不动。笑他贫病交加又如何，任他得意把权，我辈自得逍遥。

如果说这篇是纳兰“登仙而去”的遗作，亦无不可！公子本就不是人间凡俗客，如明珠堕入红尘，现今便是羽化而去了。

羽化蓬莱莫问路

五月二十二日，受纳兰纂书之邀入京后的梁佩兰，也不能例外地被纳兰请到了渌水亭招待。纳兰此番设宴，顾贞观、朱彝尊、梁佩兰、姜宸英等尽数到齐。这个时候，已经没有了吴兆骞与严绳孙。吴兆骞的逝世、严绳孙的辞官归乡，纳兰心中是有缺口的。

开怀畅饮，据说纳兰于此时一吟三叹，隔日便病倒了，整整七天，终于“不汗”而死。

而公子过世的那天，也正好是卢氏的祭日——五月三十日。

对于纳兰性德的死因，官方记载语焉不详，只有一句“寒疾，不汗而亡”一带而过。而对于历史来说，越是有些深埋的故事，越是轻描淡写。于是众多学者开始研究纳兰的死因，且都历历举证，一时间众说纷纭，但大体可归为以下几种：

一．“被害说”

这种说法，据说是出自《李朝实录》，康熙二十八年的时候，朝鲜使臣发回朝鲜国内的一份“别单”。

这位朝鲜使臣记录了自己在天朝大国的种种见闻，其中有这样一句“又有成德者，满洲人，阁老明珠之子，自幼文才出群，年才二十，擢高第，入翰苑为庶吉士。皇帝嫉其才，而杀之。明珠因此致仕而去矣。”意思就是说，因为纳兰性德才华出众，康熙皇帝心生嫉妒，于是命人暗中害死了他，明珠也因此渐渐在仕途上失利，最终被罢相。

倒不是说危言耸听，不过却也令人无奈。康熙皇帝会因为“嫉妒”杀害纳兰吗?

纳兰性德的确才华过人，文武双全，可如果单凭这一点就杀害了这位贤才，未免小题大作了吧！而且康熙也乐于将纳兰带在身边，大江南北巡游，甚至将秘密任务交给他完成。康熙仅仅大纳兰一岁，曹寅、纳兰亦是康熙身边从少年时期便作伴的好友。

而明珠罢相，不仅并非纳兰所累，反而是纳兰经常劝谏父亲收敛，而康熙为了牵制索额图党，维持朝廷势力的平衡，而默许纵容明珠结党营私，这显然是一种政治手段。当明珠贪得无厌的时候，也就是康熙清理政治关系的时候了。

所以，被害一说似乎不能成立。

二. “天花说”

在当时医疗条件不发达的情况下，天花这种疾病是很致命的，据说顺治就是死在此病上，而康熙皇帝能够继承皇位，很大一个原因也是因为他幼年时候得过天花，并且顽强地生存了下来。据史料记载，从顺治皇帝出痘疹到病亡，病期只有六天，而纳兰从生病开始，也只生存了七天的时间。

对于纳兰之死，纳兰同时代的人是这样记载的：韩菼在《神道碑铭》中这样提过一句：“而不幸速病，病七日遂不起。”徐乾学提到纳兰“其葬盖未有日也。”翁叔元《哀词》则说：“康熙二十四年五月晦，已丑，我容若年世兄先生捐馆舍，叔元往哭于其第。既殡，往哭于其位。次越三日再往，阍人辞焉。又十日，偕同馆之士五人旅拜于几筵，哭如初。又八日，以天子命出殡于郊外……于輀车之出也，姑为相挽之词以饯之。”

这样看来，说纳兰死于天花，也不是不可能。

三. “寒疾说”

很多人怀疑，武艺超群的纳兰公子怎么会被感冒这类的小病击倒?

首先，寒疾与感冒不同，寒疾是中医所说的一类疾病，指因感受寒邪所致的疾病。表现为面色苍白，畏寒、发热、头痛、身痛、呕吐、脘腹疼痛等。按照《素问》一书的解释，就是“寒气客于脉外则脉寒，脉寒则缩踡，缩踡则脉绌急，绌急则外引小络，故卒然而痛。”意思是说，当寒气侵袭肌表则脉寒，而脉寒则会导致经络、血脉收引，从而导致肢体屈伸不力，浑身疼痛不堪。

纳兰怕冷，似乎在很多诗词中都有体现。康熙十二年的时候，十九岁的纳兰性德正在准备参加殿试的时候，就因为一场突如其来的寒疾，在病榻之上躺了数月，错过了这场殿试，并且留下了一首七律《幸举礼闱以病未与廷试》：

晓榻茶烟揽鬓丝，万春园里误春期。
谁知江上题名日，虚拟兰成射策时。
紫陌无游非隔面，玉阶有梦镇愁眉。
漳滨强对新红杏，一夜东风感旧知。

是一场寒疾导致他错失了这一次的殿试，而且在他今后的岁月中，也是像幽魂一样，不时地出现，让纳兰性德深为所苦。这病起自外感风邪，如果没有根治，便会在季节更迭的时候复发。在纳兰的词作中，多次提到这可怕的病征，塞外之行中似乎更加厉害。

因为得不到很好的调理，也没有时间留在家中调理。每次寒疾发作，就会困扰纳兰很长时间，而且发作的时间越来越长，周期越来越短。渐渐地，不管是春去秋来，京城也好，随扈出行也罢，这可恶的寒疾总是悄然而来，迟迟不去。

曾记年年三月病。而今病向深秋。
卢龙风景白人头。药炉烟里，支枕听河流。

这寒疾是如此的频繁，几乎每年都会生病一次，而且最近的时候，还撑不到寒冬腊月，仅仅是在深秋，痛苦便再度来临。日积月累下，纳兰的身体越来越差。

《素问》又云：“人有五脏化五气，以生喜怒悲忧恐。”人的心情与身体的健康有着很密切的关系。心胸宽广之人一般说来身体都会比较健康，而内心抑郁的人，很难身强体壮。所谓“嘻伤心”、“怒伤肝”、

“思伤脾”、“忧伤肺”、“恐伤肾”，就是这个道理。

纳兰是忧郁的。因为他自身的疾病，加上累年的愁苦，郁郁成病，郁结于内而致早亡。

四. “自杀说”

化蝶的意象，是纳兰曾经在诗词中怀念亡妻卢氏用过的，“不求同年同月同日生，但求同年同月同日死”的说法，常常令人感动。纳兰死于康熙二十四年的五月三十日，而多年之前，他的妻子卢氏也正是死于五月三十日。

同月同日逝世，似乎这巧合，太过浪漫。而后世形容纳兰性德，经常用的词语便是“情深不寿”。如果这不是巧合，那么，很有可能纳兰性德是专门选择了这一天，也就是说，他的死亡，说不定是自杀。

长期的精神压抑并没有因为他得到知己而缓解，反而因为知己长别离而更加变本加厉。也许纳兰患有抑郁症，因为爱情的沉重打击，还有现实与理想越来越激烈的冲突，各方面搅合在一起，再加上他自身又深受寒疾所苦，多重压力之下，导致纳兰的抑郁症越来越严重，最终因为卢氏祭日的临近，而选择了自我了断。

纳兰性德的去世是十分突然的，包括亲友在内，都认为只是和以前一样，是普通的寒疾。据《康熙起居注》的记载，康熙二十四年乙丑五月三十日，明珠尚在朝，以折本请旨。谁也没有料到，一代词人纳兰性德就这样匆忙地离开了人世。且不要追究纳兰因何而去，仅仅是他的故去，带走了多少人的梦!

纳兰葬身何处?

世说葬于京郊皂荚村，亦已为近年发掘所证实。然而，这“皂荚”之名何来？皂荚不是北国所产，村名也不会以皂荚命名。有好事者询于村民，原来此处乃造甲村，或云赵家村，音类似皂荚村罢了。

杜诏在《云川阁诗》收录《同梁汾先生登贯华阁，观成侍中三十绘像》，其中诗云：“只是伤心皂荚村”，因为杜诏是南方人，在听说之后，可能以音近误为“皂荚”。

也有可能是因为晁无咎有《扬州》：“皂荚村南三四里，春江不隔一程遥”，而纳兰死后，对于很多人来说，春风仍在，却仿佛隔了一层薄纱，吹也吹不透的郁愁，所以得来皂荚村之说。今人有钟情纳兰者，若有心前往纳兰殡所，亦可造甲村一游，在今京西。

据说纳兰死前的那一场饮宴上，他最后做了一首诗。这首诗一扫阴霾，竟有了那样平淡超然的意境。

夜合花，开放时间短，每朵仅开一两天，且往往清晨开放，晚上闭合，故名“夜合”。其香味幽馨，入夜更烈。这是不是说，我们的纳兰公子，也像这花一样，芬芳怡人，来去匆匆，对此能销忿?

夜合花

阶前双夜合，枝叶敷花荣。
疏密共晴雨，卷舒因晦明。
影随筠箔乱，香杂水沉生。
对此能销忿，旋移迎小楹。

别有幽情芳华生，此时无声胜有声。公子并非人间富贵花，丝毫不沾染纤尘，他干干净净地来，干干净净地去。这肉身虽然堕入尘泥碾作土，却有容若香如故。

笔者诗曰：

广厦豪门无芬华，半世浮萍绕天涯。
红楼夜灯闲书字，忍看冷雨数归鸦。

第九章

后身之事不可料

纳兰走得匆忙。
他的朋友、妻子、父母，
甚至主子康熙皇帝都不能接受这样的结果。

然而蓬山此去无多路，别有离别暗恨生。纳兰故去了，
这些人也只能把希望寄托在后身之缘。

若有来生，愿再续当年之好！

金兰此去无青鸟

纳兰所结交之人，大多年龄比他大上许多。而且当时乃满清建国初期，满汉之间成见仍旧根深，很多明朝遗民都不屑与旗人结交。但他们独对容若青眼相待，最主要的原因，就在于纳兰的怜才好客，重情重义。所以，在纳兰死后，他的这些朋友纷纷作悼词怀想他，并且留下了很多关于纳兰的品评。

姜西溟性格孤傲，素来不与人相亲，就是这样一个独来独往的人，却在祭容若文中，自言与纳兰深切的交谊："兄一见我，怪我落落，转亦以此，赏我标格……数兄知我，其端非一；我常箕踞，对客欠伸，兄不余傲，知我任真。我时嫚骂，无问高爵，兄不余狂，知余疾恶。激昂论事，眼瞪舌挢，兄为抵掌，助之叫号。有时对酒，雪涕悲歌，谓余失志，孤愤则那。彼何人斯，实应且憎，余色拒之，兄门固扃……"

好友顾贞观则认为："容若词，一种凄惋处，令人不能卒读，人言愁我始欲愁。"怀念纳兰时，忆及当年营救吴兆骞之事："余寄吴汉槎宁古塔以词代书云：'季子平安否。便归来、生平万事，那堪回首。行路悠悠谁慰藉，母老家贫子幼。记不起、从前杯酒。魑魅搏人应见惯，总输他、覆雨翻云手。冰与雪，周旋久。泪痕莫滴牛衣透。数天涯、依然骨肉，几家能彀。比似红颜多薄命，更不如今还有。只绝塞、苦寒难受。廿载包胥承一诺，盼乌头马角终相救。置此札，兄怀袖。''我亦飘零久。十年来、深恩负尽，死生师友。宿昔齐名非忝窃，只看杜陵穷瘦。曾不减、夜郎僝僽。薄命长辞知己别，问人间、到此凄凉否。千万恨，为兄剖。兄生辛未吾丁丑。共些时、冰霜摧折，早衰蒲柳。词赋从今须少作，留取心魂相守。但愿得、河清人寿，归日急翻行戍稿，把空名、料理传身后。言不尽，观顿首。’二词成容若见之为泣下数行曰：‘河阳生别之诗，山阳死友之传，得此而三。此事三千六百日中，弟当以身任之，不俟兄再嘱也。’余曰：‘人寿几何，请以五载为期。’恳之太傅，亦蒙见许。而汉槎果以辛酉入关矣。附书志感，兼志痛云。”

又有“纳兰性德《金缕曲》……岁丙辰，容若年二十有二，乃一见即恨识予之晚。阅数日，填此曲，为予题照，极感其意，而私讶他生再结语殊不祥，何意竟为乙丑五月之谶也。伤哉。”

韩慕庐赞纳兰：“容若读书机速过人，辄能举其要。诗有开元丰格。作长短句，跌宕流连以写其所难言。”

徐乾学回忆纳兰：“容若自幼聪敏，读书过目不忘，善为诗，尤工于词。好观北宋之作，不喜南渡诸家，而清新秀隽，自然超逸。海内名人为词者，皆归之。”

昔日好友曹寅尝忆纳兰：“忆昔宿卫明光宫，楞伽山人貌姣好。”（纳兰号楞伽山人）可见纳兰才貌俱佳，不知当时倾倒多少人。

春光不减往时恩

纳兰匆匆离世，身后有着无数揣测的眼光。且不说生死之谜、情爱之谜，他的家人和后人，也都是今人探求的对象。

旧梦断 · 琵琶谁别抱

纳兰故去多年后，有好事者探访明珠家坟茔，得出官氏亡夫后另嫁他人的结论。

皂荚村（一说造甲村）坟园似乎早年的时候还是有的，只如今不存罢了。见之者称，园中分列九墓：有明珠夫妇，成德与卢氏，明珠次子揆叙夫妇，三子揆方夫妇及永寿。无官氏之墓。颜氏以妾居，必不得入家族墓园，而沈宛之出身与民族是为其不能成为明珠家一员的恨事，因此当时虽有子而不入墓园。

可是，身为续弦正妻，缘何官氏之墓不见于夫墓之侧？

官氏在纳兰家的地位，是很高的。这倒不是因为她虽续弦却是纳兰的正室，而是因为她的娘家势力。清代为官并纳入皇亲行列，有“公、侯、伯、子、爵”的分列。能封为“公”，除了昔日瓜尔佳氏的战功起到了作用，想必也与颇尔喷（一作朴尔普，盖音译耳）本人的贡献有关。不过，越是如此，官氏的墓理应在纳兰祖茔，如今不见，令人费解。

而且，在徐乾学所做的纳兰的《成德墓志铭》刻石云：“继室官氏，光禄大夫少保一等公朴尔普女”，石上的“朴尔普”三字被人凿去，仅隐约可见字痕，又《通志堂集》刊出该段铭文的时候，仅有“继室官氏，某官某之女”数语，皆忌存“朴尔普”之名。

是什么让这个名字讳莫如深？当代文学大师、书法大师启功认为，官氏父或曾获罪朝廷，墓铭遂剜去其名姓。

然而，追溯清史留存下来的记事，朴尔普并无获罪之事，且其去世在康熙五十年之后，这个时候，纳兰一家早就陨殁，可见，“因罪讳名”之说难以成立。

另外，赵秀亭在撰写《纳兰丛话》的时候，曾经揣测是官氏改嫁之故：“窃以为，官氏不入纳兰家坟，唯一之原因，缘其身已不属纳兰家成员。具体而言，成德逝后，官氏已脱离明珠家族；脱离之原因，为改嫁。官氏既另择其主，则朴尔普女已不为明珠子妇，朴尔普名亦自不应再留于成德墓铭。凿而去之者，乃明珠旗人。《通志堂集》讳称‘某官某之女’，亦出同一原因，并据以知官氏再醮之期，必在《通志堂集》刊行之前。”

而后有赵殿最撰写《福格墓志铭》，列出成德有二夫人，一卢氏，一颜氏，无官氏，亦由此。

也许有人会嗤之以鼻，一介小妾颜氏尚且守节持家以终，官氏身为正室却改嫁他人！可笑之至。却不能不替官氏鸣冤：纳兰三子，一为颜氏所出，一为卢氏所出，一为沈宛所出，官氏无子，留无可待，他年无所依傍，只得拂衣再嫁。料想官氏内心亦凄楚非常，无奈年纪尚轻，或有家翁安排也有可能。

叹只叹，琵琶别抱非所愿，无奈天涯零落人。纳兰此一去，有多少人受到伤害，不管是痛失好友的顾贞观等人，还是妻妾二人，由此可见一斑。

魂不寿·早谢春风迟

纳兰后嗣的状况众说纷纭，难以统一。就连徐乾学、韩菼、叶舒崇、唐孙华、王鸿绪等与纳兰及其家人有所接触，或为纳兰写过悼词的人都记述得含混不清，充满矛盾。这其中又有不同的原因。

就徐乾学而言，虽然是纳兰的座师，二人之间过从甚密，并且曾经合作编辑《通志堂经解》，但他们的接触大多是纳兰担任侍卫和生育子女之前的事情。加之后来他与明珠关系的反复变易，明珠得势时，他曾经协助明珠扳倒权相索额图，将其排挤出内阁。明珠失势后，他又同郭琇一道，弹劾明珠“背公营私”，而后康熙将明珠罢黜。虽然他自言无奈，却足以造成他对纳兰家事不甚了解。

徐乾学在纳兰墓里的石刻中提到纳兰的子嗣情况：“男子子二人，福格、永寿，遗腹子一人，女子一人。”而收录到他亲自主持辑刻的《通志堂集》所附录的性德墓志铭则云：“男子子二人，福格”，福格之后涂以墨钉，仅占一字，对遗腹子则缄口不提。究竟是他不了解情况，还是别有隐情故作迷离？此为一谜题。

韩菼，字元少、慕庐，江南长洲（今江苏苏州）人，韩菼曾经是纳兰在国子监时的同学，并同年中举，二人都与徐乾学关系密切，但他们彼此之间往来似乎并不很多。

他们之间并不是朋友。在《通志堂集》收录有纳兰的《与韩元少书》，信的语气非常客气，不像是寄情之作。而且信中谈到商议选编明文选之事，二人的观点也似乎有很大差距。

《通志堂集》附录韩菼所作的《纳兰君神道碑铭》和祭纳兰的文章中，也只说“君与余同出学士东海先生（徐乾学）之门”，“忝同师东海之门”，亦有称赞纳兰之才华，却是客观说法，而文中不谈及个人交谊，和纳兰好友顾贞观、严绳孙、秦松龄等所作祭文风格口吻迥然不同，且由纳兰性情可知，道不同，必然不相为谋。可见他们并非至交好友，所以，韩菼对纳兰子女的情况不甚明了，似乎也在情理之中。

叶舒崇，字元礼，号宗山，江苏吴江县人，他的情况和韩菼相似，是纳兰同年入榜的进士，而且他与纳兰的关系比韩菼更加疏远。现存《通志堂集》和《词人纳兰容若手简》，没有一处提到过叶舒崇这个人与纳兰有所交集。他为卢氏撰写墓志铭的时间是康熙十七年，其时纳兰的子女尚在襁褓之中或还没有出生，其记述自然不可能准确完备，倒也不能算是失误。

唐孙华，字君实，号东江，江苏太仓县人，有评价曰其：“天才敏赡，九试冠军，名震江东”，“明珠闻其名，馆之家，使为子揆叙师”。他居住在明珠家中，作为揆叙的家庭教师很久，对纳兰子女的状况自然是了如指掌，他的记述也可以说是确切可信的。不过他只记述了男子而遗漏了女子，可见是当时社会重男轻女的习俗之故，却令人深感缺憾。

王鸿绪，初名度心，字季友，江南娄县（今上海市松江县）人。虽然他与明珠和纳兰的关系不及徐乾学亲密，但他后来与揆叙的关系异常密切。二人曾经结成反对皇太子允礽、拥立皇八子允禩的幕僚团。他和揆叙相交多年，观点一致，可谓志同道合，对纳兰子女的情况也一定相当熟悉，并且其关于纳兰的作品成文时间较晚，其时纳兰的子女都已长大成人，明珠死后由他撰写墓志铭，也当因揆叙之托，他记述的包括纳兰子女情况的内容，应说是比较真实的。因此我们可以认为他在明珠祭文中的记述是准确的，姑且相信。

纳兰长子福格（也作福哥，傅哥，富格等），即唐孙华所记述的“傅哥”，也即后来赵殿最所撰《富公神道碑》中所说的“富格”。

生于康熙十五年（1676年），生母是纳兰的侧室颜氏，纳兰病故时，他已十岁。由于是长子，纳兰生前对他十分喜爱，经常带他与朋友相聚。

顾贞观曾经回忆，有一次他去纳兰家，相谈甚欢，“吾哥既引我为一人，我亦望吾哥以千古。”足见相交之情。几天后再见面的时候，纳兰“执令嗣之手而谓余曰：‘此长兄之犹子。’复执余手而谓令嗣曰：‘此孺子之伯父也。’”也就是说，纳兰介绍自己的长子与至交相识。现在看来，这似乎是一件小事，却也可知纳兰一方面重视自己的儿子，不然不会介绍他和贞观认识，另一方面，也很重视自己的这位好友，将儿子引见给他。在顾贞观看来，福格“生而颖异”，受其父亲及其家庭环境的影响，“笃好图史”。

纳兰去世后，福格由祖父明珠、祖母觉罗氏和生母颜氏抚养。明珠夫妻因他是长门长孙，又因为他父亲早逝，更将对纳兰的疼爱加诸在他身上，可谓掌上明珠一般。生母颜氏由于是侧室，地位并不是很高，且丧父，所以更把他视为精神支柱和晚年所依所在，对他的关怀无微不至。

这样的环境下，本来应该骄纵的孩子，却言行谨慎，“不敢恃爱稍有放佚也。”从《富公神道碑》记载他“键户读礼，初未出干外事”来看，他似乎没有进过正式学堂，也许是家长娇惯之心，也许是聘请了饱学之士在家教习，总之他只在家中学习。后来“峥嵘头角”为康熙所知后，才被“选充近侍”，和他的父亲一样，成为康熙皇帝的侍卫，为人做事“趋走虔谨”。

令人惋惜的是，他和他的父亲一样英年早逝，“仅逾弱冠，竟以一疾长逝”，年仅二十六岁。福格生前娶妻觉罗氏、裴氏。裴氏夫人所生子瞻岱，后出仕，位列管旗大臣和封疆大吏。

纳兰性德的次子富尔敦（又作傅尔敦、福尔敦）。有的学者认为他即是叶舒崇在纳兰原配正妻卢氏的墓志铭中所提到的卢氏生子海亮的学名。

卢氏于康熙十三年（1674年）嫁与纳兰，于十六年（1677年）难产（又说产后受寒）而死，可知海亮的出生年份应在康熙十六年，与十五年出生的福格相仿。

但据《富公神道碑》记载，福格“友爱两幼弟，式好无间”。这“两幼弟”中应该不包括海亮。况且福格“次弟富尔敦，登进士第”。在《八旗通志》初集的《选举表》中查阅可知，正黄旗“满洲揆叙佐领”的富尔敦考取举人在康熙三十八年（1699年）己卯科，考中进士是三十九年（1700年）庚辰科。就算登科较早，亦不可能是一人。

又有人认为，卢氏生海亮时受寒，其子大抵也受到影响，幼年夭殇，这也可以解释徐乾学、韩菼、唐孙华、王鸿绪诸人所作的墓志铭中未曾提及他的缘故。

富尔敦中康熙三十九年进士，之前未闻其擅文。且当是时，是科主考李蟠、姜宸英贿嘱公行，令贵势子弟尽数录取，人称“不阅文而专阅价，满汉之巨室欢腾；变多读而务多藏，南北之孤寒气尽。”而福尔敦之文，今仅见八股文一篇，不足为能文之证。所以可以说，纳兰的这个儿子也未能继承他的衣钵。

富尔敦被点为进士后的诸事，未见记载，在《八旗满族氏族通谱》中，仅载金台什之玄孙“富尔敦原任七品官”，后人有猜测，他和他的父亲纳兰、长兄福格一样，仅作了一任七品官，而后早夭。

纳兰三子福森的情况，《八旗满族氏族通谱》只字未提，也许是因为其母沈宛之出身，且又未曾正式嫁入纳兰家，所以没有记述。

纳兰之孙瞻岱，字东山，父为纳兰长子福格。雍正五年授正红旗满洲副都统，乾隆二年任直隶提督。乾隆三年三月改陕西甘肃提督。乾隆赞其“可用之材矣，再令练习大有可望”。乾隆五年秋，年四十四，卒于甘肃提督任。谥恭勤。

瞻岱为纳兰永寿表侄，而长其叔五龄，叔侄二人同为家塾同学，从马翼赞受教。雍正五年，马氏赠瞻岱诗云："正趁官闲好读书"，可见其大有祖风。马氏素好诗文，故屡有诗作赠与永寿和瞻岱。

据《八旗通志》初集之《八旗大臣年表》记载：瞻岱于雍正十年（1732年）二月出任正黄旗蒙古副都统，次年正月调任正红旗满洲都统。乾隆年间升任甘肃提督，即《富公神道碑》中所说的"提督直隶总兵官都督同知管辖通省兵丁节制各镇"。

另据光绪《甘肃全省新通志》记载，瞻岱于乾隆三年（1728年）出任甘肃提督，其在位期间，"廉干而慈祥，绝馈献，饬卒伍，兵民感悦"，并且"建储仓，捐资购麦粟贮之。每窘乏，减息出货以济营伍穷黎。"可知瞻岱是一位难得的清官、好官，深受当地军民爱戴。连纳兰性德也大沾其光，以"孙贵"，死后多年仍被"诰赠光禄大夫、副都统，又晋赠光禄大夫，提督直隶总兵官都督同知"。

瞻岱妻舒鲁穆禄氏，生有一子二女。子名达洪阿，福格卒时为荫生。长女许配镶蓝旗满族人、雍正十一年（1733年）癸丑科进士、翰林院编修鄂伦，次女许字镶黄旗生员哈赏阿。

纳兰子嗣少有长寿，或许因为当时医疗条件不足以令他们活得久长，或许是情深者另有遗传，后人观看古人事，只能不言嗟叹而已。

金凤老·念知为谁生

王鸿绪在所作《明珠墓志铭》中提到："孙女四人，长适翰林院侍讲高其倬，次适翰林院侍讲学士年羹尧，次适马喀纳，皆先卒；次未字。皆性德出。"

对于纳兰四女记载只有这些，纳兰已嫁三女尽先明珠而卒，是时年皆不足三十。可见，纳兰子女不得寿这件事，真的很令人惊讶。或许真的是明珠的命硬，太过棱角毕现。

大女儿的夫婿高奇倬，字章之，号芙沼、种筠。

其先世居铁岭，初隶汉军镶白旗，雍正元年（1723年）改隶汉军镶黄旗。祖父高尚义曾任佐领，以随征战功，授二等轻车都尉世职，出任杭州驻防协领。伯父高天爵，由长沙知府调任两淮盐运使，未及上任，值“三藩之乱”起，被叛军逮捕杀害。堂兄高其位以军工擢任参领、江南提督等官，官至文渊阁大学士兼礼部尚书，加太子少傅。另一堂兄高其佩官至行不侍郎兼正红旗汉军都统，以长于手指画知名于世。

高其倬的父亲高荫爵是高尚义的次子，初任蠡县知县，以赈灾和按治豪强闻名。后调任三河县知县、南路捕盗同知，深得直隶巡抚于成龙赏识。于成龙调任河道总督后，以荫爵为属员建筑界首堤。完工之后，补授湖广德安府同知、四川松茂道、直隶口北道等职，以廉洁爱民著称，是清朝著名的循吏。

可见高其倬亦为名臣之后，与纳兰之女婚配也属门当户对。

高其倬于康熙三十二年（1649年）十九岁时考中进士，在翰林院庶常馆学习三年，散馆授翰林院检讨、侍讲学士。当是时，纳兰揆叙亦在翰林院任职，有记载曰高其倬和巢可托、揆叙诸公“多所酬唱”。其时高其倬大约已经与纳兰性德之长女已经成婚。不久，高其倬又兼任佐领，充四川乡试正考官，出任右中允、山西学政、内阁学士等职。

仲婿年羹尧，汉军镶黄旗人，康熙三十九年进士，与纳兰次子福尔敦同榜。羹尧撰揆方夫人觉罗氏墓志铭：“盖额驸（指揆方）乃前妻之叔父也，当郡主之于归，余妻方在待字，而郡主与额驸以其孤弱也而怜之……然余之执笔不禁泫然者，则以安仁奉倩，相怜同病，凄其旧雨，昔梦重温，盖余妻之墓，已有宿草久矣。”

按照觉罗氏生于康熙二十年，卒于四十五年，可推算出其寿二十有六。觉罗氏聘时羹尧妻尚且待字闺中，觉罗氏卒时，羹尧妻墓久有宿草，则纳兰的次女也只活了二十几岁。另有一女不知身世。

纳兰此一去，后身之缘不可期。可悲可叹，欷歔多少人间事！

后　记

作者愚钝，作此零落长篇以祭容若哀情。

尝有至交剑锋一吟三叹“人生若只如初见”，而余却慨叹“后身缘、恐结他生里”之未尽意境，又有“连理千花，相思一叶”之悲戚，忆经年匆匆一游明珠旧邸，吟《饮水词》感怀古今，于容若顿生无限知己之情。遂成文洋洋如许，权作神交公子之媒。

余窃有疏才，每行文一段，便取材容若词唯美之意象赋诗一首，明知言不尽意，但求略染公子神韵。

不才纵览纳兰生平大事，又杂糅暗自揣度，心知纵万言难书一容若，加之多为杜撰之文，成后难掩羞愧。望诸君但品其情，不吝指摘，遥祝公子千古，空余此情万年。

笔拙文劣，余心有惴惴然不胜惶恐，不由掩面遮羞，惟盼以糙劣此文，与诸友同怀容若。

——庚寅年十月申圣云于百湖旧庐

附　录

纳兰性德生平简录

（引自赵秀亭、冯统一《纳兰性德行年录》）

顺治十一年甲午农历腊月十二日，公历1655年1月19日，纳兰成德生于京师（北京）。

满洲正黄旗人。父明珠是年二十岁，任銮仪卫云麾使。母觉罗氏，英亲王阿济格正妃第五女，顺治八年嫁与明珠。

三月，清圣祖玄烨生，以旧历计，与性德同龄。

是年，陈名夏以倡“留发复衣冠”等罪被处死。诸多明朝遗少心有忿忿。

顺治十二年乙未(公元1655)　1岁

秦松龄成进士，授检讨。

顺治十三年丙申(公元1656)　2岁

春，吴伟业任国子监祭酒；年末，以奉嗣母丧南归。

陈维崧父陈贞慧卒。

顺治十四年丁酉(公元1657)　3岁

卢兴祖迁大理寺少卿。

冬，顺天、江南等五闱科场案发。

吴兆骞举乡试。

顺治十五年戊戌(公元1658) 4岁

吴兆骞以科场案被捕，押刑部狱。

秦松龄罢归。

曹寅出生。

顺治十六年己亥(公元1659) 5岁

闰三月，吴兆骞出京流放古塔戍所。吴伟业作《悲歌赠吴季子》。

徐元文中进士。

顺治十七年庚子(公元1660) 6岁

春，王士祯抵扬州任推官。

徐乾学中顺天乡试举人。

宋琬官绍兴，与朱彝尊、屈大均、叶燮等结交。

顾贞观在江阴会查继佐。

是年，朝廷下令严禁私自结社订盟。

顺治十八年辛丑(公元1661) 7岁

正月，清世祖卒。皇太子玄烨即位，是为清圣祖。以内大臣鳌拜等四人为辅政大臣。

二月，罢十三衙门，复设内务府。

明珠改任内务府郎中。

五月，卢兴祖擢广东巡抚。

夏，奏销案起，苏南、浙东士绅以欠赋黜革者达万余人。秦松龄削籍，叶方蔼以欠一钱被黜，韩菼、翁叔元险些自裁。

七月，哭庙案结，金圣叹等被杀。

是年秋，顾贞观入京，以诗得龚鼎孳赏识。

冬，明永历帝为吴三桂擒获，明亡。

康熙元年壬寅(公元1622) 8岁

春，王士祯、陈维崧等有扬州红桥唱和。

冬，吴兆骞于宁古塔得顾贞观书。

康熙二年癸卯(公元1663) 9岁

吴兴祚就任无锡知县。

徐乾学游闽粤。

曹玺（曹寅父亲）任江宁织造。

康熙三年甲辰(公元1664) 10岁

三月，明珠升内务府总管。

春，顾贞观奉特旨考选中书，授内秘书院中书舍人。

朱彝尊游晋。

高士奇入京。

康熙四年乙巳(公元1665) 11岁

三月，卢兴祖迁广东总督，兼广西总督。

吴兴祚在无锡惠山建二泉亭。

王士祯解扬州任至京。

吴兆骞与张晋彦等结七子诗社。

王又旦、吴嘉纪、姜宸英、汪懋麟于扬州相会。

康熙五年丙午(公元1666) 12岁

四月，明珠由侍读学士升内弘文院学士。

顾贞观举顺天乡试第二，寻擢内国史院典籍。

康熙六年丁未(公元1667) 13岁

自是年起，董讷教授成德，学业大进。（董讷，平原人，康熙六年进士。）

七月，康熙亲政。

九月，命纂修《世祖章皇帝实录》，以明珠等为副总裁。

九月，顾贞观扈从东巡。

十一月，卢兴祖以不能屏息盗贼，革职。同月卒。

是年，陈维崧客燕。

朱彝尊成《静志居琴趣》。

康熙七年戊申(公元1668) 14岁

九月，明珠升刑部尚书。冬，明珠及工部尚书马尔赛淮扬河监工，至兴化白驹场。

是年，南怀仁与吴明烜有历法之争，为汤若望、杨光先争论之延续。上命明珠等二十余人同往测验。

三月，吴绮、吴伟业、徐乾学等十人集于湖州。

七月，京师大水，漂没人畜甚众；卢沟桥坍塌，行人断绝数十日。陈维崧在京，因作《大水行》。

九月，吴兴祚、姜宸英、严绳孙、顾湄、秦松龄等集秦氏寄畅园。

康熙八年己酉(公元1669) 15岁

五月，辅政大臣鳌拜褫职，终身禁锢。

六月，诏令止旗人圈占民地。

六月，明珠及兵部侍郎蔡毓荣等奉诏往福建招抚郑经（郑成功之子）。

七月，明珠解刑部任。九月，改任都察院左都御史。

冬，徐乾学赴会试入京。

是年，陈维崧离京。

吴绮以“风雅好事”罢官。

高士奇入太学。

康熙九年庚戌(公元1670) 16岁

上命内院复为内阁，复翰林院官属，始举经筵日讲。

三月，徐乾学、蔡启樽中进士，徐授内弘文院编修，蔡为内秘书院修撰。同榜进士尚有孙在丰、叶燮等人。

是年，张纯修承荫入监读书。

朱彝尊、陆元辅等在京。

吴兆骞失馆职，得龚鼎孳、宋德宜、徐元文等好友寄赠，方得免死。

康熙十年辛亥(公元1671) 17岁

成德补诸生，贡太学。深得祭酒徐元文器重。结识张纯修（张见阳）。

二月，左都御史明珠、国子监祭酒徐元文充经筵讲官。

八月，明珠疏请停止盐差御史巡历地方，从之。

十月，康熙东巡至盛京（沈阳）。

十一月，调左都御史明珠为兵部尚书。

是年，顾贞观服阕赴补，为忌者排斥，因告病南归。

是年秋，纳兰与曹尔堪、龚鼎孳、周在浚、纪映钟、徐倬、梁清标等集京师孙承泽别墅秋水轩，赋“剪”字韵《金缕曲》，是为秋水轩唱和词。南北词家随而和者不可胜数。

是年，陈维崧还江南。

朱彝尊南还。

三藩自为政令，割据势大。

康熙十一年壬子(公元1672) 18岁

八月，成德应顺天乡试，中举人。正、副考官为蔡启樽、徐乾学。其同榜有韩菼、翁叔元、王鸿绪(榜名度心)、徐倬、曹寅等。

是年五月，姜宸英以父丧南归。

六月，王士祯典四川乡试离京。

秋，严绳孙入京。

冬，朱彝尊入京，客居潞河漕总龚佳育幕。

康熙十二年癸丑(公元1673) 19岁

正月，阅八旗兵于南苑晾鹰台，明珠先期布条教，军容整肃。

二月，成德会试中式。会试主考官为杜立德、龚鼎孳、姚文然、熊赐履。

三月，成德忽得寒疾，未与廷试。韩菼、王鸿绪等于此年中进士。马云翎、翁叔元落榜。

是年春，结识严绳孙。

五月起，成德每逢三六九日，至徐乾学邸讲论书史，日暮始归。致书徐氏："承示宋元诸家经解，俱时师所未见，某当晓夜穷研，以副明训。"

五月，得徐乾学、明珠支持，始着手校刻《通志堂经解》。撰《经解总序》初稿。

是年夏，结识姜宸英。秋，姜氏随徐乾学南还。

七月，吴三桂、耿精忠疏请撤藩。

是年，明珠兼佐领。

秋，给事中杨雍建劾前科顺天乡试取副榜不及汉军。

九月，蔡启樽、徐乾学坐是降级，归江南。

冬，成德为翁叔元治行，使得归江南。（翁氏常熟人，以奏销案破家出逃十余年，幸得成德拯助，方获归里。）

十一月二十一日，平西王吴三桂反。

是年，成德始撰辑《渌水亭杂识》。

是岁，投书朱彝尊。

康熙十三年甲寅(公元1674) 20岁

春，吴三桂坐大，湖湘、四川等地时有烽烟。

南怀仁任钦天监监正，所用仪象均依西法新造，传统漏刻计时改为自鸣钟。前此数年内，明珠数次奉命往钦天监验勘，成德或曾随观。是后，钟表渐入贵家，据考康熙出巡亦以毡车载自鸣钟计时。

五月，皇子保成生，即胤礽。

是年，成德娶夫人卢氏。卢氏为两广总督卢兴祖女。又纳庶妻颜氏，家世不详。

仲弟揆叙生。

正月，朱彝尊访成德。

徐乾学、姜宸英、汪懋麟同游扬州。

康熙十四年乙卯(公元1675) 21岁

十月，明珠转吏部尚书。

十二月十三，皇子保成立为皇太子。成德避太子嫌名，改名性德。

是年，成德长子富格生，为颜氏夫人所出。

成德与张纯修交益密。

严绳孙移居成德邸中。

是年，秦松龄从军湘楚，经严绳孙介绍，成德与之结识。

是年十一月，高士奇补录事。

徐乾学还京，官复原职。

康熙十五年丙辰(公元1676) 22岁

三月，性德中二甲第七名进士，翁叔元、叶舒崇、高琯等同年及第。主试官为吴正治、李霨、宋德宜、田六善。

年初，皇太子保成更名胤礽。成德复名，不再称性德。

春夏间，顾贞观入京，经徐、严等相介，识成德，遂互以知己目之。

是年，性德以诗词才藻大获称誉。

初夏，严绳孙回南。

是年，徐乾学迁右赞善。十一月，徐母顾氏卒，徐乾学兄弟奔丧南归。

冬，顾贞观作《金缕曲(寄吴汉槎)》二章，成德遂以“绝塞生还吴季子”为己任。

《侧帽词》或刻于此年。始与顾贞观合编《今词初集》。

是年，朱彝尊复客潞河。

康熙十六年丁巳(公元1677) 23岁

四月末，卢氏生一子海亮（富尔敦）。以产后患病，于五月三十日卒。

七月甲辰(二十九)，以吏部尚书明珠、户部尚书勒德洪为内阁大学士。

八月，明珠充《太宗文皇帝实录》总裁官。

秋冬间，成德始任乾清门三等侍卫。

腊月，成德作书致严绳孙。

是年春初，顾贞观携《今词初集》稿南返，至开封，逢毛际可。

三月，吴兆骞于宁古塔收到顾贞观寄《金缕曲》词二首。

四月，梁汾在江南，复作书寄吴汉槎，并以其《弹指词》附书以寄。

秋，顾贞观复至京，与成德增选《今词初集》。

十一月，以大学士择荐，令张英、高士奇为内廷供奉，高士奇加内阁中书衔。

陈维崧、朱彝尊等聚会于南京瞻园。

康熙十七年戊午(公元1678) 24岁

是年康熙多次出行：

闰三月初三至十七，畿南霸州、赵北口一带。

五月十五至十九，碧云寺、石景山、南苑。

九月初十至二十六，遵化。

十月初三至十一月二十四，遵化、沿边。在滦河阅三屯营兵。

岁初正月十七，顾贞观回南，刻《饮水词》成。

正月，下征博学鸿儒诏。夏秋间，应征文士多至京。

十一月起，供应征文士食宿。施闰章、曹禾、汪琬、陈维崧、尤侗、朱彝尊、秦松龄、汤斌、徐轨、彭孙遹、陆元辅、徐嘉炎、毛际可、黄虞稷(后以丁忧归)、严绳孙、周清原、吴雯、毛奇龄、阎若璩、潘耒、李因笃、叶舒崇等至京。

春，陈维崧过昆山，在徐乾学家小住。后其年至京，一度居成德宅中。

夏，朱彝尊入京。

七月，吴三桂称帝。

七月，葬卢氏于皂荚村，叶舒崇为作墓志铭。

八月，吴三桂死。

岁暮，姜宸英入京，成德使居千佛寺。

康熙十八年己未(公元1679) 25岁

是年康熙多次出行：

二月十二至十五，南苑。

三月初二至十四，保定、十里铺。

五月初九，西山潭柘寺。

十二月初六至十七，南苑。

二月，遣大学士明珠祭孔子。

三月初一，试内外诸臣荐举博学鸿儒一百四十三人于体仁阁。

三月二十九，谕吏部，取中彭孙遹、秦松龄、陈维崧、朱彝尊、汤斌等二十人为一等，施闰章、潘耒、徐轨、尤侗、毛奇龄、曹禾、严绳孙等三十人为二等。严绳孙本不期中，仅赋“省耕诗”一首即退场。圣祖知绳孙名，取为二等榜末。

五月，秦、朱、陈、严等俱授检讨，著纂修《明史》。

暮春，成德与朱、陈、严、姜、秦等人游张见阳山庄，联句《浣溪沙》。

夏，邀诸友渌水亭观荷。筑茅屋，称花间草堂。

秋，张见阳南行，赴湖南江华县令。

八月二十八，京师地震，毁伤甚重。魏象枢藉此劾明珠。

是年冬，顾贞观在福州。

康熙十九年庚申(公元1680) 26岁

年内，康熙出行仅及西山、巩华、南苑，未远行。

是年，成德由司传宣改经营内厩马匹。又常至昌平、延庆、怀柔、古北口等地督牧。

继娶官氏，即瓜尔佳氏，图赖之孙，颇尔喷之女。

二月，以徐元文荐，征姜宸英入史馆，姜氏因丁忧未赴职。

四月，高士奇特授翰林；又加詹事府詹事衔。

五月，董讷、王鸿绪任侍读学士。

秋，顾贞观返京。

冬，徐乾学兄弟服阕还京，乾学复原职，徐元文升都察院左都御史。

康熙二十年辛酉(公元1681)　27岁

是年康熙多次出行：

二月十八至三月十二，遵化。

三月二十至五月初三，遵化、沿边。

八月二十五至九月十七，近南，南苑、雄县、任丘、霸州。

十一月十四至十二月初三，遵化。

二月，增汤斌、秦松龄、徐乾学、曹禾、王顼龄、朱彝尊、严绳孙、潘耒八人为起居注官。

三月下旬，明珠等扈从至遵化温泉。

六月，秦松龄为江西乡试正考官。

七月，严绳孙为山西乡试正考官，朱彝尊为江南乡试副考官。

七月，康熙驻瀛台。

七月，顾贞观丁内艰南还，临行致书吴兆骞，约杪冬或早春晤于京师。

九月二十日，吴兆骞自宁古塔起行。十月抵京。

是冬，吴兆骞合家居徐乾学馆中。

十月二十八日，平云南。

十二月初，姜宸英入京，投宿慈仁寺。

岁末，顾贞观入京。

是年，梁佩兰离京南还。

康熙二十一年壬戌(公元1682)　28岁

是年康熙多次出行：

二月十五至五月初四，奉天、吉林。

八月初三至十一，玉泉。

十月十九至十一月初九，性德时方出使梭龙，未随扈。

正月初，朱彝尊还京。

正月十五上元夜，成德与朱彝尊、陈维崧、严绳孙、顾贞观、姜宸英、吴兆骞、曹寅等共集花间草堂，赋诗饮宴。

元宵节后旬日间，顾贞观离京南还。

年初，吴兆骞入成德宅，教授其弟揆叙。

五月，陈维崧以头痛卒。

七月，明珠等为纂修《明史》监修总裁官。

秋，吴兆骞南归省亲。顾贞观作客苕上。

十月，明珠为《太祖实录》、《三朝圣训》、《平定三逆神武方略》总裁官。

十一月，明珠加赠太子太傅。

是年，高士奇整理随从东巡日记。

康熙二十二年癸亥(公元1683) 29岁

是年康熙多次出行：

正月二十七至三十，南苑。

二月二十至三月初六，五台山。

四月二十一至五月初一，玉泉山、潭柘寺。

六月十二至七月二十五，古北口、近边。

九月十一至十月初九，五台山。太皇太后同行。

十一月二十一至十二月初七，遵化、近边。

三月，官氏父颇尔喷以一等公为蒙古都统。

春，朱彝尊入直南书房，赐居黄瓦门左。

夏秋间，吴兆骞返京，仍为揆叙塾师。

十二月，高士奇充日讲官。王鸿绪迁内阁学士、礼部侍郎。左都御史徐元文以荐举非人免。

是年，秦松龄、严绳孙迁中允，并为《平定三逆方略》纂修官。

康熙二十三年甲子(公元1684) 30岁

是年康熙多次出行：

正月十五至十七，南苑。

二月十七至三月初二，近南霸州、赵北口。

四月初六至十一，玉泉山。

五月十九至八月十五，古北口、近边。

九月二十八至十一月二十九，南巡。经泰山、扬州、苏州、无锡、镇江、江宁、曲阜等地，并阅淮扬河工。

十二月二十五至二十八，遵化。

正月，朱彝尊以辑《瀛洲道古录》，私钞宫内各地进书，被逐出内廷，移居宣武门南。

六月，明珠兼《大清会典》总裁官。

八月，秦松龄为顺天乡试正考官。

九月，余国柱任户部尚书。与明珠结党，势甚张。徐乾学渐转为明珠对立。

九月，顾贞观携沈宛赴京。

十月，严绳孙为顺天武乡试副考官。

十月，南巡至扬州，时张玉书适奔丧至扬，性德问慰之，揖别于江干。

十月，吴兆骞病卒于京师。

十一月初，南巡至江宁，成德得会曹寅。

冬，秦松龄因顺天乡试事下狱，徐乾学力救之，得放归。

十二月，徐乾学由侍讲学士升詹事府詹事。

岁暮，性德纳沈宛为妾。

是年，性德作书梁佩兰，邀梁至京共编词选。

康熙二十四年乙丑(公元1685) 31岁

是年一至六月康熙多次出行：

正月十五至十七，南苑。

正月二十九至二月初五，玉泉山。

二月十五至三十，近南霸州、雄县。

四月初十至十五，玉泉山。

六月初一至初九，古北口、近边。

二月，徐乾学充《会典》副总裁官。王鸿绪、董讷为户部侍郎。

三月，徐乾学、韩菼升内阁学士，兼礼部侍郎。

三月，谕大学士等："凡为大学士者，以进贤退不肖为职，不可稍存私意。必休休有容，知无不言，言无不尽，方可称为大臣。其他朕亦不须尽言。"有儆戒明珠意。

三月十八日圣祖诞辰，书贾至《早朝》诗赠性德。

四月下旬，又令赋《乾清门应制》诗，译《松赋》为满文。成德升一等侍卫。

春，梁佩兰抵京。

四月，严绳孙请假南归(实为弃官)，与成德别。

五月初，曹寅至京，成德作《满江红》词为题其《楝亭图》。

五月，明珠充《政治典训》总裁官，王鸿绪、董讷为副总裁官。

五月二十二日，梁佩兰、顾贞观、姜宸英、吴雯集会成德渌水亭，饮酒，各赋《夜合花》诗。次日，性德得疾。

五月三十日，成德因七日不汗病故。时圣祖方出塞，特准明珠不必随行。及罗刹捷报至，以成德有奉使梭龙之功。

康熙二十七年(公元1688)

明珠罢相，任内大臣。

康熙三十九年(公元1700)

性德长子富格卒，年二十六岁。次子富尔敦中进士。

康熙四十七年(公元1708)

明珠卒。

通议大夫一等侍卫佐领纳兰君墓志铭

徐乾学撰

呜呼！始容若之丧而余哭之恸也。今其弃余也数月矣，余每一念至，未尝不悲来填膺也。呜呼！岂直师友之情乎哉。余阅世将老矣，从我游者亦众矣，如容若之天姿之纯粹、识见之高明、学问之淹通、才力之强敏，殆未有过之者也。天不假之年，余固抱丧予之痛，而闻其丧者，识与不识皆哀而出涕也，又何以得此于人哉！太傅公失其爱子，至今每退朝，望子舍必哭，哭已，皇皇焉如冀其复者，亦岂寻常父子之情也。至尊每为太傅劝节哀，太傅愈益悲不自胜。余间过相慰，则执余手而泣曰：惟君知我子，惠邀君言以掩诸幽，使我子虽死犹生也。余奚忍以不文为辞。顾余之知容若，自壬子秋榜后始，迄今十三四年耳。后容若入侍中，禁廷严密，其言论梗概，有非外臣所得而知者。太傅属痛悼未能殚述，则是余之所得而言者，其于容若之生平又不过什之二三而已。

呜呼！是重可悲也。容若，姓纳兰氏，初名成德，后避东宫嫌名，改曰性德。年十七补诸生，贡入太学。余弟立斋为祭酒，深器重之，谓余曰：司马公贤子，非常人也。明年，举顺天乡试，余忝主司，宴于京兆府，偕诸举人青袍拜堂下，举止闲雅。越三日，谒余邸舍，谈经史源委及文体正变，老师宿儒有所不及。明年会试中式，将廷对，患寒疾。太傅曰：吾子年少，其少俟之。于是益肆力经济之学，熟读《通鉴》及古人文辞，三年而学大成。

岁丙辰，应殿试，条对凯切，书法遒逸，读卷执事各官咸叹异焉。名在二甲，赐进士出身。闭门埽轨，萧然若寒素，客或诣者辄避匿。拥书数千卷，弹琴咏诗自娱悦而已。未几，太傅入秉钧，容若选授三等侍卫，出入扈从，服劳惟谨。上眷注异于他侍卫。久之，晋二等，寻晋一等。上之幸海子、沙河、西山、汤泉，及畿辅、五台、口外、盛京、乌剌，及登东岳、幸阙里、省江南，未尝不从。先后赐金牌、彩缎、上尊御馔、袍帽、鞍马、弧矢、字帖、佩刀、香扇之属甚夥。是岁万寿节，上亲书唐贾至《早朝》七言律赐之。月余，令赋《乾清门应制诗》，译御制《松赋》，皆称旨。于是外庭佥言，上知其有文武才，非久且迁擢矣。

呜呼，孰意其七日不汗，死也！容若既得疾，上使中官侍卫及御医日数辈络绎至第诊治。于是上将出关避暑，命以疾增减报，日再三，疾亟，亲处方药赐之，未及进而殁，上为之震悼，中使赐奠，恤典有加焉。容若尝奉使觇梭龙诸羌，其殁后旬日，适诸羌输款，上于行在遣官使拊其几筵哭而告之，以其尝有劳于是役也。于此亦足以知上所以属任之者非一日矣。

呜呼，容若之当官任职，其事可得而纪者，止于是矣。余滋以其孝友忠顺之性，殷勤固结，书所不能尽之言，言所不能传之意，虽若可仿佛其一二，而终莫能而悉也，为可惜也。容若性至孝，太傅尝偶恙，日侍左右，衣不解带，颜色黝黑，及愈乃复初。太傅及夫人加餐辄色喜，以告所亲。友爱幼弟，弟或出，必遣亲近傔仆护之，反必往视，以为常。其在上前，进反曲折有常度。性耐劳苦，严寒执热，直庐顿次，不敢乞休沐自逸，类非绮襦纨袴者所能堪也。

自幼聪敏，读书一再过即不忘。善为诗，在童子已句出惊人，久之益工，得开元、大历间丰格。尤喜为词，自唐、五代以来诸名家词皆有选本，以洪武韵改并联属，名《词韵正略》。所著《侧帽集》，后更名《饮水集》者，皆词也。好观北宋之作，不喜南渡诸家，而清新秀隽，自然超逸，海内名为词者皆归之，他论著尚多。其书法，摹褚河南临本《禊帖》，间出入于《黄庭内景经》。当入对殿廷，数千言立就，点画落纸，无一笔非古人者。荐绅以不得上第入词馆为容若叹息，及被恩命引而置之珥貂之行，而后知上之所以造就之者，别有在也。

容若数岁即善骑射，自在环卫益便习，发无不中，其扈跸时，雕弓书卷，错杂左右，日则校猎，夜必读书，书声与他人鼾声相和。间以意制器，多巧倕所不能。于书画评鉴最精。其料事屡中，不肯轻为人谋，谋必竭其肺腑。尝读赵松雪《自写照诗》有感，即绘小像仿其衣冠，坐客或期许过当，弗应也。余谓之曰：尔何酷类王逸少！容若心独喜。所论古时人物，尝言王茂弘阑阇阑阇，心术难问；娄师德唾面自干，大无廉耻。其识见多此类。间尝与之言往圣昔贤修身立行及于民物之大端，前代兴亡理乱所在，未尝不慨然以思。读书至古今家国之故， 忧危明盛，持盈守谦、格人先正之遗戒，有动于中，未尝不形于色也。

呜呼，岂非大雅之所谓亦世克生者耶；而竟止于斯也。夫岂徒吾党之不幸哉！君之先世有叶赫之地，自明初内附中国，讳星根达尔汉，君始祖也，六传至讳杨吉努，君高祖考也。有子三人，第三子讳金台什，君曾祖考也。女弟为太祖高皇帝后，生太宗文皇帝。太祖高皇帝举大事而叶赫为明外捍，数遣使谕，不听，因加兵克叶赫，金台什死焉。卒以旧恩存其世祀。其次子即今太傅公之考，讳倪迓韩，君祖考也。君太傅之长子，母觉罗氏，一品夫人。渊源令绪，本崇积厚，发闻滋大，若不可圉。

配卢氏，两广总督兵部尚书都察院右副都御卢兴祖之女，赠淑人，先君卒；继室官氏，光禄大夫少保一等公朴尔普女，封淑人；男子子二人，福格、永寿，女子子一人，皆幼。君生于顺治十一年十二月，卒于康熙二十四年五月已丑，年三十有一。君所交游，皆一时儁异，于世所称落落难合者，若无锡严绳孙、顾贞观、秦松龄、秀水朱彝尊，慈溪姜宸英，尤所契厚，吴江吴兆骞久徙绝塞，君闻其才，力赎而还之。坎坷失职之士走京师，生馆死殡，于赀财无所计惜，以故君之丧，哭之者皆出涕，为挽辞者数十百人，有生平未识面者。其于余绸缪笃挚，数年之中，殆日以余之休戚为休戚也，故余之痛尤深，既为诗以哭之，应太傅之命而又为之铭。铭曰：天实生才，蕴崇胚胎，将象贤而奕世也，而靳与之年，谓之何哉！使功绪不显于旗常、德泽不究于黎庶，岂其有物焉为之灾。惟其所树立，亦足以不死矣，亦又奚哀！

纳兰容若祭文

顾贞观撰

呜呼吾哥！其敬我也不啻如兄，其爱我也不啻如弟，而今舍我去耶？吾哥此去，长往何日？重逢何处？不招我一别，订我一晤耶？且擗且号且疑且愕，日晻晻而遽沉，天苍苍而忽暮，肠惨惨而欲裂，目昏昏而如瞀。

其去耶？其未去耶？去不去尚在梦中，而吾两人俱未寤耶？吾哥去而堂上之两亲何以为怀？膝前之弱子何以为怙？辇下之亲知僚友何以相资益？海内之文人才子，或幸而遇或不遇而失路无门者，又何以得相援而相煦也？欲状吾哥之生平既声泪俱发而不忍为追，惟欲述吾两人之交情更声泪俱竭而莫能为覼缕。

盖屈指丙辰以迄今，兹十年之中，聚而散，散而复聚，无一日不相忆，无一事不相体，无一念不相注。弟举其大者言之：吾母太孺人之丧，三千里奔讣，而吾哥助之以麦舟；吾友吴兆骞之厄，二十年求救，而吾哥返之于戍所。每戆言之数进，在总角之交尚且触忌于转喉，而吾哥必曲为容纳，洎谗口之见攻，虽毛里之戚未免致疑于投杼，而吾哥必阴为调护，此其知我之独深，亦为我之最苦。

岂兄弟之不如友，生至今日而竟非虚语！又若尔汝形忘，晨夕心数，语惟文史，不及世务，或子衾而我覆，或我觞而子举，君赏余弹指之词，我服君饮水之句。歌与哭总不能自言，而旁观者更莫解其何故。又若风期激发，慷慨披露，重以久要，申其积素，吾哥既引我为一人，我亦望吾哥以千古。他日执令嗣之手而谓余曰：“此长兄之犹子。”复执余之手而谓令嗣曰：“此孺子之伯父也。”

呜呼！此意敢以冥冥而相负耶？总之，吾哥胸中浩浩落落，其于世味也甚淡，直视勋名如糟粕、势利如尘埃，其于道谊也甚真，特以风雅为性命、朋友为肺腑。人见其掇科名、擅文誉，少长华阀，出入禁御，无俟从容政事之堂，翱翔著作之署，固已气振夫寒儒，抑且身膺夫异数矣，而安知吾哥所欲试之才，百不一展，所欲建之业，百不一副，所欲遂之愿，百不一酬，所欲言之情，百不一吐。实造物之有靳乎斯人，而并无由毕达之于君父者也！犹忆吾哥见赠之词有曰：“一日心期千劫在，后身缘、恐结他生里。”又曰：“惟愿把、来生祝取，慧业同生一处。”

呜呼！又岂偶然之言，而他人所得预者耶？吾哥示疾前一日，集南北之名流咏中庭之双树，余诗最后出，读之铿然，喜见眉宇，若惟恐不肖观之落人后者。已矣！伯牙之琴盖自是终身不复鼓矣，何身可赎？何天可吁？音容僾然，泣涕如澍，再世天亲，誓言心许，魂兮归来，鉴此悰愫。

通议大夫一等侍卫进士纳腊君墓表

姜宸英撰

君姓纳腊氏。其先据有叶赫之地，所谓北关者也。父今大学士、宫傅公；母一品夫人，觉罗氏。君初名成德，字容若，后避东宫嫌名，改名性德。以今年乙丑五月晦卒。卒而朝之士大夫及四方知名之士进于京师者，皆为君叹息泣下。其哀君者，无问识不识，而与君不相闻者，常十之六七。然皆以当今失君为可惜，则君之贤之才可知矣。君年十八九联举礼部，当康熙之癸丑岁。未几也，予与相见于其座主东海阁学公邸，而是时君自分齿少，不愿仕，退而学经读史，旁治诗歌古文词。又三年，对策则大工。时皆谓当得上第，而今上重器君，不欲出之外廷，置名二甲，久之，授三等侍卫，再迁至一等。

自上所巡幸西苑、南海子、沙河及医巫闾山，东出关至乌喇，南巡上泰岱，过祀阙里，渡江以临吴会，君鲜不左櫜鞬右櫜笔以从。遇上射猎，兽起于前，以属君，发辄命中，惊其老宿将。所得白金绮绣、中衣袍帽、法帖佩刀、名马香扇之赐，前后委属。间令赋诗，奉诏即奏稿，上每称善。

二十一年八月，使觇梭龙羌。其地去京师重五六十驿，间行或累日无水草，持干糒食之。取道松花江，人马行冰上竟日，危得渡。仅抵其界，卒得其要领还报，上大喜。君虽跋涉艰险，归时从奚囊倾方寸札出之，叠数十纸，细行书，皆填词若诗，略记其风土方物。虽形色枯槁不自知，反遍示客，资笑乐。

性雅好读书，日黎明间省华，即骑马出，入值周庐，率至暮，虽大寒暑，还坐一榻上翻书观之，神止闲定，若无事者。诗萧闲冲淡，得唐人之旨。然喜为长短句特甚引。尝言："诗家自汉魏以来，作者代起，姓氏多澌灭。填词滥觞于唐人，极盛于宋，其名家者不能以十数，吾为之易工，工而传之易久。而自南渡以后弗论也"。其于词，小令取唐五代，宗晏氏父子；长调则推周、秦及稼轩诸家。以为其章法转换，顿挫离合之妙，正与文家散行体何异，而世故薄之，何耶？故即第左葺茅为庐，常居之，自题曰“花间草堂”。视其凝思惨淡，终合天巧，真若有自得之趣者。

今年五月辛巳，君将从驾出关，连促予入城。中夜酒酣，谓予曰：“吾行从子究竟班马事矣，子谓我何如？”予笑曰：“倾闻君论词之法，将无优为之耶？”是时，窃视君意锐甚口。明日予出城，君固留，愿至晚。予不可。送予及门，曰：“吾此行以八月归，当偕数子为文字之游。如某某者，不可以无与，君宜为我遍致之。”

先是万寿节，上亲书唐贾至《早朝》诗赐君；月余，令赋《乾清门应制》诗及译御制《松赋》皆称旨。于是复挈予手曰：“吾倘蒙恩得量移一官，可并力斯事，与公等角一日之长矣。”意郑重若不忍别者。然不幸以明日得疾，七日，遂不起。年止三十一。

以君之才与志，使假之天年，古人不难到。其终于此，命也。居闲素缜密，与人交，遇意所不欲，百方请之不可得谒。及其所乐就，虽以予之狂，终日叫号慢侮于其侧，而不予怪，盖知予之失之不偶，而嫉时愤俗特甚也。然时亦以此规予，予辄愧之。君视门阀贵盛，屏远权势，所言经史绝不及时政。所接一二寒生罢吏而外，少见士大夫。

事两亲，退食必在左右。遇公事必虔，不避劳苦。尝司天闲牧政，马大蕃息。侍上西苑，上仓卒有所指挥，君奋身为僚友先。上叹曰：“此富贵家儿，乃能尔耶!”其感激主恩深厚，思所图报，日不去口。

然视文章之士，较长挈短，放浪山水，跌宕诗酒，而无所羁束，常恨不得身与其间，一似以贫贱为可乐者。于世事如不经意，时时独处深念，则又愁然抱无穷之思。人问之，不答。以此竟死，其施不得见，其志未就也。而吾辈所区区欲为君不朽之传者，亦止于此而已。悲夫!

君始病，朝庭遣医络绎，命刻时以状报。及死数日，梭龙外羌款书至。上时出关，即遣宫使就几筵哭而告之，以前奉使功也。赙恤之典，皆溢常格。呜呼！君臣之际，生死之间，其可感也已。

君所辑有《词韵正略》、《全唐诗选》，著诗若干卷；有集名《侧帽》、《饮水》者，皆词也。书行楷遵丽，得晋人法。娶卢氏，继官氏。其中外世系，详载阁学所撰墓志铭及顾舍人辈华峰所次行述。副室以某氏。生子二人，女子一人。长曰福哥，次某。

进士一等侍卫纳兰君神道碑铭

韩菼撰

维天笃我，劢相之臣，神灵和气，萃于厥家。常开哲嗣，趾美前人。自厥初才子，罔不世济，若伊之有陟，巫之有贤，媲于功宗，登于策书。后之名公卿子，发闻能益人家国者，亦往往间出。其或年之有永有不永，斯造物者之不齐。虽休光美实，显有令闻，足以自寿无穷。而存亡之系，在于有邦有家。则当吾世，而尤痛我纳兰君。

君氏纳兰，讳成德，后改性德，字容若。惟君世远有代序，常据有叶赫之地。明初内附，为君始祖星恳达尔汉。六传至君高祖讳养汲努，女为高皇后，生太宗文皇帝。曾祖讳金台什。祖讳倪迓韩。父今大学士太傅公也。母觉罗氏，封一品夫人。太傅公勋高望巨，为时柱石，而庭训以义方。君胚胎前光，重休袭嘉， 自少小已杰然见头角。喜读书，有堂构志，人皆曰太傅有子。年十八九， 联举京兆礼部试。又三年而当丙辰廷对，劲直切劘，累累数千言，一时惊叹。今上知君材，欲引以自近。以二甲久次，选授三等侍卫，再迁至一等。

当是时，上方励精思治，大正于群仆侍御之臣，欲罔非正人，以旦夕承弼，其惟君吉士，以重此选也。君日侍上所，所巡幸，无近远必从，从久不懈益谨。上马驰猎，拓弓作霹雳声，无不中。或据鞍占诗，应诏立就。白金、文绮、中衣、佩刀、名马、香扇、上尊御馔之赐，相属也。

康熙二十一年秋，奉使觇梭龙羌。道险远，君间行疾抵其界，劳苦万状，卒得其要领还报。后梭龙输款，而君已殁。上时出关，遣官使拊其几筵，哭而告之，重悯其劳也。君既以敬慎勤密当上意，而上益稔其有文武才，且久更明习，可属任。尝亲书唐贾至《早朝》诗赐之。又令赋《乾清门应制》诗，译御制《松赋》，上皆称善。中外咸谓君将不久于宿卫，行付以政事，以展其中之所欲施。君益自感厉，思竭所以报者。而不幸遽病。病七日，遂不起。时上日遣中官侍卫及御医问所苦，命以其状日再三报。亲处方药赐之，未及进而绝。上震悼，遣使赐奠，恩恤有加。屡慰谕太傅公毋过悲，然上弥思之弗置也。

呜呼！君其竟死矣，而君之志未一竟也。君性至孝，未阊明入直，必之太傅夫人所问安否，归晚亦如之。燠寒之节，寝膳之宜，日候视以为常。而其志尤在于守身不辱，保家亢宗，不仅以承颜色、娱口体为孝也。侍禁闼数年，进止有常度，不失尺寸。盛寒暑必自强，不敢辄乞浣沐。其从行于南海子、西苑、沙河、西山、汤泉尤数，尝西登五台，北陟医巫闾山，出关临乌喇，东南上泰岱，过阙里，渡江淮，至姑苏，揽取其山川风物以自宽，广资博闻。而上有指挥，未尝不在侧，无几微毫发过。性周防，不与外庭一事。而于往古治乱、政事沿革兴坏、民情苦乐、吏治清浊、人才风俗盛衰消长之际，能指数其所以然，而亦不敢易言之。窥其志，岂无意当世者。惟其惓惓忠爱之忱，蕴蓄其不言之积，以俟异日之见庸。为我有邦于万斯年之计，而家亦与其福也。君虽履盛处丰，抑然不自多，于世无所芬华，若戚戚于富贵，而以贫贱为可安者。身在高门广厦，常有山泽鱼鸟之思。

达官贵人相接如平常。而结分义，输情愫，率单寒羁孤侘傺困郁守志不肯悦俗之士。其翕热趋和者，辄谢弗为通。或未一造门，而闻声相思，必致之乃已。以故海内风雅知名之士，乐得君为归，藉君以起者甚众。而吴江吴孝廉兆骞，以俊才久戍绝塞，君力赎以还而馆之，爱重如辽海之得幼安与根矩也，殁复为之完其丧，世尤高君义也。读书机速过人，辄能举其要。著诗若干卷，有开天丰格。颇好为词，爱作长短句，跌宕流连，以写其所难言。尝辑《全唐诗选》《词韵正略》。而君有集名《侧帽》《饮水》者，皆词也。工书，妙得拨灯法，临摹飞动。晚乃笃意于经史，且欲窥寻性命之学，将尽裒辑宋元以来诸儒说经之书以行世，其志盖日进而未止也。

嗟夫！君于地则亲臣，即他日之世臣也。使假之年，而充斯志也，以竟其用。譬若登高顺风，不疾声速。与夫疏逖新进之臣较其难易，夫岂可同日而语。昊天不吊，百年之乔木，其坏也忽诸。斯海内之知与不知者，无不摧伤。而余独尤为邦家致惜者也。君卒于康熙乙丑夏五月，距其生年三十有一。娶卢氏，赠淑人，两广总督尚书兴祖之女。继官氏，封淑人，某官某之女。子二，长曰福格，次曰某；女二，俱幼。始君与余同出学士东海先生之门，君之学皆从指授。先生亟叹其才，佳其器识之远，殁而哭之恸，既为文以志其藏。而顾舍人贞观、姜征君宸英雅善君，复状而表之矣。

太傅公以君之尝道余不置也，属以文其隧上之碑。余方悼斯世之失君， 而非徒哭吾私，其敢以荒落辞，辄论著君志之大者如此，而系之以铭。铭曰：凤觜麟角绝世稀，渥洼尕云种权奇。家之令器邦之基，弱年文史贯珠玑。胸罗星斗翼天垂，拜献昌言白玉墀。致身端不藉门资，雀弁峨峨吉士宜。帝简厥良汝予为，周卢中矩规。郎曹窃视足不移，手挽繁弱仰月支。错杂帐帏书与诗，奉使绝徼穷羌氐。冰雪皲瘃不宿驰，山川厄塞抵掌知。卒降其王若鞭笞，帝方用嘉足指麾。将试以政工允厘，岁星执戟亦暂期。阿鸿摩天竟长辞，正人元气身不訾。平生菀结何所思，要扶羲和浴咸池。明良长见唐虞时，千秋万世此志赍。埋玉黄泉当语谁，泰山毫芒一见之。琳琅金薤散为词，我今特书表其微。荒郊白烟冢离离，独君不朽征君碑。

皇清纳腊室卢氏墓志铭

赐进士出身候补内阁中书舍人平湖叶舒崇撰

夫人卢氏，奉天人，其先永平人也。毓瑞医闾，形胜桃花之岛，溯源营室，家声孤竹之城。父兴祖，总督两广、兵部右侍郎、都察院右副都御史。树节五羊、申威百粤，珠江波静，冠赐高蝉，铜柱勋崇，门施行马。传唯礼义，城南韦杜之家；训有诗书，江右潘杨之族。夫人生而婉娈，性本端庄，贞气天情，恭容礼典。明珰佩月，即如淑女之章；晓镜临春，自有夫人之法。幼承母训，娴彼七襄；长读父书，佐其四德。高门妙拣，首闻敬仲之占；快婿难求，独坦右军之腹。

年十八，归余同年生成德，姓纳腊氏，字容若。乌衣门巷，百两迎归；龙藻文章，三星并咏。夫人职首供甘，义均主鬯，二南苹藻，无愧公宫；三日羹汤，便谙姑性。人称克孝，郑袤之壶攸彰；敬必如宾，冀缺之型不坠。宜尔家室，箴盥惟仪，浣我衣裳，纮綖是务。洵无訾于中馈，自不忝于大家。无何玉号麒麟，生由天上；因之调分凰凤，响绝人间。霜露忽侵，年龄不永。非无仙酒，谁传延寿之杯；欲觅神香，竟乏返魂之术。

呜呼哀哉！康熙十六年五月三十日卒，春秋二十有一。生一子海亮。容若身居华阀，达类前修，青眼难期，红尘置合；夫人境非挽鹿，自契同心，遇辟游鱼，岂殊比目。抗情尘表，则视有浮云；抚操闺中，则志存流水。于其没也，悼亡之吟不少，知己之恨尤深。今以十七年七月二十八日葬于玉河皂荚屯之祖茔。木有相思，似类杜原之兆；石曾作镜，何年华表之归。睹云气而俳徊，怅神光之离合。呜呼哀哉！铭曰：

江名鸭绿，塞号卢龙。桃花春涨，榆叶秋丛。

灵钟胜地，祥毓女宗。高门冠冕，无族鼎钟。

羊城建节，麟阁敉功。诞生令淑，秀外惠中。

华标彩舜，茂映赪桐。曰嫔君子，夭矫犹龙。

纶扉闻礼，学海耽躬。同心黾勉，有婉其容。

柔性仰事，怡声外恭。移卣奉御，执匜敬共。
苹蘩精白，刀尺女红。鸳机支石，蚕月提笼。
孝思不匮，俭德可风。闺房知己，琴瑟嘉通。
产同瑜珥，兆类罴熊。乃膺沉痼，弥月告凶。
翠屏昼冷，画翟晨空。凤萧声杳，鸾镜尘封。
哀旐路转，挽曲涂穷。荒原漠漠，雨峡蒙蒙。
千秋黄壤，百世青松。

图书在版编目（CIP）数据

人生若只如初见——纳兰容若词传 / 申圣云编著．—北京：国际文化出版公司，2011.5
ISBN 978-7-5125-0202-4

I. ①人… II. ①申… III. ①纳兰性德（1654 ~ 1685）－词（文学）－文学研究；纳兰性德（1654 ~ 1685）－人物研究 IV．① I207.23；K825.6

中国版本图书馆 CIP 数据核字（2011）第 047367 号

人生若只如初见——纳兰容若词传

作　　者　申圣云
责任编辑　戴　婕
统筹监制　葛宏峰
策划编辑　燕　兮
美术编辑　秦　宇
出版发行　国际文化出版公司
经　　销　国文润华文化传媒（北京）有限责任公司
印　　刷　三河市华晨印务有限公司
开　　本　880 毫米 ×1230 毫米　32 开
　　　　　　7.25 印张　220 千字
版　　次　2011 年 5 月第 1 版
　　　　　　2014 年 9 月第 3 次印刷
书　　号　ISBN 978-7-5125-0202-4
定　　价　29.80 元

国际文化出版公司
北京朝阳区东土城路乙 9 号　邮编：100013
总编室：（010）64271551　传真：（010）64271578
销售热线：（010）64271187
传真：（010）64271187-800
E-mail：icpc@95777.sina.net
http://www.sinoread.com

纳兰词集

纳兰容若 著

国际文化出版公司

目录

CONTENTS

目录 CONTENTS

目 CONTENTS 录

梦江南

昏鸦尽，小立恨因谁？急雪乍翻香阁絮，轻风吹到胆瓶梅。心字已成灰。

梦江南

新来好，唱得虎头词。一片冷香惟有梦，十分清瘦更无诗。标格早梅知。

梦江南

江南好，建业旧长安。紫盖忽临双鹢渡，翠华争拥六龙看。雄丽却高寒。

梦江南

江南好，城阙尚嵯峨。故物陵前惟石马，遗踪陌上有铜驼。玉树夜深歌。

梦江南

江南好，怀古意谁传。燕子矶头红蓼月，乌衣巷口绿杨烟。风景忆当年。

梦江南

江南好，虎阜晚秋天。山水总归诗格秀，笙箫恰称语音圆，谁在木兰船。

梦江南

江南好，真个到梁溪。一幅云林高士画，数行泉石故人题。还似梦游非？

梦江南

江南好，水是二泉清。味永出山那得浊，名高有锡更谁争，何必让中泠。

梦江南

江南好，佳丽数维扬。自是琼花偏得月，那应金粉不兼香。谁与话清凉。

梦江南

江南好，铁瓮古南徐。立马江山千里目，射蛟风雨百灵趋。北顾更踌躇。

梦江南

江南好，一片妙高云。砚北峰峦米外史，屏间楼阁李将军，金碧矗斜曛。

梦江南

江南好，何处异京华？香散翠帘多在水，绿残红叶胜于花。无事避风沙。

忆江南

江南忆，鸾辂此经过。一掬胭脂沉碧甃，四围亭壁幛红罗。消息暑风多。

忆江南·宿双林禅院有感

心灰尽，有发未全僧。风雨消磨生死别，似曾相识只孤檠。情在不能醒。　　摇落后，清吹那堪听。淅沥暗飘金井叶，乍闻风定又钟声。薄福荐倾城。

忆江南

挑灯坐，坐久忆年时。薄雾笼花娇欲泣，夜深微月下杨枝。催道太眠迟。　　憔悴去，此恨有谁知？天上人间俱怅望，经声佛火两凄迷。未梦已先疑。

望江南·咏弦月

初八月，半镜上青霄。斜倚画阑娇不语，暗移梅影过红桥。裙带北风飘。

望江南

春去也，人在画楼东。芳草绿粘天一角，落花红沁水三弓。好景共谁同？

生查子

散帙坐凝尘，吹气幽兰并。茶名龙凤团，香字鸳鸯饼。
玉局类弹棋，颠倒双栖影。花月不曾闲，莫放相思醒。

生查子

短焰剔残花，夜久边声寂。倦舞却闻鸡，暗觉青绫湿。
天水接冥蒙，一角西南白。欲渡浣花溪，远梦轻无力。

生查子

惆怅彩云飞，碧落知何许？不见合欢花，空倚相思树。
总是别时情，那得分明语。判得最长宵，数尽厌厌雨。

生查子

东风不解愁，偷展湘裙衩。独夜背纱笼，影着纤腰画。
爇尽水沉烟，露滴鸳鸯瓦。花骨冷宜香，小立樱桃下。

生查子

鞭影落春堤，绿锦障泥卷。脉脉逗菱丝，嫩水吴姬眼。
啮膝带香归，谁整樱桃宴？蜡泪恼东风，旧垒眠新燕。

临江仙

长记碧纱窗外语，秋风吹送归鸦。片帆从此寄天涯，一灯新睡觉，思梦月初斜。　　便是欲归归未得，不如燕子还家。春云春水带轻霞，画船人似月，细雨落杨花。

临江仙

点滴芭蕉心欲碎，声声催忆当初。欲眠还展旧时书。鸳鸯小字，犹记手生疏。　　倦眼乍低缃帙乱，重看一半模糊。幽窗冷雨一灯孤。料应情尽，还道有情无？

临江仙

昨夜个人曾有约。严城玉漏三更。一钩新月几疏星。夜阑犹未寝，人静鼠窥灯。　　原是瞿唐风间阻，错教人恨无情。小阑干外寂无声。几回肠断处，风动护花铃。

临江仙

丝雨如尘云著水，嫣香碎拾吴宫。百花冷暖避东风，酷怜娇易散，燕子学偎红。　　人说病宜随月减，恹恹却与春同。可能留蝶抱花丛，不成双梦影，翻笑杏梁空？

临江仙·寒柳

飞絮飞花何处是？层冰积雪摧残。疏疏一树五更寒。爱他明月好，憔悴也相关。　　最是繁丝摇落后，转教人忆春山。湔裙梦断续应难。西风多少恨，吹不散眉弯。

临江仙·寒柳

带得些儿前夜雪，冻云一树垂垂。东风回首不胜悲。叶干丝未尽，未死只颦眉。　　可忆红泥亭子外，纤腰舞困因谁？如今寂寞待人归。明年依旧绿，知否系斑骓？

临江仙·孤雁

霜冷离鸿惊失伴，有人同病相怜。拟凭尺素寄愁边。愁多书屡易，双泪落灯前。　　莫对月明思往事，也知消减年年。无端嘹唳一声传。西风吹只影，刚是早秋天。

临江仙·谢饷樱桃

绿叶成阴春尽也，守宫偏护星星。留将颜色慰多情，分明千里泪，贮作玉壶冰。　　独卧文园方病渴，强拈红豆酬卿。感卿珍重报流莺，惜花须自爱，休只为花疼。

临江仙·卢龙大树

雨打风吹都似此，将军一去谁怜。画图曾见绿阴圆，旧时遗镞地，今日种瓜田。　　系马南枝犹在否，萧萧欲下长川。九秋黄叶五更烟，只应摇落尽，不必问当年。

临江仙

（塞上得家报云秋海棠开矣，赋此）

六曲阑干三夜雨，倩谁护取娇慵。可怜寂寞粉墙东，已分裙衩绿，犹裹泪绡红。　　曾记鬓边斜落下，半床凉月惺忪。旧欢如在梦魂中，自然肠欲断，何必更秋风。

临江仙·永平道中

独客单衾谁念我，晓来凉雨飕飕。缄书欲寄又还休，个浓憔悴，禁得更添愁。　　曾记年年三月病，而令病向深秋。卢龙风景白人头，药炉烟里，支枕听河流。

临江仙·寄严荪友

别后闲情何所寄，初莺早雁相思。如今憔悴异当时，飘零心事，残月落花知。　　生小不知江上路，分明却到梁溪。匆匆刚欲话分携。香消梦冷，窗白一声鸡。

诉衷情

冷落绣衾谁与伴，倚香篝。春睡起，斜日照梳头。欲写两眉愁，休休。远山残翠收。莫登楼。

虞美人

春情只到梨花薄，片片催零落。斜阳何事近黄昏，不道人间犹有未招魂。　　银笺别记当时句，密绾同心苣。为伊判作梦中人，索向画图影里唤真真。

虞美人

曲闲深处重相见，匀泪偎人颤。凄凉别后两应同，最是不胜清怨月明中。　　半生已分孤眠过，山枕檀痕涴。忆来何事最销魂，第一折枝花样画罗裙。

虞美人

彩云易向秋空散，燕子怜长叹。几翻离合总无因，赢得一回僝僽一回亲。　　归鸿旧约霜前至，可寄香笺字？不如前事不思量，且枕红蕤欹侧看斜阳。

虞美人

银床淅沥青梧老，屟粉秋蛩扫。采香行处蹙连钱，拾得翠翘何恨不能言。　　回廊一寸相思地，落月成孤倚。背灯和月就花阴，已是十年踪迹十年心。

虞美人

残灯风灭炉烟冷，相伴唯孤影。判教狼藉醉清樽，为问世间醒眼是何人？　　难逢易散花间酒，饮罢空搔首。闲愁总付醉来眠，只恐醒时依旧到樽前。

虞美人

高峰独石当头起，冻合双溪水。马嘶人语各西东，行到断崖无路小桥通。　　朔鸿过尽音书杳，客里年华悄。又将丝泪湿斜阳，多少十三陵树乱云黄。

虞美人

凭君料理花间课，莫负当初我。眼看鸡犬上天梯，黄九自招秦七共泥犂。　　瘦狂那似痴肥好，判任痴肥笑。笑他多病与长贫，不及诸公衮衮向风尘。

虞美人

黄昏又听城头角，病起心情恶。药炉初沸短檠青，无那残香半缕恼多情。　　多情自古原多病，清镜怜清影。一声弹指泪如丝，央及东风休遣玉人知。

虞美人

绿阴帘外梧桐影，玉虎牵金井。怕听啼鴂出帘迟，恰到年年今日两相思。　　凄凉满地红心草，此恨谁知道。待将幽忆寄新词，分付芭蕉风定月斜时。

苏幕遮

枕函香，花径漏。依约相逢，絮语黄昏后。时节薄寒人病酒。刬地梨花，彻夜东风瘦。　　掩银屏，垂翠袖。何处吹萧，脉脉情微逗。肠断月明红豆蔻。月似当时，人似当时否？

苏幕遮·咏浴

鬓云松，红玉莹。早月多情，送过梨花影。半晌斜钗慵未整。晕入轻潮，刚爱微风醒。　　露华清，人语静。怕被郎窥，移却青鸾镜。罗袜凌波波不定。小扇单衣，可奈星前冷。

南歌子

翠袖凝寒薄，帘衣入夜空。病容扶起月明中，惹得一丝残篆旧熏笼。　　暗觉欢期过，遥知别恨同。疏花已是不禁风，那更夜深清露湿愁红。

南歌子

暖护樱桃蕊，寒翻蛱蝶翎。东风吹绿渐冥冥，不信一生憔悴伴啼莺。　　素影飘残月，香丝拂绮棂。百花迢递玉钗声，索向绿窗寻梦寄馀生。

南歌子·古戍

古戍饥乌集，荒城野雉飞。何年劫火剩残灰，试看英雄碧血满龙堆。　　玉帐空分垒，金茄已罢吹。东风回首尽成非，不道兴亡命也岂人为。

秋千索

锦帷初卷蝉云绕，却待要起来还早。不成薄睡倚香篝，一缕缕残烟袅。　　绿阴满地红阑悄，更添与催归啼鸟。可怜春去又经时，只莫被人知了。

秋千索

药阑携手销魂侣，争不记看承人处。除向东风诉此情，奈竟日春无语。　　悠扬扑尽风前絮，又百五韶光难住。满地梨花似去年，却多了廉纤雨。

秋千索

游丝断续东风弱，悄无语半垂帘幕。红袖谁招曲槛边，扬一缕秋千索。　　惜花人共残春薄，春欲尽纤腰如削。新月才堪照独愁，却又照梨花落。

秋千索·渌水亭春望

垆边唤酒双鬟亚，春已到卖花帘下。一道香尘碎绿苹，看白袷亲调马。　　烟丝宛宛愁萦挂，剩几笔晚晴图画。半枕芙蕖压浪眠，教费尽莺儿话。

采桑子

彤云久绝飞琼字，人在谁边？人在谁边？今夜玉清眠不眠？　　香销被冷残灯灭，静数秋天，静数秋天，又误心期到下弦。

采桑子

谁翻乐府凄凉曲？风也萧萧，雨也萧萧，瘦尽灯花又一宵。　　不知何事萦怀抱，醒也无聊，醉也无聊，梦也何曾到谢桥。

采桑子

冷香萦遍红桥梦，梦觉城笳。月上桃花，雨歇春寒燕子家。　　箜篌别后谁能鼓，肠断天涯。暗损韶华，一缕茶烟透碧纱。

采桑子

桃花羞作无情死，感激东风。吹落娇红，飞入窗间伴懊侬。　　谁怜辛苦东阳瘦，也为春慵。不及芙蓉，一片幽情冷处浓。

采桑子

拨灯书尽红笺也，依旧无聊。玉漏迢迢，梦里寒花隔玉箫。　　几竿修竹三更雨，叶叶萧萧。分付秋潮，莫误双鱼到谢桥。

采桑子

凉生露气湘弦润，暗滴花梢。帘影谁摇，燕蹴风丝上柳条。　　舞馀镜匣开频掩，檀粉慵调。朝泪如潮，昨夜香衾觉梦遥。

采桑子

土花曾染湘娥黛，铅泪难消。清韵谁敲，不是犀椎是凤翘。　　只应长伴端溪紫，割取秋潮。鹦鹉偷教，方响前头见玉箫。

采桑子

白衣裳凭朱阑立，凉月趖西。点鬓霜微，岁晏知君归不归？　　残更目断传书雁，尺素还稀。一味相思，准拟相看似旧时。

采桑子

而今才道当时错，心绪凄迷。红泪偷垂，满眼春风百事非。　　情知此后来无计，强说欢期。一别如斯，落尽梨花月又西。

采桑子

谢家庭院残更立，燕宿雕梁。月度银墙，不辨花丛那辨香。　　此情已自成追忆，零落鸳鸯。雨歇微凉，十一年前梦一场。

采桑子

海天谁放冰轮满？惆怅离情。莫说离情，但值凉宵总泪零。　　只应碧落重相见，那是今生。可奈今生，刚作愁时又忆卿。

采桑子

那能寂寞芳菲节，欲话生平。夜已三更，一阕悲歌泪暗零。　　须知秋叶春华促，点鬓星星。遇酒须倾，莫问千秋万岁名。

采桑子

严宵拥絮频惊起，扑面霜空。斜汉朦胧，冷逼毡帷火不红。　　香篝翠被浑闲事，回首西风。数尽残钟，一穟灯花似梦中。

采桑子·居庸关

巂周声里严关峙，匹马登登，乱踏黄尘。听报邮签第几程。　　行人莫话前朝事，风雨诸陵，寂寞鱼灯。天寿山头冷月横。

采桑子·咏春雨

嫩烟分染鹅儿柳，一样风丝。似整如欹，才着春寒瘦不支。　　凉侵晓梦轻蝉腻，约略红肥。不惜葳蕤，碾取名香作地衣。

采桑子·塞上咏雪花

非关癖爱轻模样，冷处偏佳。别有根芽，不是人间富贵花。　　谢娘别后谁能惜，飘泊天涯。寒月悲笳，万里西风瀚海沙。

采桑子·九日

深秋绝塞谁相忆？木叶萧萧。乡路迢迢，六曲屏山和梦遥。　　佳时倍惜风光别，不为登高。只觉魂销，南雁归时更寂寥。

添字采桑子

闲愁似与斜阳约，红点苍苔，蛱蝶飞回。又是梧桐新绿影，上阶来。　　天涯望处音尘断，花谢花开，懊恼离怀。空压钿筐金线缕，合欢鞋。

四和香

麦浪翻晴风飐柳，已过伤春候。因甚为他成僝僽，毕竟是春拖逗。　　红药阑边携素手，暖语浓于酒。盼到园花铺似绣，却更比春前瘦。

画堂春

一生一代一双人，争教两处销魂。相思相望不相亲，天为谁春？　　浆向蓝桥易乞，药成碧海难奔。若容相访饮牛津，相对忘贫。

河渎神

凉月转雕阑，萧萧木叶声干。银灯飘箔琐窗间，枕屏几叠秋山。　　朔风吹透青缣被，药炉火暖初沸。清漏沉沉无寐，为伊判得憔悴。

河渎神

风紧雁行高，无边落木萧萧。楚天魂梦与香销，青山暮暮朝朝。　　断续凉云来一缕，飘堕几丝灵雨。今夜冷红浦溆，鸳鸯栖向何处？

木兰花令·拟古决绝词

人生若只如初见，何事秋风悲画扇。等闲变却故人心，却道故人心易变。　　骊山语罢清宵半，泪雨零铃终不怨。何如薄幸锦衣郎，比翼连枝当日愿！

谒金门

风丝袅，水浸碧天清晓。一镜湿云青未了，雨晴春草草。　　梦里轻螺谁扫？帘外落花红小。独睡起来情悄悄，寄愁何处好？

浪淘沙

紫玉拨寒灰，心字全非，疏帘犹自隔年垂。半卷夕阳红雨入，燕子来时。　　回首碧云西，多少心期，短长亭外短长堤。百尺游丝千里梦，无限凄迷。

浪淘沙

夜雨做成秋，恰上心头，教他珍重护风流。端的为谁添病也？更为谁羞？　　密意未曾休，密愿难酬。珠帘四卷月当楼。暗忆欢期真似梦，梦也须留。

浪淘沙

红影湿幽窗，瘦尽春光。雨余花外却斜阳。谁见薄衫低髻子？还惹思量。　　莫道不凄凉，早近持觞。暗思何事断人肠。曾是向他春梦里，瞥遇回廊。

浪淘沙

眉谱待全删，别画秋山，朝云渐入有无间。莫笑生涯浑是梦，好梦原难。　　红咮啄花残，独自凭阑。月斜风起袷衣单。消受春风都一例，若个偏寒？

浪淘沙

双燕又飞还，好景阑珊。东风那惜小眉弯，芳草绿波吹不尽，只隔遥山。　　花雨忆前番，粉泪偷弹。倚楼谁与话春闲，数到今朝三月二，梦见犹难。

浪淘沙

清镜上朝云，宿篆犹熏，一春双袂尽啼痕。那更夜来孤枕侧，又梦归人。　　花低病中身，懒画湘文，藕丝裳带奈销魂。绣榻定知添几线，寂掩重门。

浪淘沙

闷自剔残灯，暗雨空庭，潇潇已是不堪听。那更西风偏着意，做尽秋声。　　城柝已三更，欲睡还醒，薄寒中夜掩银屏。曾染戒香消俗念，怎又多情。

浪淘沙

野店近荒城，砧杵无声。月低霜重莫闲行。过尽征鸿书未寄，梦又难凭。　　身世等浮萍，病为愁成。寒宵一片枕前冰。料得绮窗孤睡觉，一倍关情。

浪淘沙・秋思

霜讯下银塘，并作新凉。奈他青女忒轻狂。端正一枝荷叶盖，护了鸳鸯。　　燕子要还乡，惜别雕梁。更无人处倚斜阳。还是薄情还是恨，仔细思量。

浪淘沙・望海

蜃阙半模糊。踏浪惊呼。任将蠡测笑江湖。沐日光华还浴月，我欲乘桴。　　钓得六鳌无？竿拂珊瑚。桑田清浅问麻姑。水气浮天天接水，那是蓬壶？

南楼令

金液镇心惊，烟丝似不胜。沁鲛绡湘竹无声。不为香桃怜瘦骨，怕容易，减红情。　　将息报飞琼，蛮笺署小名。鉴凄凉片月三星。待寄芙蓉心上露，且道是，解朝酲。

南楼令・塞外重九

古木向人秋，惊蓬掠鬓稠。是重阳何处堪愁。记得当年惆怅事，正风雨，下南楼。　　断梦几能留，香魂一哭休。怪凉蟾空满衾裯。霜落乌啼浑不睡，偏想出，旧风流。

鹧鸪天·离恨

背立盈盈故作羞。手挼梅蕊打肩头。欲将离恨寻郎说，待得郎来恨却休。　　云淡淡，水悠悠。一声横笛锁空楼。何时共泛春溪月，断岸垂杨一叶舟。

玉连环影

何处？几叶萧萧雨。湿尽檐花，花底人无语。掩屏山，玉炉寒。谁见两眉愁聚倚阑干。

玉连环影

才睡。愁压衾花碎。细数更筹，眼看银虫坠。梦难凭，讯难真。只是赚伊终日两眉颦。

唐多令·雨夜

丝雨织红茵，苔阶压绣纹，是年年肠断黄昏。到眼芳菲都惹恨，那更说塞垣春。　　萧飒不堪闻，残妆拥夜分，为梨花深掩重门。梦向金微山下去，才识路，又移军。

少年游

算来好景只如斯，惟许有情知。寻常风月，等闲谈笑，称意即相宜。　　十年青鸟音尘断，往事不胜思。一钩残月，半帘飞絮，总是恼人时。

眼儿媚

重见星娥碧海槎，忍笑却盘鸦。寻常多少，月明风细，今夜偏佳。　　休笼彩笔闲书字，街鼓已三挝。烟丝欲袅，露光微泫，春在桃花。

眼儿媚·中元夜有感

手写香台金字经，惟愿结来生。莲花漏转，杨枝露滴，相鉴微诚。　　欲知奉倩神伤极，凭诉与秋檠。西风不管，一池萍水，几点荷灯。

眼儿媚

独倚春寒掩夕扉，清露泣铢衣。玉箫吹梦，金钗画影，悔不同携。　　刻残红烛曾相待，旧事总依稀。料应遗恨，月中教去，花底催归。

眼儿媚·咏红姑娘

骚屑西风弄晚寒，翠袖倚阑干。霞绡裹处，樱唇微绽，靺鞨红殷。　　故宫事往凭谁问？无恙是朱颜。玉墀争采，玉钗争插，至正年间。

眼儿媚·咏梅

莫把琼花比淡妆，谁似白霓裳。别样清幽，自然标格，莫近东墙。　　冰肌玉骨天分付，兼付与凄凉。可怜遥夜，冷烟和月，疏影横窗。

眼儿媚

林下闺房世罕俦，偕隐足风流。今来忍见，鹤孤华表，人远罗浮。　　中年定不禁哀乐，其奈忆曾游。浣花微雨，采菱斜日，欲去还留。

海棠月・瓶梅

重檐淡月浑如水，浸寒香一片小窗里。双鱼冻合，似曾伴个人无寐。横眸处，索笑而今已矣。

与谁更拥灯前髻，乍横斜疏影疑飞坠。铜瓶小注，休教近麝炉烟气。酬伊也，几点夜深清泪。

减字木兰花

从教铁石，每见花开成惜惜。泪点难消，滴损苍烟玉一条。　　怜伊大冷，添个纸窗疏竹影。记取相思，环佩归来月下时。

减字木兰花・新月

晚妆欲罢，更把纤眉临镜画。准待分明，和雨和烟两不胜。　　莫教星替，守取团圆终必遂。此夜红楼，天上人间一样愁。

减字木兰花

烛花摇影，冷透疏衾刚欲醒。待不思量，不许孤眠不断肠。　　茫茫碧落，天上人间情一诺。银汉难通，稳耐风波愿始从。

减字木兰花

相逢不语，一朵芙蓉着秋雨。小晕红潮，斜溜鬟心只凤翘。　　待将低唤，直为凝情恐人见。欲诉幽怀，转过回阑叩玉钗。

减字木兰花

断魂无据，万水千山何处去？没个音书，尽日东风上绿除。　　故园春好，寄语落花须自扫。莫更伤春，同是恹恹多病人。

减字木兰花

花丛冷眼，自惜寻春来较晚。知道今生，知道今生那见卿。　　天然绝代，不信相思浑不解。若解相思，定与韩凭共一枝。

东风第一枝·桃花

薄劣东风，凄其夜雨，晓来依旧庭院。多情前度崔郎，应叹去年人面。湘帘乍卷，早迷了、画梁栖燕。最娇人清晓莺啼，飞去一枝犹颤。　　背山郭、黄昏开遍。想孤影、夕阳一片。是谁移向亭皋，伴取晕眉青眼。五更风雨，莫减却、春光一线。傍荔墙牵惹游丝，昨夜绛楼难辨。

一丛花·咏并蒂莲

阑珊玉佩罢《霓裳》，相对绾红妆。藕丝风送凌波去，又低头、软语商量。一种情深，十分心苦，脉脉背斜阳。　　色香空尽转生香，明月小银塘。桃根桃叶终相守，伴殷勤、双宿鸳鸯。菰米漂残，沈云乍黑，同梦寄潇湘。

洞仙歌·咏黄葵

铅华不御，看道家妆就。问取旁人入时否。为孤情淡韵，判不宜春，矜标格、开向晚秋时候。　　无端轻薄雨，滴损檀心，小叠宫罗镇长皱。何必诉凄清，为爱秋光，被几日西风吹瘦。便零落蜂黄也休嫌，且对倚斜阳，胜偎红袖。

锦堂春·秋海棠

帘外淡烟一缕，墙阴几簇低花。夜来微雨西风里，无力任欹斜。　　仿佛个人睡起，晕红不着铅华。天寒翠袖添凄楚，愁近欲栖鸦。

卜算子・新柳

娇软不胜垂，瘦怯那禁舞。多事年年二月风，剪出鹅黄缕。　　一种可怜生，落日和烟雨。苏小门前长短条，即渐迷行处。

卜算子

村静午鸡啼，绿暗新阴覆。一展轻帘出画墙，道是端阳酒。　　早晚夕阳蝉，又噪长堤柳。青鬓长青自古谁，弹指黄花九。

卜算子・塞梦

塞草晚才青，日落箫笳动。慽慽凄凄入夜分，催度星前梦。　　小语绿杨烟，怯踏银河冻。行尽关山到白狼，相见唯珍重。

雨霖铃・种柳

横塘如练。日迟帘幕，烟丝斜卷。却从何处移得，章台仿佛，乍舒娇眼。恰带一痕残照，锁黄昏庭院。断肠处又惹相思，碧雾蒙蒙度双燕。　　回阑恰就轻阴转。背风花、不解春深浅。托根幸自天上，曾试把霓裳舞遍。百尺垂垂，早是酒醒莺语如剪。只休隔梦里红楼，望个人儿见。

淡黄柳・咏柳

三眠未歇，乍到秋时节。一树料阳蝉更咽，曾绾灞陵离别。絮已为萍风卷叶，空凄切。　　长条莫轻折。苏小恨，倩他说。尽飘零、游冶章台客。红板桥空，湔裙人去，依旧晓风残月。

洛阳春・雪

密洒征鞍无数，冥迷远树。乱山重叠杳难分，似五里蒙蒙雾。　　惆怅琐窗深处，湿花轻絮。当时悠扬得人怜，也都是浓香助。

梅梢雪・元夜月蚀

星球映彻，一痕微褪梅梢雪。紫姑待话经年别，窃药心灰，慵把菱花揭。　　踏歌才起清钲歇，扇纨仍似秋期洁。天公毕竟风流绝，教看蛾眉，特放些时缺。

点绛唇

一种蛾眉，下弦不似初弦好。庾郎未老，何事伤心早？　　素壁斜辉，竹影横窗扫。空房悄，乌啼欲晓，又下西楼了。

点绛唇

小院新凉，晚来顿觉罗衫薄。不成孤酌，形影空酬酢。　　萧寺怜君，别绪应萧索。西风恶，夕阳吹角，一阵槐花落。

点绛唇·黄花城早望

五夜光寒，照来积雪平于栈。西风何限？自起披衣看。　　时此茫茫，不觉成长叹。何时旦？晓星欲散，飞起平沙雁。

点绛唇·咏风兰

别样幽芬，更无浓艳催开处。凌波欲去，且为东风住。　　忒煞萧疏，怎耐秋如许？还留取，冷香半缕，第一湘江雨。

点绛唇·寄南海梁药亭

一帽征尘，留君不住从君去。片帆何处？南浦沉香雨。　　回首风流，紫竹村边住。孤鸿语。三生定许，可是梁鸿侣。

南乡子·秋莫村居

红叶满寒溪，一路空山万木齐。试上小楼极目望，高低，一片烟笼十里陂。　　吠犬杂鸣鸡，灯火荧荧归路迷。乍逐横山时近远，东西，家在寒林独掩扉。

南乡子·为亡妇题照

泪咽更无声，止向从前悔薄情。凭仗丹青重省识，盈盈，一片伤心画不成。　　别语忒分明，午夜鹣鹣梦早醒。卿自早醒侬自梦，更更，泣尽风前夜雨铃。

南乡子

烟暖雨初收，落尽繁花小院幽。摘得一双红豆子，低头，说着分携泪暗流。　　人去似春休，卮酒曾将酹石尤。别自有人桃叶渡，扁舟，一种烟波各自愁。

南乡子

飞絮晚悠扬，斜日波纹映画梁。刺绣女儿楼上立，柔肠，爱看晴丝百尺长。　　风定却闻香，吹落残红在绣床。休堕玉钗惊比翼，双双，共唼蘋花绿满塘。

南乡子·捣衣

鸳瓦已新霜，欲寄寒衣转自伤。见说征夫容易瘦，端相，梦里回时仔细量。　　支枕怯空房，且拭清砧就月光。已是深秋兼独夜，凄凉，月到西南更断肠。

南乡子

何处淬吴钩？一片城荒枕碧流。曾是当年龙战地，飕飕。塞草霜风满地秋。　　霸业等闲休。跃马横戈总白头。莫把韶华轻换了，封侯。多少英雄只废丘。

南乡子·柳沟晓发

灯影伴鸣梭，织女依然怨隔河。曙色远连山色起，青螺，回首微茫忆翠蛾。　　凄切客中过，料抵秋闺一半多。一世疏狂应为着，横波，作个鸳鸯消得么？

朝中措

蜀弦秦柱不关情，尽日掩云屏。己惜轻翎退粉，更嫌弱絮为萍。　　东风多事，馀寒吹散，烘暖微酲。看尽一帘红雨，为谁亲系花铃？

雨中花·送徐艺初归昆山

天外孤帆云外树，看又是春随人去。水驿灯昏，关城月落，不算凄凉处。　　计程应惜天涯暮，打叠起伤心无数。中坐波涛，眼前冷暖，多少人难语。

雨中花

楼上疏烟楼下路，正招余、绿杨深处。奈卷地西风，惊回残梦，几点打窗雨。　　夜深雁掠东檐去。赤憎是、断魂砧杵。算酌酒忘忧，梦阑酒醒，梦思知何许！

念奴娇

绿杨飞絮，叹沉沉院落、东归何许？尽日缁尘吹绮陌，迷却梦游归路。世事悠悠，生涯非是，醉眼斜阳暮。伤心怕问，断魂何处金鼓？　　夜来月色如银，和衣独拥，花影疏窗度。脉脉此情谁得识？又道故人别去。细数落花，更阑未睡，别是闲情绪。闻余长叹，西廊唯有鹦鹉。

念奴娇·废园有感

片红飞减，甚东风不语、只催漂泊。石上胭脂花上露，谁与画眉商略。碧甃瓶沉，紫钱钗掩，雀踏金铃索。韶华如梦，为寻好梦担阁。　　又是金粉空梁，定巢燕子，满地香泥落。欲写华笺凭寄与，多少心情难托。梅豆圆时，柳绵飘处，失记当时约。斜阳冉冉，断魂分付残角。

念奴娇

人生能几？总不如休惹、情条恨叶。刚是尊前同一笑，又到别离时节。灯灺挑残，炉烟爇尽，无语空凝咽。一天凉露，芳魂此夜偷接。　　怕见人去楼空，柳枝无恙，犹扫窗间月。无分暗香深处住，悔把兰襟亲结。尚暖檀痕，犹寒翠影，触绪添悲切。愁多成病，此愁知向谁说？

念奴娇·宿汉儿村

无情野火，趁西风烧遍、天涯芳草。榆塞重来冰雪里，冷入鬓丝吹老。牧马长嘶，征笳互动，并入愁怀抱。定知今夕，庾郎瘦损多少。　　便是脑满肠肥，尚难消受，此荒烟落照。何况文园憔悴后，非复酒垆风调。回乐峰寒，受降城远，梦向家山绕。茫茫百感，凭高唯有清啸。

浣溪沙

（西郊冯氏园看海棠，因忆《香严词》有感）

谁道飘零不可怜，旧游时节好花天，断肠人去自今年。

一片晕红才着雨，晚风吹掠鬓云偏。倩魂销尽夕阳前。

浣溪沙

残雪凝辉冷画屏。落梅横笛已三更，更无人处月胧明。

我是人间惆怅客，知君何事泪纵横。断肠声里忆平生。

浣溪沙

伏雨朝寒愁不胜，那能还傍杏花行？去年高摘斗轻盈。

漫惹炉烟双袖紫，空将酒晕一衫青。人间何处问多情？

浣溪沙

抛却无端恨转长，慈云稽首返生香。妙莲花说试推详。
但是有情皆满愿，更从何处着思量。篆烟残烛并回肠。

浣溪沙

容易浓香近画屏，繁枝影着半窗横，风波狭路倍怜卿。
未接语言犹怅望，才通商略已瞢腾。只嫌今夜月偏明。

浣溪沙

旋拂轻容写洛神，须知浅笑是深颦，十分天与可怜春。
掩抑薄寒施软障，抱持纤影藉芳茵。未能无意下香尘。

浣溪沙

十二红帘窣地深，才移刬袜又沉吟，晚晴天气惜轻阴。
珠衱佩囊三合字，宝钗拢髻两分心。定缘何事湿兰襟？

浣溪沙

一半残阳下小楼，朱帘斜控软金钩，倚阑无绪不能愁。
有个盈盈骑马过，薄妆浅黛亦风流。见人羞涩却回头。

浣溪沙

锦样年华水样流，鲛珠迸落更难收。病馀常是怯梳头。
一径绿云修竹怨，半窗红日落花愁。愔愔只是下帘钩。

浣溪沙

肠断班骓去未还，绣屏深锁凤箫寒，一春幽梦有无间。
逗雨疏花浓淡改，关心芳草浅深难。不成风月转摧残？

浣溪沙

万里阴山万里沙，谁将绿鬓斗霜华？年来强半在天涯。
魂梦不离金屈戍，画图亲展玉鸦叉。生怜瘦减一分花。

浣溪沙·咏五更，和湘真韵

微晕娇花湿欲流，簟纹灯影一生愁，梦回疑在远山楼。
残月暗窥金屈戍，软风徐荡玉帘钩。待听邻女唤梳头。

浣溪沙

消息谁传到拒霜？两行斜雁碧天长，晚秋风景倍凄凉。
银蒜押帘人寂寂，玉钗敲竹信茫茫。黄花开也近重阳。

浣溪沙

雨歇梧桐泪乍收，遣怀翻自忆从头，摘花销恨旧风流。
帘影碧桃人已去，屧痕苍藓径空留。两眉何处月如钩？

浣溪沙

欲问江梅瘦几分，只看愁损翠罗裙，麝篝衾冷惜馀熏。
可奈暮寒长倚竹，便教春好不开门。枇杷花底校书人。

浣溪沙

泪浥红笺第几行，唤人娇鸟怕开窗，那更闲过好时光。
屏障厌看金碧画，罗衣不耐水沉香。遍翻眉谱只寻常。

浣溪沙

睡起惺忪强自支，绿倾蝉鬓下帘时，夜来愁损小腰肢。
远信不归空伫望，幽期细数却参差。更兼何事耐寻思？

浣溪沙

记绾长条欲别难，盈盈自此隔银湾，便无风雪也摧残。
青雀几时裁锦字，玉虫连夜剪春旛。不禁辛苦况相关。

浣溪沙

五字诗中目乍成，尽教残福折书生，手挼裙带那时情。
别后心期和梦杳，年来憔悴与愁并。夕阳依旧小窗明。

浣溪沙

谁念西风独自凉，萧萧黄叶闭疏窗，沉思往事立残阳。
被酒莫惊春睡重，赌书消得泼茶香。当时只道是寻常。

浣溪沙

十八年来堕世间，吹花嚼蕊弄冰弦，多情情寄阿谁边？
紫玉钗斜灯影背，红绵粉冷枕函偏。相看好处却无言。

浣溪沙

莲漏三声烛半条，杏花微雨湿轻绡，那将红豆寄无聊？
春色已看浓似酒，归期安得信如潮。离魂入夜倩谁招？

浣溪沙

凤髻抛残秋草生，高梧湿月冷无声，当时七夕有深盟。
信得羽衣传钿合，悔教罗袜送倾城。人间空唱雨淋铃！

浣溪沙

肯把离情容易看，要从容易见艰难。难抛往事一般般。
今夜灯前形共影，枕函虚置翠衾单。更无人与共春寒。

浣溪沙·大觉寺

燕垒空梁画壁寒，诸天花雨散幽关。篆香清梵有无间。
蛱蝶乍从帘影度，樱桃半是鸟衔残。此时相对一忘言。

浣溪沙

已惯天涯莫浪愁，寒云衰草渐成秋。漫因睡起又登楼。
伴我萧萧惟代马，笑人寂寂有牵牛。劳人只合一生休。

浣溪沙

败叶填溪水已冰，夕阳犹照短长亭，行来废寺失题名。
驻马客临碑上字，斗鸡人拨佛前灯。劳劳尘世几时醒？

浣溪沙·姜女祠

海色残阳影断霓，寒涛日夜女郎祠。翠钿尘网上蛛丝。
澄海楼高空极目，望夫石在且留题。六王如梦祖龙非。

浣溪沙

身向云山那畔行，北风吹断马嘶声，深秋远塞若为情！
一抹晚烟荒戍垒，半竿斜日旧关城。古今幽恨几时平！

浣溪沙

脂粉塘空遍绿苔，掠泥营垒燕相催。妒他飞去却飞回。
一骑近从梅里过，片帆遥自藕溪来。博山香烬未全灰。

浣溪沙

十里湖光载酒游，青帘低映白蘋洲。西风听彻采菱讴。
沙岸有时双袖拥，画船何处一竿收。归来无语晚妆楼。

浣溪沙

五月江南麦已稀，黄梅时节雨霏微，闲看燕子教雏飞。
一水浓阴如罨画，数峰无恙又晴晖。湔裙谁独上鱼矶。

浣溪沙・古北口

杨柳千条送马蹄，北来征雁旧南飞，客中谁与换春衣？
终古闲情归落照，一春幽梦逐游丝。信回刚道别多时。

浣溪沙·红桥怀古，和王阮亭韵

无恙年年汴水流，一声水调短亭秋，旧时明月照扬州。

惆怅绛河何处去？绿杨清瘦绾离愁。至今鼓吹竹西楼。

浣溪沙

欲寄愁心朔雁边，西风浊酒惨离筵，黄花时节碧云天。

古戍烽烟迷斥堠，夕阳村落解鞍鞯。不知征战几人还？

浣溪沙·小兀喇

桦屋鱼衣柳作城，蛟龙鳞动浪花腥。飞扬应逐海东青。

犹记当年军垒迹，不知何处梵钟声。莫将兴废话分明。

浣溪沙·寄严荪友

藕荡桥边理钓筩，苎萝西去五湖东，笔床茶灶太从容。

况有短墙银杏雨，更兼高阁玉兰风。画眉闲了画芙蓉。

摊破浣溪沙

一霎灯前醉不醒，恨如春梦畏分明。淡月淡云窗外雨，一声声。　　人到情多情转薄，而今真个不多情。

又听鹧鸪啼遍了，短长亭。

蝶恋花·散花楼送客

城上清笳城下杵。秋尽离人，此际心偏苦。刀尺又催天又暮，一声吹冷蒹葭浦。　把酒留君君不住。莫被寒云，遮断君行处。行宿黄茅山店路，夕阳村社迎神鼓。

蝶恋花

准拟春来消寂寞。愁雨愁风，翻把春担阁。不为伤春情绪恶，为怜镜里颜非昨。　毕竟春光谁领略。九陌缁尘，抵死遮云壑。若得寻春终遂约，不成长负东君诺。

蝶恋花·出塞

今古河山无定数。画角声中，牧马频来去。满目荒凉谁可语？西风吹老丹枫树。　幽怨从前何处诉。铁马金戈，青冢黄昏路。一往情深深几许，深山夕照深秋雨。

蝶恋花

辛苦最怜天上月，一昔如环，昔昔长如玦。但似月轮终皎洁，不辞冰雪为卿热。　　无奈尘缘容易绝，燕子依然，软踏帘钩说。唱罢秋坟愁未歇，春丛认取双栖蝶。

蝶恋花

眼底风光留不住，和暖和香，又上雕鞍去。欲倩烟丝遮别路，垂杨那是相思树？　　惆怅玉颜成闲阻，何事东风，不作繁华主。断带依然留乞句，斑骓一系无寻处。

蝶恋花

又到绿杨曾折处，不语垂鞭，踏遍清秋路。衰草连天无意绪，雁声远向萧关去。　　不恨天涯行役苦，只恨西风，吹梦成今古。明日客程还几许，沾衣况是新寒雨。

蝶恋花

萧瑟兰成看老去，为怕多情，不作怜花句。阁泪倚花愁不语，暗香飘尽知何处？　　重到旧时明月路。袖口香寒，心比秋莲苦。休说生生花里住，惜花人去花无主。

蝶恋花·夏夜

露下庭柯蝉响歇。纱碧如烟，烟里玲珑月。并着香肩无可说，樱桃暗吐丁香结。　　笑卷轻衫鱼子缬。试扑流萤，惊起双栖蝶。瘦断玉腰沾粉叶，人生那不相思绝。

蝶恋花

尽日惊风吹木叶。极目嵯峨，一丈天山雪。去去丁零愁不绝，那堪客里还伤别。　　若道客愁容易辍。除是朱颜，不共春销歇。一纸寄书和泪折，红闺此夜团圞月。

台城路·上元

阑珊火树鱼龙舞，望中宝钗楼远。**鞢鞨**馀红，琉璃剩碧，待属花归缓缓。寒轻漏浅。正乍敛烟霏，陨星如箭。旧事惊心，一双莲影藕丝断。　　莫恨流年似水，恨消残蝶粉，韶光忒贱。细语吹香，暗尘笼鬓，都逐晓风零乱。阑干敲遍。问帘低纤纤，甚时重见？不解相思，月华今夜满。

台城路·塞外七夕

白狼河北秋偏早，星桥又迎河鼓。清漏频移，微云欲湿，正是金风玉露。两眉愁聚。待归踏榆花，那时才诉。只恐重逢，明明相视更无语。　　人间别离无数。向瓜果筵前，碧天凝伫。连理千花，相思一叶，毕竟随风何处。羁栖良苦。算未抵空房，冷香啼曙。今夜天孙，笑人愁似许。

台城路·洗妆台怀古

六宫佳丽谁曾见，层台尚临芳渚。露脚斜飞，虹腰欲断，荷叶未收残雨。添妆何处，试问取雕笼，雪衣分付。一镜空蒙，鸳鸯拂破白蘋去。　　相传内家结束，有帕装孤稳，靴缝女古。冷艳全消，苍苔玉匣，翻出十眉遗谱。人间朝暮。看胭粉亭西，几堆尘土。只有花铃，绾风深夜语。

御带花·重九夜

晚秋却胜春天好，情在冷香深处。朱楼六扇小屏山，寂寞几分尘土。虬尾烟消，人梦觉、碎虫零杵。便强说欢娱，总是无憀心绪。　　转忆当年，消受尽皓腕红萸，嫣然一顾。如今何事，向禅榻茶烟，怕歌愁舞。玉粟寒生，且领略月明清露。叹此际凄凉，何必更满城风雨。

风流子·秋郊射猎

平原草枯矣，重阳后，黄叶树骚骚。记玉勒青丝，落花时节，曾逢拾翠，忽忆吹箫。今来是，烧痕残碧尽，霜影乱红凋。秋水映空，寒烟如织，皂雕飞处，天惨云高。　　人生须行乐，君知否，容易两鬓萧萧。自与东君作别，刬地无柳。算功名何似，等闲博得，短衣射虎，沽酒西郊。便向夕阳影里，倚马挥毫。

清平乐

将愁不去，秋色行难住。六曲屏山深院宇，日日风风雨雨。　　雨晴篱菊初香，人言此日重阳。回首凉云暮叶，黄昏无限思量。

清平乐·秋思

凉云万叶，断送清秋节。寂寂绣屏香篆灭，暗里朱颜消歇。　　谁怜照影吹笙，天涯芳草关情。懊恼隔帘幽梦，半床花月纵横。

清平乐

塞鸿去矣，锦字何时寄？记得灯前佯忍泪，却问明朝行未。　　别来几度如珪，飘零落叶成堆。一种晓寒残梦，凄凉毕竟因谁？

清平乐

烟轻雨小，望里青难了。一缕断虹垂树杪，又是乱山残照。　　凭高目断征途，暮云千里平芜。日夜河流东下，锦书应记双鱼。

清平乐

凄凄切切，惨淡黄花节。梦里砧声浑未歇，那更乱蛩悲咽。　　尘生燕子空楼，抛残弦索床头。一样晓风残月，而今触绪添愁。

清平乐

青陵蝶梦，倒挂怜么凤。褪粉收香情一种，栖傍玉钗偷共。　　愔愔镜阁飞蛾，谁传锦字秋河？莲子依然隐雾，菱花偷惜横波。

清平乐

风鬟雨鬓，偏是来无准。倦倚玉阑看月晕，容易语低香近。　　软风吹遍窗纱，心期便隔天涯。从此伤春伤别，黄昏只对梨花。

清平乐

画屏无睡，雨点惊风碎。贪话零星兰焰坠，闲了半床红被。　　生来柳絮飘零，便教咒也无灵。待问归期还未，已看双睫盈盈。

清平乐·忆梁汾

才听夜雨，便觉秋如许。绕砌蛩螿人不语，有梦转愁无据。　　乱山千叠横江，忆君游倦何方。知否小窗红烛，照人此夜凄凉。

清平乐·元夜月蚀

瑶华映阙，烘散蓂墀雪。比拟寻常清景别，第一团栾时节。　　影蛾忽泛初弦，分辉借与宫莲。七宝修成合璧，重轮岁岁中天。

清平乐·发汉儿村题壁

参横月落，客绪从谁托。望里家山云漠漠，似有红楼一角。　　不如意事年年，消磨绝塞风烟。输与五陵公子，此时梦绕花前。

清平乐

角声哀咽，襆被驮残月。过去华年如电掣，禁得番番离别。　　一鞭冲破黄埃，乱山影里徘徊。蓦忆去年今日，十三陵下归来。

清平乐

麝烟深漾，人拥缑笙氅。新恨暗随新月长，不辨眉尖心上。　　六花斜扑疏帘，地衣红锦轻沾。记取暖香如梦，耐他一晌寒严。

清平乐·弹琴峡题壁

泠泠彻夜，谁是知音者？如梦前朝何处也，一曲边愁难写。　　极天关塞云中，人随雁落西风。唤取红襟翠袖，莫教泪洒英雄。

琵琶仙·中秋

碧海年年，试问取冰轮，为谁圆缺。吹到一片秋香，清辉了如雪。愁中看好天良夜，争知道尽成悲咽。只影而今，那堪重对，旧时明月。　　花径里戏捉迷藏，曾惹下萧萧井梧叶。记否轻纨小扇，又几番凉热。止落得填膺百感，总茫茫不关离别。一任紫玉无情，夜寒吹裂。

忆秦娥

春深浅，一痕摇漾青如剪。青如剪，鹭鸶立处，烟芜平远。　　吹开吹谢东风倦，缃桃自惜红颜变。红颜变，兔葵燕麦，重来相见。

忆秦娥

长飘泊，多愁多病心情恶。心情恶，模糊一片，强分哀乐。　　拟将欢笑排离索，镜中无奈颜非昨。颜非昨，才华尚浅，因何福薄？

海棠春

落红片片浑如雾，不教更觅桃源路。香径晚风寒，月在花飞处。　　蔷薇影暗空凝贮，任碧飐轻衫萦住。惊起早栖鸦，飞过秋千去。

菩萨蛮·早春

晓寒瘦着西南月，丁丁漏箭馀香咽。春已十分宜，东风无是非。　　蜀魂羞顾影，玉照斜红冷。谁唱《后庭花》，新年忆旧家。

菩萨蛮

为春憔悴留春住，那禁半霎催归雨。深巷卖樱桃，雨馀红更娇。　　黄昏清泪阁，忍便花飘泊。消得一声莺，东风三月情。

菩萨蛮

荒鸡再咽天难晓，星榆落尽秋将老。毡幕绕牛羊，敲冰饮酪浆。　　山程兼水宿，漏点清钲续。正是梦回时，拥衾无限思。

菩萨蛮

榛荆满眼山城路，征鸿不为愁人住。何处是长安，湿云吹雨寒。　　丝丝心欲碎，应是悲秋泪。泪向客中多，归时又奈何！

菩萨蛮

飘蓬只逐惊飙转，行人过尽烟光远。立马认河流，茂陵风雨秋。　　寂寥行殿锁，梵呗琉璃火。塞雁与宫鸦，山深日易斜。

菩萨蛮

惊飙掠地冬已半，解鞍正值昏鸡乱。冰合大河流，茫茫一片愁。　　烧痕空极望，鼓角高城上。明日近长安，客心愁未阑。

菩萨蛮

淡花瘦玉轻妆束，粉融轻汗红绵扑。妆罢只思眠，江南四月天。　　绿阴帘半揭，此景清幽绝。行度竹林风，单衫杏子红。

菩萨蛮

窗前桃蕊娇如倦，东风泪洗胭脂面。人在小红楼，离情唱《石州》。　　夜来双燕宿，灯背屏腰绿。香尽雨阑珊，薄衾寒不寒？

菩萨蛮

新寒中酒敲窗雨，残香细学秋情绪。端的是怀人，青衫有泪痕。　　相思不似醉，闷拥孤衾睡。记得别伊时，桃花柳万丝。

菩萨蛮

萧萧几叶风兼雨，离人偏识长更苦。欹枕数秋天，蟾蜍下早弦。　　夜寒惊被薄，泪与灯花落。无处不伤心，轻尘在玉琴。

菩萨蛮

催花未歇花奴鼓，酒醒已见残红舞。不忍覆馀觞，临风泪数行。　　粉香看欲别，空剩当时月。月也异当时，凄清照鬓丝。

菩萨蛮

春云吹散湘帘雨，絮粘蝴蝶飞还住。人在玉楼中，楼高四面风。　　柳烟丝一把，暝色笼鸳瓦，休近小阑干，夕阳无限山。

菩萨蛮

隔花才歇廉纤雨，一声弹指浑无语。梁燕自双归，长条脉脉垂。　　小屏山色远，妆薄铅华浅。独自立瑶阶，透寒金缕鞋。

菩萨蛮

乌丝画作回文纸，香煤暗蚀藏头字。筝雁十三双，输他作一行。　　相看仍似客，但道休相忆。索性不还家，落残红杏花。

菩萨蛮

阑风伏雨催寒食，樱桃一夜花狼藉。刚与病相宜，琐窗熏绣衣。　　画眉烦女伴，央及流莺唤。半晌试开奁，娇多直自嫌。

菩萨蛮

晶帘一片伤心白，云鬟香雾成遥隔。无语问添衣，桐阴月已西。　　西风鸣络纬，不许愁人睡。只是去年秋，如何泪欲流。

菩萨蛮

梦回酒醒三通鼓，断肠啼鴂花飞处。新恨隔红窗，罗衫泪几行。　　相思何处说，空有当时月。月也异当时，团栾照鬓丝。

菩萨蛮

朔风吹散三更雪，倩魂犹恋桃花月。梦好莫催醒，由他好处行。　　无端听画角，枕畔红冰薄。塞马一声嘶，残星拂大旗。

菩萨蛮·为陈其年题照

《乌丝》曲倩红儿谱，萧然半壁惊秋雨。曲罢髻鬟偏，风姿真可怜。　　须髯浑似戟，时作簪花剧。背立讶卿卿，知卿无那情。

菩萨蛮·过张见阳山居，赋赠

车尘马迹纷如织，羡君筑处真幽僻。柿叶一林红，萧萧四面风。　　功名应看镜，明月秋河影。安得此山间，与君高卧闲。

菩萨蛮·回文

雾窗寒对遥天暮，暮天遥对寒窗雾。花落正啼鸦，鸦啼正落花。　　袖罗垂影瘦，瘦影垂罗袖。风剪一丝红，红丝一剪风。

菩萨蛮·回文

客中愁损催寒夕，夕寒催损愁中客。门掩月黄昏，昏黄月掩门。　　翠衾孤拥醉，醉拥孤衾翠。醒莫更多情，情多更莫醒。

菩萨蛮·回文

研笺银粉残煤画，画煤残粉银笺研。清夜一灯明，明灯一夜清。　　片花惊宿燕，燕宿惊花片。亲自梦归人，人归梦自亲。

菩萨蛮·寄梁汾苕中

知君此际情萧索，黄芦苦竹孤舟泊。烟白酒旗青，水村鱼市晴。　　柁楼今夕梦，脉脉春寒送。直过画眉桥，钱塘江上潮。

菩萨蛮

问君何事轻离别，一年能几团栾月？杨柳乍如丝，故园春尽时。　　春归归不得，两桨松花隔。旧事逐寒潮，啼鹃恨未消。

菩萨蛮·宿滦河

玉绳斜转疑清晓，凄凄月白渔阳道。星影漾寒沙，微茫织浪花。　　金笳鸣故垒，唤起人难睡。无数紫鸳鸯，共嫌今夜凉。

菩萨蛮

黄云紫塞三千里，女墙西畔啼乌起。落日万山寒，萧萧猎马还。　笳声听不得，入夜空城黑。秋梦不归家，残灯落碎花。

太常引·自题小照

西风乍起峭寒生，惊雁避移营。千里暮云平，休回首长亭短亭。　无穷山色，无边往事，一例冷清清。试倩玉萧声，唤千古英雄梦醒。

太常引

晚来风起撼花铃，人在碧山亭。愁里不堪听，那更杂泉声雨声。　无凭踪迹，无聊心绪，谁说与多情。梦也不分明，又何必催教梦醒。

忆王孙

暗怜双绁郁金香。欲梦天涯思转长。几夜东风昨夜霜。减容光。莫为繁花又断肠。

忆王孙

西风一夜剪芭蕉。倦眼经秋耐寂寥？强把心情付浊醪。读《离骚》。愁似湘江日夜潮。

忆王孙

刺桐花下是儿家。已拆秋千未采茶。睡起重寻好梦赊。忆交加。倚着闲窗数落花。

于中好

独背残阳上小楼，谁家玉笛韵偏幽？一行白雁遥天暮，几点黄花满地秋。　惊节序，叹沉浮，秾华如梦水东流。人间所事堪惆怅，莫向横塘问旧游。

于中好

小构园林寂不哗，疏篱曲径仿人家。昼长吟罢《风流子》，忽听楸枰响碧纱。　添竹石，伴烟霞。拟凭尊酒慰年华。休嗟髀里今生肉，努力春来自种花。

于中好

雁贴寒云次第飞，向南犹自怨归迟。谁能瘦马关山道，又到西风扑鬓时。　　人杳杳，思依依，更无芳树有乌啼。凭将扫黛窗前月，持向今朝照别离。

于中好

别绪如丝睡不成，那堪孤枕梦边城。因听紫塞三更雨，却忆红楼半夜灯。　　书郑重，恨分明，天将愁味酿多情。起来呵手封题处，偏到鸳鸯两字冰。

于中好

冷露无声夜欲阑，栖鸦不定朔风寒。生憎画鼓楼头急，不放征人梦里还。　　秋淡淡，月弯弯，无人起向月中看。明朝匹马相思处，如隔千山与万山。

于中好

谁道阴山行路难？风毛雨血万人欢。松梢露点沾鹰绁，芦叶溪深没马鞍。　　依树歇，映林看。黄羊高宴簇金盘。萧萧一夕霜风紧，却拥貂裘怨早寒。

于中好

（十月初四夜风雨，其明日是亡妇生辰）

尘满疏帘素带飘，真成暗度可怜宵。几回偷湿青衫泪，忽傍犀奁见翠翘。　　唯有恨，转无聊，五更依旧落花朝。衰杨叶尽丝难尽，冷雨西风幂画桥。

于中好

（送梁汾南还，为题小影）

握手西风泪不干，年来多在别离间。遥知独听灯前雨，转忆同看雪后山。　　凭寄语，劝加餐，桂花时节约重还。分明小像沉香缕，一片伤心欲画难。

于中好·咏史

马上吟成促渡江，分明闰气属闺房。生憎久闭铜铺暗，花冷回心玉一床。　　添哽咽，足凄凉，谁教生得满身香。只今西海年年月，犹为萧家照断肠。

满庭芳·题元人芦洲聚雁图

似有猿啼，更无渔唱，依稀落尽丹枫。湿云影里，点点宿宾鸿。占断沙洲寂寞，寒潮上、一抹烟笼。全不似，半江瑟瑟，相映半江红。　　楚天秋欲尽，荻花吹处，竟日冥蒙。近黄陵祠庙，莫采芙蓉。我欲行吟去也，应难问、骚客遗踪。湘灵杳，一樽遥酹，还欲认青峰。

满庭芳

堠雪翻鸦，河冰跃马，惊风吹度龙堆。阴磷夜泣，此景总堪悲。待向中宵起舞，无人处、那有村鸡。只应是、金笳暗拍，一样泪沾衣。　　须知今古事，棋枰胜负，翻覆如斯。叹纷纷蛮触，回首成非。剩得几行青史，斜阳下、断碣残碑。年华共，混同江水，流去几时回。

水调歌头・题西山秋爽图

空山梵呗静，水月影俱沉。悠然一境人外，都不许尘侵。岁晚忆曾游处，犹记半竿斜照，一抹映疏林。绝顶茅庵里，老衲正孤吟。　　云中锡，溪头钓，涧边琴。此生着几两屐，谁识卧游心。准拟乘风归去，错向槐安回首，何日得投簪。布袜青鞵约，但向画图寻。

水调歌头·题岳阳楼图

落日与湖水，终古岳阳城。登临半是迁客，历历数题名。欲问遗踪何处，但见微波木叶，几簇打鱼罾。多少别离恨，哀雁下前汀。　　忽宜雨，旋宜月，更宜晴。人间无数金碧，未许着空明。淡墨生绡谱就，待倩横拖一笔，带出九疑青。仿佛潇湘夜，鼓瑟旧精灵。

凤凰台上忆吹箫·守岁

锦瑟何年，香屏此夕，东风吹送相思。记巡檐笑罢，共捻梅枝。还向烛花影里，催教看、燕蜡鸡丝。如今但、一编消夜，冷暖谁知？　　当时。欢娱见惯，道岁岁琼筵，玉漏如斯。怅难寻旧约，枉费新词。次第朱旛剪彩，冠儿侧、斗转蛾儿。重验取，卢郎清鬓，未觉春迟。

凤凰台上忆吹箫

（除夕得梁汾闽中信，因赋）

荔粉初装，桃符欲换，怀人拟赋然脂。喜螺江双鲤，忽展新词。稠叠频年离恨，匆匆里、一纸难题。分明见、临缄重发，欲寄迟迟。　　心知。梅花佳句，待粉郎香令，再结相思。记画屏今夕，曾共题诗。独客料应无睡，慈恩梦、那值微之。重来日，梧桐夜雨，却话秋池。

剪梧桐·自度曲

新睡觉，正漏尽乌啼欲晓。屏侧坠钗扶不起，泪浥馀香悄悄。任百种思量都来，拥枕薄衾颠倒。土木形骸，自甘憔悴，只平白占伊怀抱。听萧萧一剪梧桐，此日秋光应到。　　若不是忧能伤人，怎青镜朱颜便老。慧业重来偏命薄，悔不梦中过了。忆少日清狂，花间马上，软风斜照。端的而今，误因疏起，却懊恼误人年少。料应他此际闲眠，一样百愁难扫。

明月棹孤舟·海淀

一片亭亭空凝伫。趁西风霓裳遍舞。白鸟惊飞，菰蒲叶乱，断续浣纱人语。　　丹碧驳残秋夜雨。风吹去采菱越女。辘轳声断，昏鸦欲起，多少博山情绪？

昭君怨

暮雨丝丝吹湿，倦柳愁荷风急。瘦骨不禁秋，总成愁。别有心情怎说？未是诉愁时节。谯鼓已三更，梦须成。

昭君怨

深禁好春谁惜？薄暮瑶阶伫立。别院管弦声，不分明。又是梨花欲谢，绣被春寒今夜。寂寂锁朱门，梦承恩。

水龙吟·题文姬图

须知名士倾城，一般易到伤心处。柯亭响绝，四弦才断，恶风吹去。万里他乡，非生非死，此身良苦。对黄沙白草，呜呜卷叶，平生恨，从头谱。　　应是瑶台伴侣。只多了、毡裘夫妇。严寒觱篥，几行乡泪，应声如雨。尺幅重披，玉颜千载，依然无主。怪人间厚福，天公尽付，痴儿呆女。

水龙吟·再送荪友南还

人生南北真如梦，但卧金山高处。白波东逝，鸟啼花落，任他日暮。别酒盈觞，一声将息，送君归去。便烟波万顷，半帆残月，几回首，相思否。　　可忆柴门深闭，玉绳低、剪灯夜语。浮生如此，别多会少，不如莫遇。愁对西轩，荔墙叶暗，黄昏风雨。更那堪几处，金戈铁马，把凄凉助。

赤枣子

惊晓漏，护春眠。格外娇慵只自怜。寄语酿花风日好，绿窗来与上琴弦。

赤枣子

风淅淅，雨纤纤。难怪春愁细细添。记不分明疑是梦，梦来还隔一重帘。

酒泉子

谢却荼蘼，一片月明如水。篆香消，犹未睡，早鸦啼。　　嫩寒无赖罗衣薄，休傍阑干角。最愁人，灯欲落，雁还飞。

摸鱼儿·送座主德清蔡夫子

问人生、头白京国，自来何事消得。不如罨画溪上，蓑笠扁舟一只。人不识。且笑煮鲈鱼，趁着莼丝碧。无端酸鼻。向歧路消魂，征轮驿骑，断雁西风急。

英雄辈，事业东西南北。临风因甚成泣。酬知有愿频挥手，零雨凄其此日。休太息。须信道、诸公衮衮皆虚掷。年来踪迹。有多少雄心，几番恶梦，泪点霜华织。

摸鱼儿·午日雨眺

涨痕添、半篙柔绿，蒲稍荇叶无数。空蒙台榭烟丝暗，白鸟衔鱼欲舞。桥外路。正一派、画船箫鼓中流住。呕哑柔橹，又早拂新荷，沿堤忽转，冲破翠钱雨。

蒹葭渚，不减潇湘深处。霏霏漠漠如雾。滴成一片鲛人泪，也似汨罗投赋。愁难谱。只彩线、香菰脉脉成千古。伤心莫语。记那日旗亭，水嬉散尽，中酒阻风去。

醉桃源

斜风细雨正霏霏，画帘拖地垂。屏山几曲篆烟微，闲庭柳絮飞。　新绿密，乱红稀。乳莺残日啼。春寒欲透缕金衣，落花郎未归。

转应曲

明月，明月。曾照个人离别。玉壶红泪相偎。还似当年夜来。来夜，来夜。肯把清辉重借?

茶瓶儿

杨花糁径樱桃落。绿阴下晴波燕掠。好景成担阁。秋千背倚，风态宛如昨。　可惜春来总萧索。人瘦损纸鸢风恶。多少芳笺约，青鸾去也，谁与劝孤酌。

满宫花

盼天涯，芳讯绝。莫是故情全歇。朦胧寒月影微黄，情更薄于寒月。　　麝烟销，兰烬灭。多少怨眉愁睫。芙蓉莲子待分明，莫向暗中磨折。

相见欢

微云一抹遥峰，冷溶溶，恰与个人清晓画眉同。
红蜡泪，青绫被，水沉浓。却与黄茅野店听西风。

相见欢

落花如梦凄迷，麝烟微，又是夕阳潜下小楼西。
愁无限，消瘦尽，有谁知？闲教玉笼鹦鹉念郎诗。

秋水·听雨

谁道破愁须仗酒，酒醒后，心翻醉。正香消翠被，隔帘惊听，那又是点点丝丝和泪。忆剪烛幽窗小憩。娇梦垂成，频唤觉一眶秋水。　　依旧乱蛩声里，短檠明灭，怎教人睡。想几年踪迹，过头风浪，只消受一段横波花底。向拥髻灯前提起。甚日还来，同领略夜雨空阶滋味。

好事近

马首望青山，零落繁华如此。再向断烟衰草，认藓碑题字。　　休寻折戟话当年，只洒悲秋泪。斜日十三陵下，过新丰猎骑。

好事近

帘外五更风，消受晓寒时节。刚剩秋衾一半，拥透帘残月。　　争教清泪不成冰，好处便轻别。拟把伤离情绪，待晓寒重说。

好事近

何路向家园，历历残山剩水。都把一春冷淡，到麦秋天气。　　料应重发隔年花，莫问花前事。纵使东风依旧，怕红颜不似。

夜合花

阶前双夜合，枝叶敷花荣。疏密共晴雨，卷舒因晦明。影随筠箔乱，香杂水沉生。对此能销忿，旋移迎小楹。

金缕曲·赠梁汾

德也狂生耳。偶然间、缁尘京国，乌衣门第。有酒惟浇赵州土，谁会成生此意。不信道、遂成知己。青眼高歌俱未老，向尊前、拭尽英雄泪。君不见，月如水。

共君此夜须沉醉。且由他、蛾眉谣诼，古今同忌。身世悠悠何足问，冷笑置之而已。寻思起、从头翻悔。一日心期千劫在，后身缘、恐结他生里。然诺重，君须记。

金缕曲·再赠梁汾，用秋水轩旧韵

酒涴青衫卷。尽从前、风流京兆，闲情未遣。江左知名今廿载，枯树泪痕休泫。摇落尽、玉蛾金茧。多少殷勤红叶句，御沟深、不似天河浅。空省识，画图展。

高才自古难通显。枉教他、堵墙落笔，凌云书扁。入洛游梁重到处，骇看村庄吠犬。独憔悴、斯人不免。衮衮门前题凤客，竟居然、润色朝家典。凭触忌，舌难剪。

金缕曲

生怕芳尊满。到更深、迷离醉影，残灯相伴。依旧回廊新月在，不定竹声撩乱。问愁与、春宵长短。燕子楼空弦索冷，任梨花、落尽无人管。谁领略，真真唤。

此情拟倩东风浣。奈吹来、馀香病酒，旋添一半。惜别江淹消瘦了，怎耐轻寒轻暖。忆絮语、纵横茗盌。滴滴西窗红蜡泪，那时肠、早为而今断。任角枕，欹孤馆。

金缕曲

未得长无谓。竟须将、银河亲挽，普天一洗。麟阁才教留粉本，大笑拂衣归矣。如斯者、古今能几？有限好春无限恨，没来由、短尽英雄气。暂觅个，柔乡避。

东君轻薄知何意。尽年年、愁红惨绿，添人憔悴。两鬓飘萧容易白，错把韶华虚费。便决计、疏狂休悔。但有玉人常照眼，向名花美酒拚沉醉。天下事，公等在。

金缕曲

疏影临书卷。带霜华、高高下下，粉脂都遣。别是幽情嫌妩媚，红烛啼痕休泫。趁皓月、光浮冰茧。恰与花神供写照，任泼来、淡墨无深浅。持素障，夜中展。

残釭掩过看逾显。相对处、芙蓉玉绽，鹤翎银扁。但得白衣时慰藉，一任浮云苍犬。尘土隔、软红偷免。帘幕西风人不寐，恁清光、肯惜鹴裘典。休便把，落英剪。

金缕曲·慰西溟

何事添凄咽？但由他、天公簸弄，莫教磨涅。失意每多如意少，终古几人称屈。须知道、福因才折。独卧藜床看北斗，背高城、玉笛吹成血。听谯鼓，二更彻。

丈夫未肯因人热。且乘闲、五湖料理，扁舟一叶。泪似秋霖挥不尽，洒向野田黄蝶。须不羡、承明班列。马迹车尘忙未了，任西风、吹冷长安月。又萧寺，花如雪。

金缕曲·姜西溟言别，赋此赠之

谁复留君住？叹人生、几番离合，便成迟暮。最忆西窗同剪烛，却话家山夜雨。不道只、暂时相聚。衮衮长江萧萧木，送遥天、白雁哀鸣去。黄叶下，秋如许。

曰归因甚添愁绪？料强似、冷烟寒月，栖迟梵宇。一事伤心君落魄，两鬓飘萧未遇。有解忆、长安儿女。

裘敝入门空太息，信古来才命真相负。身世恨，共谁语？

金缕曲·亡妇忌日有感

此恨何时已。滴空阶、寒更雨歇，葬花天气。三载悠悠魂梦杳，是梦久应醒矣。料也觉、人间无味。不及夜台尘土隔，冷清清、一片埋愁地。钗钿约，竟抛弃。

重泉若有双鱼寄。好知他、年来苦乐，与谁相倚。我自终宵成转侧，忍听湘弦重理？待结个、他生知己。还怕两人都薄命，再缘悭、剩月零风里。清泪尽，纸灰起。

金缕曲·简梁汾

洒尽无端泪，莫因他、琼楼寂寞，误来人世。信道痴儿多厚福，谁遣偏生明慧。就更着、浮名相累。仕宦何妨如断梗，只那将、声影供群吠。天欲问，且休矣。

情深我自拚憔悴。转丁宁、香怜易爇，玉怜轻碎。羡煞软红尘里客，一味醉生梦死。歌与哭、任猜何意。绝塞生还吴季子，算眼前、此外皆闲事。知我者，梁汾耳。

金缕曲·寄梁汾

木落吴江矣，正萧条、西风南雁，碧云千里。落魄江湖还载酒，一种悲凉滋味。重回首、莫弹酸泪。不是天公教弃置，是才华、误却方城尉。飘泊处，谁相慰。

别来我亦伤孤寄。更那堪、冰霜摧折，壮怀都废。天远难穷劳望眼，欲上高楼还已。君莫恨、埋愁无地。秋雨秋花关塞冷，且殷勤、好作加餐计。人岂得，长无谓。

瑞鹤仙

(丙辰生日自寿，起用《弹指词》句，并呈见阳)

马齿加长矣，枉碌碌乾坤，问汝何事。浮名总如水。判尊前杯酒，一生长醉。残阳影里，问归鸿、归来也未。且随缘、去住无心，冷眼华亭鹤唳。　　无寐。宿酲犹在，小玉来言，日高花睡。明月阑干，曾说与，应须记。是蛾眉便自、供人嫉妒，风雨飘残花蕊。叹光阴老我无能，长歌而已。

一络索

过尽遥山如画，短衣匹马。萧萧木落不胜秋，莫回首斜阳下。　　别是柔肠萦挂，待归才罢。却愁拥髻向灯前，说不尽离人话。

一络索

野火拂云微绿，西风夜哭。苍茫雁翅列秋空，忆写向屏山曲。　　山海几经翻覆。女墙斜矗。看来费尽祖龙心，毕竟为谁家筑。

月上海棠·中元塞外

原头野火烧残碣，叹英魂才魄暗销歇。终古江山，问东风几番凉热。惊心事，又到中元时节。

凄凉况是愁中别。枉沉吟千里共明月。露冷鸳鸯，最难忘满池荷叶。青鸾杳，碧天云海音绝。

满江红

代北燕南，应不隔、月明千里。谁相念、胭脂山下，悲哉秋气。小立乍惊清露湿，孤眠最惜浓香腻。况夜乌啼绝四更头，边声起。　　消不尽，悲歌意；匀不尽，相思泪。想故园今夜，玉阑谁倚？青海不来如意梦，红笺暂写违心字。道别来浑是不关心，东堂桂。

满江红

为问封姨，何事却、排空卷地。又不是、江南春好，妒花天气。叶尽归鸦栖未得，带垂惊燕飘还起。甚天公不肯惜愁人，添憔悴。　　搅一霎，灯前睡；听半晌，心如醉。倩碧纱遮断，画屏深翠。只影凄清残烛下，离魂缥缈秋空里。总随他泊粉与飘香，真无谓。

满江红·茅屋新成却赋

问我何心，却构此、三楹茅屋。可学得、海鸥无事，闲飞闲宿？百感都随流水去，一身还被浮名束。误东风迟日杏花天，红牙曲。　　尘土梦，蕉中鹿。翻覆手，看棋局。且耽闲殢酒，消他薄福。雪后谁遮檐角翠，雨馀好种墙阴绿。有些些欲说向寒宵，西窗烛。

满江红

（为曹子清题其先人所构楝亭，亭在金陵署中）

籍甚平阳，羡奕叶、流传芳誉。君不见、山龙补衮，昔时兰署。饮罢石头城下水，移来燕子矶边树。倩一茎黄楝作三槐，趋庭外。　　延夕月，承晨露。看手泽，深余慕。更凤毛才思，登高能赋。入梦凭将图绘写，留题合遣纱笼护。正绿阴青子盼乌衣，来非暮。

渔父

收却纶竿落照红。秋风宁为剪芙蓉。人淡淡，水蒙蒙。吹入芦花短笛中。

疏影·芭蕉

湘帘卷处，甚离披翠影，绕檐遮住。小立吹裙，常伴春慵，掩映绣床金缕。芳心一束浑难展，清泪裹、隔年愁聚。更夜深细听，空阶雨滴，梦回无据。　　正是秋来寂寞，偏声声点点，助人离绪。缬被初寒，宿酒全醒，搅碎乱蛩双杵。西风落尽梧桐叶，还剩得、绿阴如许。想玉人、和露折来，曾写断肠诗句。

鹊桥仙·七夕

乞巧楼空，影娥池冷，说着凄凉无算。丁宁休曝旧罗衣，忆素手为余缝绽。　　莲粉飘红，菱花掩碧，瘦了当初一半。今生钿盒表予心，祝天上人间相见。

鹊桥仙

梦来双倚，醒时独拥，窗外一眉新月。寻思常自悔分明，无奈却照人清切。　　一宵灯下，连朝镜里，瘦尽十年花骨。前期总约上元时，怕难认飘零人物。

鹊桥仙

倦收缃帙，悄垂罗幕，盼煞一灯红小。便容生受博山香，销折得狂名多少。　　是伊缘薄，是侬情浅，难道多磨更好？不成寒漏也相催，索性尽荒鸡唱了。

鹊桥仙

月华如水，波纹似练，几簇淡烟衰柳。塞鸿一夜尽南飞，谁与问倚楼人瘦。　　韵拈风絮，录成金石，不是舞裙歌袖。从前负尽扫眉才，又担阁镜囊重绣。

红窗月

梦阑酒醒，早因循过了清明。是一般心事，两样愁情。犹记回廊影里誓生生。　　金钗钿盒当时赠，历历春星。道休孤密约，鉴取深盟。语罢一丝香露湿银屏。

青衫湿·悼亡

青衫湿遍，凭伊慰我，忍便相忘。半月前头扶病，剪刀声、犹在银釭。忆生来小胆怯空房。到而今独伴梨花影，冷冥冥、尽意凄凉。愿指魂兮识路，教寻梦也回廊。　　咫尺玉钩斜路，一般消受，蔓草残阳。判把长眠滴醒，和清泪、搅入椒浆。怕幽泉还为我神伤。道书生薄命宜将息，再休耽、怨粉愁香。料得重圆密誓，难禁寸裂柔肠。

青衫湿·悼亡

近来无限伤心事，谁与话长更？从教分付，绿窗红泪，早雁初莺。　　当时领略，而今断送，总负多情。忽疑君到，漆灯风飐，痴数春星。

沁园春

梦冷蘅芜，却望姗姗，是耶非耶？怅兰膏渍粉，尚留犀合；金泥蹙绣，空掩蝉纱。影弱难持，缘深暂隔，只当离愁滞海涯。归来也，趁星前月角，魂在梨花。

鸾胶纵续琵琶。问可及当年萼绿华？但无端摧折，恶经风浪；不如零落，判委尘沙。最忆相看，娇讹道字，手剪银灯自泼茶。今已矣，便帐中重见，那似伊家。

沁园春

（丁巳重阳前三日，梦亡妇淡妆素服，执手哽咽，语多不复能记。但临别有云："衔恨愿为天上月，年年犹得向郎圆。"妇素未工诗，不知何以得此也。觉后感赋长调。）

瞬息浮生，薄命如斯，低徊怎忘。自那番摧折，无衫不泪；几年恩爱，有梦何妨。最苦啼鹃，频催别鹄，赢得更阑哭一场。遗容在，只灵飙一转，未许端详。

重寻碧落茫茫。料短发朝来定有霜。信人间天上，尘缘未断；春花秋月，触绪堪伤。欲结绸缪，翻惊漂泊，两处鸳鸯各自凉。真无奈，把声声檐雨，谱入愁乡。

沁园春

试望阴山，黯然销魂，无言徘徊。见青峰几簇，去天才尺；黄沙一片，匝地无埃。碎叶城荒，拂云堆远，雕外寒烟惨不开。踟蹰久，忽冰崖转石，万壑惊雷。

穷边自足愁怀。又何必平生多恨哉？只凄凉绝塞，蛾眉遗冢；销沉腐草，骏骨空台。北转河流，南横斗柄，略点微霜鬓早衰。君不信，向西风回首，百事堪哀。

东风齐着力

电急流光，天生薄命，有泪如潮。勉为欢谑，到底总无聊。欲谱频年离恨，言已尽、恨未曾消。凭谁把，一天愁绪，按出琼箫。　　往事水迢迢，窗前月，几番空照魂销。旧欢新梦，雁齿小红桥。最是烧灯时候，宜春髻、酒暖蒲萄。凄凉煞，五枝青玉，风雨飘飘。

踏莎行

春水鸭头，春衫鹦嘴，烟丝无力风斜倚。百花时节好逢迎，可怜人掩屏山睡。　　密语移灯，闲情枕臂，从教酝酿孤眠味。春鸿不解讳相思，映窗书破人人字。

踏莎行

倚柳题笺，当花侧帽，赏心应比驱驰好。错教双鬓受东风，看吹绿影成丝早。　　金殿寒鸦，玉阶春草，就中冷暖和谁道？小楼明月镇长闲，人生何事缁尘老。

踏莎美人·清明

拾翠归迟，踏青期近，香笺小叠邻姬讯。樱桃花谢已清明，何事绿鬟斜亸宝钗横。　　浅黛双弯，柔肠几寸，不堪更惹青春恨。晓窗窥梦有流莺，也说个侬憔悴可怜生。

寻芳草·萧寺纪梦

客夜怎生过？梦相伴绮窗吟和。薄嗔佯笑道，若不是恁凄凉，肯来么？　　来去苦匆匆，准拟待晓钟敲破。乍偎人一闪灯花堕，却对着琉璃火。

山花子

林下荒苔道蕴家，生怜玉骨委尘沙。愁向风前无处说，数归鸦。　　半世浮萍随逝水，一宵冷雨葬名花。魂是柳绵吹欲碎，绕天涯。

山花子

昨夜浓香分外宜，天将妍暖护双栖，桦烛影微红玉软，燕钗垂。　　几为愁多翻自笑，那逢欢极却含啼。央及莲花清漏滴，莫相催。

山花子

风絮飘残已化萍，泥莲刚倩藕丝萦。珍重别拈香一瓣，记前生。　　人到情多情转薄，而今真个悔多情。又到断肠回首处，泪偷零。

山花子

欲话心情梦已闲，镜中依约见春山。方悔从前真草草，等闲看。　　环佩只应归月下，钿钗何意寄人间。多少滴残红蜡泪，几时干？

山花子

小立红桥柳半垂，越罗裙扬缕金衣。采得石榴双叶子，欲遗谁？　　便是有情当落月，只应无伴送斜晖。寄语东风休着力，不禁吹。

落花时

夕阳谁唤下楼梯，一握香荑。回头忍笑阶前立，总无语也相宜。　　相思直恁无凭据，休说相思。劝伊好向红窗醉，须莫及落花时。

河传

春残，红怨，掩双环。微雨花间昼闲。无言暗将红泪弹。阑珊，香销轻梦还。　　斜倚画屏思往事，皆不是，空作相思字。记当时，垂柳丝，花枝，满庭蝴蝶儿。

虞美人·秋夕信步

愁痕满地无人省，露湿琅玕影。闲阶小立倍荒凉，还剩旧时月色在潇湘。　　薄情转是多情累，曲曲柔肠碎。红笺向壁字模糊，忆共灯前呵手为伊书。

遐方怨

欹角枕，掩红窗。梦到江南伊家，博山沉水香。湔裙归晚坐思量。轻烟笼翠黛，月茫茫。

荷叶杯

帘卷落花如雪，烟月。谁在小红亭？玉钗敲竹乍闻声，风影略分明。　　化作彩云飞去，何处？不隔枕函边。一声将息晓寒天，断肠又今年。

荷叶杯

知己一人谁是？已矣。赢得误他生，多情终古似无情，莫问醉耶醒。　　未是看来如雾，朝暮。将息好花天。为伊指点再来缘，疏雨洗遗钿。

霜天晓角

重来对酒，折尽风前柳。若问看花情绪，似当日、怎能够？　　休为西风瘦，痛饮频搔首。自古青绳白璧，天已早安排就。

天仙子·渌水亭秋夜

水浴凉蟾风入袂，鱼鳞触损金波碎。好天良夜酒盈樽，心自醉，愁难睡，西南月落城乌起。

天仙子

梦里蘼芜青一剪，玉郎经岁音书断。暗钟明月不归来，梁上燕，轻罗扇，好风又落桃花片。

天仙子

好在软绡红泪积，漏痕斜罥菱丝碧。古钗封寄玉关秋，天咫尺，人南北，不信鸳鸯头不白。

天仙子

月落城乌啼未了，起来翻为无眠早。薄霜庭院怯生衣，心悄悄，红阑绕，此情待共谁人晓？

菊花新・送张见阳令江华

愁绝行人天易暮，行向鹧鸪声里住，渺渺洞庭波，木叶下楚天何处？　　折残杨柳应无数，趁离亭笛声催度。有几个征鸿相伴也，送君南去。

潇湘雨・送西溟归慈溪

长安一夜雨，便添了几分秋色。奈此际萧条，无端又听，渭城风笛。咫尺层城留不住，久相忘、到此偏相忆。依依白露丹枫，渐行渐远，天涯南北。

凄寂。黔娄当日事，总名士如何消得。只皂帽蹇驴，西风残照，倦游踪迹。廿载江南犹落拓，叹一人知己终难觅。君须爱酒能诗，鉴湖无恙，一蓑一笠。

望海潮·宝珠洞

汉陵风雨，寒烟衰草，江山满目兴亡。白日空山，夜深清呗，算来别是凄凉。往事最堪伤。想铜驼巷陌，金谷风光。几处离宫，至今童子牧牛羊。　　荒沙一片茫茫。有桑干一线，雪冷雕翔。一道炊烟，三分梦雨，忍看林表斜阳。归雁两三行。见乱云低水，铁骑荒冈。僧饭黄昏，松门凉月拂衣裳。

金菊对芙蓉·上元

金鸭消香，银虬泻水，谁家夜笛飞声。正上林雪霁，鸳甃晶莹。鱼龙舞罢香车杳，剩尊前袖拥吴绫。狂游似梦，而今空记，密约烧灯。　　追念往事难凭。叹火树星桥，回首飘零。但九逵烟月，依旧胧明。楚天一带惊烽火，问今宵可照江城。小窗残酒，阑珊灯灺，别自关情。

青玉案·宿乌龙江

东风卷地飘榆荚，才过了，连天雪。料得香闺香正彻。那知此夜，乌龙江上，独对初三月。　　多情不是偏多别，别离只为多情设。蝶梦百花花梦蝶。几时相见，西窗剪烛，细把而今说。

青玉案·辛酉人日

东风七日蚕芽软。一缕休教剪。梦隔湘烟征雁远。那堪又是，鬓丝吹绿，小胜宜春颤。　　绣屏浑不遮愁断，忽忽年华空冷暖。玉骨几随花骨换。三春醉里，三秋别后，寂寞钗头燕。

剪湘云·送友

险韵慵拈，新声醉倚。尽历遍情场，懊恼曾记。不道当时肠断事，还较而今得意。向西风约略数年华，旧心情灰矣。　　正是冷雨秋槐，鬓丝憔悴，又领略愁中送客滋味。密约重逢知甚日，看取青衫和泪。梦天涯绕遍尽由人，只樽前迢递。

大酺·寄梁汾

怎一炉烟，一窗月，断送朱颜如许。韶光犹在眼，怪无端吹上，几分尘土。手捻残枝，沉吟往事，浑似前生无据。鳞鸿凭谁寄，想天涯只影，凄风苦雨。便砑损吴绫，啼沾蜀纸，有谁同赋。　　当时不是错，好花月、合受天公妒。只索倩、春归燕子，说与从头，争教他、会人言语。万一离魂遇，偏梦被、冷香萦住。刚听得、城头鼓。相思何益，待把来生祝取。慧业相同一处。

木兰花慢·立秋夜雨，送梁汾南行

盼银河迢递，惊入夜，转清商。乍西园蝴蝶，轻翻麝粉，暗惹蜂黄。炎凉。等闲瞥眼，甚丝丝点点搅柔肠。应是登临送客，别离滋味重尝。　　疑将。水墨罨疏窗。孤影淡潇湘。倩一叶高梧，半条残烛，做尽商量。荷裳。被风暗剪，问今宵谁与盖鸳鸯。从此羁愁万叠，梦回分付啼螀。

忆秦娥·龙潭口

山重叠，悬崖一线天疑裂。天疑裂，断碑题字，古苔横啮。　　风声雷动鸣金铁，阴森潭底蛟龙窟。蛟龙窟，兴亡满眼，旧时明月。

长相思

山一程，水一程，身向榆关那畔行，夜深千帐灯。
风一更，雪一更，聒碎乡心梦不成，故园无此声。

江城子·咏史

湿云全压数峰低，影凄迷，望中疑。非雾非烟，神女欲来时。若问生涯原是梦，除梦里，没人知。

忆桃源慢

斜倚熏笼，隔帘寒彻，彻夜寒如水。离魂何处，一片月明千里。两地凄凉，多少恨，分付药炉烟细。近来情绪，非关病酒，如何拥鼻长如醉。转寻思不如睡也，看道夜深怎睡。　　几年消息浮沉，把朱颜顿成憔悴。纸窗淅沥，寒到个人衾被。篆字香消灯灺冷，不算凄凉滋味。加餐千万，寄声珍重，而今始会当时意。早催人一更更漏，残雪月华满地。

如梦令

正是辘轳金井，满砌落花红冷。蓦地一相逢，心事眼波难定。谁省？谁省？从此簟纹灯影。

如梦令

木叶纷纷归路。残月晓风何处。消息半浮沉，今夜相思几许。秋雨，秋雨。一半西风吹去。

如梦令

纤月黄昏庭院，语密翻教醉浅。知否那人心？旧恨新欢相半。谁见？谁见？珊枕泪痕红泫。

如梦令

万帐穹庐人醉。星影摇摇欲坠。归梦隔狼河，又被河声搅碎。还睡，还睡。解道醒来无味。

金人捧露盘·净业寺观莲，有怀荪友

藕风轻，莲露冷，断虹收。正红窗初上帘钩。田田翠盖，趁斜阳鱼浪香浮。此时画阁垂杨岸，睡起梳头。

旧游踪，招提路，重到处，满离忧。想芙蓉湖上悠悠。红衣狼藉，卧看少妾荡兰舟。午风吹断江南梦，梦里菱讴。